清工筆彩繪插圖《聊齋圖說》之〈連城〉（一）

清工筆彩繪插圖《聊齋圖說》之〈連城〉（二）

清工筆彩繪插圖《聊齋圖說》之〈連城〉（三）

清工筆彩繪插圖《聊齋圖說》之〈俠女〉

清工筆彩繪插圖《聊齋圖說》之〈姊妹易嫁〉

清工筆彩繪插圖《聊齋圖說》之〈胭脂〉

當代大師馬瑞芳品讀聊齋志異

有意思的聊齋

人卷

馬瑞芳——著

總序

中華傳統文化經典《聊齋志異》

二十一世紀，中華傳統文化大熱，中宣部及國家相關文化部門組織實施了多個傳統文化傳承發展重點項目，我有幸參與了其中兩個。一個是中國作家協會組織實施的《中國歷史文化名人傳》叢書出版工程，組織當代一百餘位作家給在中華文化發展史上產生過重大影響的一百餘位歷史文化名人撰寫傳記；另一個是由中宣部支持指導、文化和旅遊部委託國家圖書館組織實施的《中華傳統文化百部經典》編纂專案，從文學、歷史、哲學、科技、藝術五大門類挑選百部經典作品，深入淺出地進行解讀。這兩個重點專案中，有關蒲松齡和《聊齋志異》（以下簡稱《聊齋》）的分冊都由我承擔。

到二〇一七年年底為止，我出版的關於蒲松齡和《聊齋》的書已有二十多種。常有讀者問：「您是從什麼時候開始讀《聊齋》的？」十年前，易中天教授也問過這個問題。我當時半開玩笑地回答：「我在娘胎裡就開始讀。」因為母親的嫁妝書箱裡有《聊齋》，我小時候常聽母親講《聊齋》故事。母親告訴我們七兄妹：勤奮讀書，誠信做人，敬老愛幼，會有好報；要奸取巧，損人利己，就會遭殃。我印象最深的是《聊齋》人物細柳，她的兩個兒子好逸惡勞，細柳便用「虎媽」的方式教育他們，結果一個兒子考中了進士，一個兒子成了富商。母親總結這個《聊齋》故事說：「自在不成材，成材不自在。」母親用這十個字教育我們七兄妹，一九六五年之前把她的七個子女都送進了全國重點大學。「自在不成材，成材不自在」這十個字，我一輩子都忘不了。

因為母親的影響，我對《聊齋》有特殊的情感，而《聊齋》對傳統文化的意義是我畢生研究的動力。廣大讀者對《聊齋》的瞭解可能多來自影視傳播的內容，其實，很多看似和《聊齋》無關的內容，也和《聊齋》有著千絲萬縷的聯繫。例如二〇一七年年底，日本作家夢枕獏的《妖貓傳》在中國大紅，而《妖貓傳》就是模仿《聊齋》寫成的。《聊齋》早在江戶時代（一六〇三－一八六八）就傳入日本，在日本可謂家喻戶曉，很多日本作家——例如芥川龍之介——都學過蒲松齡。其實，在世界範圍內，不僅暢銷書作家學《聊齋》，經典作家也學《聊齋》，馬奎斯、波赫士等拉丁美洲魔幻現實主義大師把蒲松齡當作榜樣，中國的諾貝爾文學獎得主莫言也自稱是蒲松齡的傳人。我認為蒲松齡最重量級的承傳者是曹雪芹，《紅樓夢》在小說主題、哲理內蘊、詩化形式、形象描寫等方面都受到《聊齋》的影響。

《聊齋》受到古今中外文學家的青睞，絕不僅僅是因為內容獵奇。過去，人們習慣性地認為《聊齋》是談鬼說狐的閒書，其實它是中國傳統文化的重要承襲者。世界各大百科全書介紹《聊齋》時都稱它為短篇小說集，法國大百科全書卻說《聊齋》達到中國古代散文的藝術高峰。為什麼這樣說？因為《聊齋》是用文言文寫成的。文言文是古代官方和民間約定俗成的書面語言，只有熟讀詩書的人才能運用自如。用文言文寫作，不僅要講究嚴格的古漢語語法，要有豐富的辭藻和飛揚的文采，而且要能把經史子集裡的典故信手拈來。《聊齋》引用上千種經典，近萬條典故，文字不僅典雅嚴整，而且生動活潑，清新自然，富有詩意，真正把文言文寫得出神入化，讀起來賞心悅目，聽起來音韻鏗鏘。所以，它既有小說的特點，同時兼具散文的特色，對於寫作的人群來說，是不可多得的借鑑佳品。

《聊齋》在課堂上有怎樣的地位？著名作家孫犁先生說過一句很有哲理的話：「文壇上的尺寸之地，文學史上的兩三行記載，都是不容易爭來的。」而在各種文學史上，不管是社科院主編的，還是教育部主編的，《聊齋》都占了整整一章。一九六〇年，我考進山東大學中文系，我們不僅要學《聊齋》的文學史必修課，也要學好幾門《聊齋》的選修課。《聊齋》也出現在初高中[1]語文課本必讀篇目裡，初中語文課本選取了〈狼〉、〈山市〉這種《聊齋》中精金美玉般的散文，高中語文讀本選取了《聊齋》中最好的故事之一〈嬰寧〉。而以前收錄在高中語文課本裡的〈促織〉，我認為選的版本並不好，值得探討。

《聊齋》對大眾讀者有什麼啟發呢？數百年來，《聊齋》在每個時代都有大量忠實粉絲，時至今日，讀者的熱情仍然高漲，既是因為《聊齋》談狐說鬼，構建起一個撲朔迷離

1 編者註：中等教育。中國學制稱為初中、高中。台灣為國中、高中。

的瑰麗世界，令人著迷，也是因為它的故事裡充滿發人深省的人文關懷。蒲松齡在講述一個一個引人入勝的故事時，用他的視角向讀者傳遞：在荊天棘地的社會中，人如何生存？在舉步維艱的情況下，人如何發展？怎樣面對人生逆境困境，怎樣置之死地而後生？怎樣把人的潛能發揮到最大限度？怎樣對待「愛情」、「財富」、「地位」這三個永恆的人生難題？總而言之，就是人為什麼活著？人生的路怎麼走？《聊齋》人物的人生閱歷、喜怒哀樂、悲歡離合，對我們現代人仍有啟發，仍能起到借鑑作用。這也是《聊齋》被選入初中、高中、大學課本的原因。無論是少年，還是而立之年，無論是到知天命，還是步入耄耋之年，每個人都可以從《聊齋》的虛幻世界找到對現實人生的種種解答。

北京大學吳組緗教授曾說：「對於《聊齋》，我們應當一篇一篇加以分析評論。因為每一篇作品都是一個有機的藝術整體，各有自己的生命；我們必須逐篇研究，探求其內在的精神和藝術特色。」二〇一八年，我在喜馬拉雅講《聊齋》，選講百餘篇膾炙人口的名篇，保持經典的原汁原味，一篇一篇細講，裡邊一些畫龍點睛的名言，其實是早就活在老百姓的日常生活中的。現在，我把所講的內容按照鬼、狐、妖、神、人的主題編為圖書，以饗讀者。感謝喜馬拉雅價值出版事業部負責人陳恒達，天地出版社副社長陳德，天喜文化公司總編輯董曦陽，以及各位編輯的辛勞。

＊本書黑白插圖選自《詳注聊齋志異圖詠》；彩色插圖選自《聊齋圖說》，由蒲松齡故居提供，在此謹致謝忱。

序 大愛無邊在人間

神、鬼、狐、妖是《聊齋》中各篇故事的主體，體現的卻是深刻的人文關懷。那些主要描繪現實，牽涉到家庭、倫理、親情、友情的篇章，同樣豐富多彩，誕生了許多膾炙人口的故事和令人過目難忘的人物。

〈連城〉：喬生和連城，一窮一富，互相欣賞，知己之戀經歷了生死考驗，在跟父母之命、兇悍夫權、貪賄官府的搏鬥中，譜出了一曲堪與《牡丹亭》媲美的感天動地的情歌。

〈俠女〉：深閨少女，不僅獨自擔起為父報仇的重任，在對待婚姻這件事上，也能堅持「我的人生我做主」，擺脫傳統婚姻形式的束縛。

〈顏氏〉：在科舉決定男子命運、丈夫決定妻子榮辱的世態下，顏氏女扮男裝闖官場，在文才、治國之才上傲視鬚眉。

〈細侯〉：妓女不愛財而愛才，寧可跟窮困的書生過勞動自足的日子，不肯跟富商過花天酒地的生活。細侯為了跟心上人團聚，竟然「殺抱中兒」回歸，可謂是「中國的美蒂亞」，殺親生子的悲劇是黑暗社會造成的。

〈細柳〉：生動精彩的《聊齋》「虎媽」。細柳年紀輕輕做了寡婦還是後媽，如何將兩個兒子教育成材？靠下狠心。自在不成材，成材不自在。細柳不怕物議，敢管前房之子；敢擔風險，把親生兒子送進監獄受教育。

〈庚娘〉：一個弱女子，在全家被強盜殺害的情況下，不懼不驚，笑對強敵，既保護了自己的清白，又手刃了仇人。

〈雲翠仙〉：面對母親的隨意指婚，面對丈夫的潑皮無賴，弱女子雲翠仙機智地請君入甕，聰明地解救自己。

〈王桂庵〉：官宦子弟對船家女一見鍾情，茫茫人海中苦苦尋找，癡情感動上蒼，佳夢指引路途，終於花好月圓。王桂庵之子寄生的故事被改編成評劇《花為媒》，由新鳳霞主演。

〈張誠〉：哥哥受繼母虐待，同父異母的弟弟千方百計來呵護。弟弟被老虎叼走，哥哥穿雲入海尋找他，不僅找到了弟弟，還遇到了早年失散的大哥。

〈王成〉：懶漢如何發家致富？靠誠信。王成拾金不昧，遇到人生的第一個福星；遭難不怨他人，遇到人生的第二個福星。他用一隻小鵪鶉換來「中人之產」。

〈大力將軍〉：舉人偶然遇到力大無比的乞丐，助其從軍，若干年後，已成為將軍的乞丐豪爽地報答恩人。

〈田七郎〉：受人恩惠的獵人，用生命來報答。

〈胭脂〉：高智商官員智破奇案。〈胭脂〉講的是著名的《聊齋》疑案，由蒲松齡恩師、學使施閏章偵破。〈胭脂〉曾被京劇藝術大師梅蘭芳搬上戲劇舞台，改編的劇碼名為《牢獄鴛鴦》。

書中各種各樣的人物、複雜多樣的矛盾給現代生活帶來了深刻的啟示：

〈賈奉雉〉：有才能的讀書人總得不到功名，卻靠爛污文章高中榜首，只能果絕地離開惡濁的人世。

〈促織〉：皇帝玩小蟲玩得民不聊生。這篇文章很早就被編入中學語文課本。正德皇帝喜歡玩促織，官吏借此「斂丁口」，敲詐老百姓。一隻小蟲能導致若干家庭破產。不僅讀書人成名因小蟲被打得兩腿鮮血淋淋，其兒子也因小蟲跳了井。當皇帝玩小蟲的願望得到滿足後，官員晉升，雞犬升天。

〈珊瑚〉：栩栩如生的「婆媳大戰」。大兒媳珊瑚賢慧，婆婆沈氏暴虐，雞蛋裡邊挑骨頭，結果休掉賢媳，迎來惡婦。二兒媳臧姑把「三綱五常」全部踩在腳下，惡婆婆走了華容道。

〈胡四娘〉：一切向功名看的家庭。胡四娘的丈夫程孝思沒得志時，全家都尖刻地嘲笑她；程孝思一旦得志，胡四娘就成了全家巴結恭維的中心。

〈宮夢弼〉：嫌貧愛富的父母。〈宮夢弼〉裡的勢利眼父母，將財富作為選擇女婿的唯一標準，也在女婿富裕後遭受尷尬。

〈韋公子〉：道德敗壞的富家公子「自食便液」。韋公子喜歡尋花問柳，不僅把家中丫鬟僕婦玩遍，而且載金數千要遍嫖天下名妓，結果玩「牛郎」玩到自己的兒子，嫖雛妓嫖到自己的女兒。

〈姊妹易嫁〉：一齣姊妹易嫁的喜劇。嫌貧愛富的姊姊拒絕嫁給「牧牛兒」，妹妹代嫁。最後妹妹成了宰相夫人，姊姊做了尼姑。

還有似乎是古俠客的人狠狠教訓貪官污吏的〈王者〉，有奇人略施小技讓牛皮大王當場出醜的〈佟客〉，而在「真假」上做文章的故事〈真生〉中，似可找到影響《紅樓夢》的線索……

可以說，幾乎任何重大社會問題或倫理話題，《聊齋》都創造了相應的生動精彩的悲歡離合故事。這些可以算作「人間悲歡」的《聊齋》故事，偶爾也會有鬼神出現，但其描寫的社會生活、人物、矛盾，卻是地地道道的現實，是和老百姓息息相關的國計民生。

有幾個《聊齋》故事由蒲松齡自己改編成俚曲，說明它們特別受作者重視，本卷中收錄的描寫婆媳矛盾的〈珊瑚〉就被其改編為俚曲《姑婦曲》。〈姊妹易嫁〉的故事，則被後人改編為呂劇、五音戲、柳子戲等，盛演不衰。

雖說《聊齋》中有各式各樣天馬行空的瑰麗神話，但蒲松齡畢竟鄉居七十年，對黎民疾苦瞭若指掌，對現實痌瘝有老吏斷獄般的明睿，他把有關國計民生的話題寫出來，有一針見血的氣派。

目錄

繁體版體例說明

1.《當代大師馬瑞芳品讀聊齋志異》，當篇行文提及《聊齋志異》原文時，以標楷體特別標示。

2. 本套書註釋，若無特別標註，皆為原版註釋，繁體版註釋則標明「編者註」。

01 連城

媲美《牡丹亭》的絕世戀

〈連城〉可以和《牡丹亭》相媲美。男女主角經歷了三世情：第一世「男以肉報」，男主角犧牲心頭肉為心上人治病；第二世「女以魂報」，女主角以鬼魂的形態向心上人獻身；第三世男女主角復活之後誓死相隨，勇鬥官府。在三世情的故事構架之內，〈連城〉還有著特殊的思想意義。它是早於《紅樓夢》「寶黛」知己之戀的故事，男女主角不是一見鍾情，而是知心之戀，深深相知。男主角喬生先是宣布他對女主角的愛不是出於「色授」，而是因為「魂與」，他抱著「士為知己者死」的信念追隨心上人連城來到陰曹地府。〈連城〉不僅在《聊齋》故事中算是佳作，放到整個中國小說史長河裡也是上品。蒲松齡顯然頗費了一番苦心構思，不管是人物命名、人物性格，還是故事情節，都考慮得極周密。

首先是人物命名。〈連城〉是小說篇名，也是女主角的名字。連城是連城璧的意思，典出《史記．廉頗藺相如列傳》。相傳秦昭王欲以十五座城與趙國交換和氏璧，藺相如在澠池會上巧妙耍弄秦王，保住了和氏璧，因此坐上了趙國相位。蒲松齡給女主角起這麼個名字，意思就是連城姑娘的志向和品行像和氏璧一樣珍貴、高潔。連城作為一個富家少女，選擇夫婿不以貧富為念，寧可取中貧窮而有才的書生，不肯嫁給有錢的齷齪鹽商之子。她忠於愛情，鹽商逼婚時，她寧為玉碎，不為瓦全。王士禛評價她說：「雅是情種，不意《牡丹亭》後，復有此人。」〈連城〉女主角既然是連城美玉，她的心上人必然鶴立雞群。

男主角喬生，「喬」者，高矣。「厥木惟喬」，「喬」有高雅超脫的含義。喬生和《聊齋》之前的愛情小說男主角——例如唐傳奇《鶯鶯傳》裡的張生，《霍小玉傳》裡的李益——完全不同。我早就發現中國古代小說有個有趣的現象：叱吒風雲的英雄，建功立業的男兒，陽剛之氣十足的帥哥，他們總是奔馳在疆場上，搏鬥在山寨裡，無暇戀愛。例如《三國演義》裡的關羽、趙雲，他們即使身邊有美女，也連眼珠子都不轉過去一下；例如《水滸傳》裡的燕青，明明被歌伎李師師愛上，卻推金山、倒玉柱，拜了個好姐姐。他們都是事業型帥哥。這樣一對比，好像愛情小說裡的男主角只知道為愛而悲悲切切、尋尋覓覓，甚至偷偷摸摸、鬼鬼祟祟，這樣的人似乎只能是白面書生，甚至只能是猥猥瑣瑣、膩膩歪歪的小男人。而喬生的出現，使得人眼前一亮。像高大的喬木一樣的男子怎樣戀愛？有膽有識的男子怎樣戀愛？蒲松齡以喬生為例，寫出跟文弱書生迥然不同的愛情小說男主角：俠骨柔腸，敢作敢當，坦蕩磊落，瀟灑倜儻。瀕死的心上人需男兒心頭肉做藥引，其未婚夫臨陣退縮，沒拿到婚約的喬生卻「**自出白刃**」，把自己的心頭肉血淋淋地割了下來！那麼，喬生用心頭肉報知己的驚天之事是如何發生的呢？

跟其他《聊齋》篇目類似，小說開頭概括介紹道：

> 喬生，晉寧人，少負才名。年二十餘，猶偃蹇。為人有肝膽。與顧生善，顧卒，時恤其妻子。邑宰以文相契重。宰終於任，家口淹滯不能歸；生破產扶柩，往返二千餘里。以故士林益重之，而家由此益替。

雲南晉寧縣的喬生有才名，重義氣。朋友顧生死了，他長期周濟顧生的妻子和遺孤。器重喬生的清廉縣令死在任上，喬生賣掉家產，親自扶縣令靈柩，往返兩千餘里將其送回原籍。喬生肝膽照人，仗義疏財，受文士敬重，家境卻越來越敗落。喬生一出場，蒲松齡就用「**有肝膽**」三個字給他定了性。他做的這兩件善事有三個作用：一寫喬生「重義」；二說明喬生貧窮的原因是仗義疏財；三為後來喬生在陰世得顧生相助復活埋下伏筆。有肝膽，也就是說俠肝義膽將始終伴隨喬生的情愛之旅。喬生的愛不是卿卿我我、纏綿悱惻，而是坦蕩磊落、大大方方。

接著，女主角出場了：

> 史孝廉有女，字連城，工刺繡，知書。父嬌愛之，出所刺「倦繡圖」，徵少年題詠，意在擇婿。

顧名思義，「倦繡圖」是少女連城懷春情的寫真。

在以貧富論婚姻的風氣下，喬生不是富豪選婿的對象。但喬生信實，聽說史孝廉以徵詩的形式給女兒連城擇婿，就鼓足勇氣前去獻詩。喬生獻上了一首什麼樣的詩呢？

慵鬟高髻綠婆娑，早向蘭窗繡碧荷。
刺到鴛鴦魂欲斷，暗停針線蹙雙蛾。

這首詩用想像的筆墨描繪了一位梳著高髮髻的少女在香木製作的窗子下繡綠瑩瑩的荷葉和紅豔豔的荷花。當她繡到鴛鴦時，不覺皺起眉頭，暗自哀傷。她為什麼哀傷？原來，她一直在等待那個能與自己心意相通的人出現。喬生讀懂了連城的刺繡，他的詩表達出對連城渴望愛情和幸福的共鳴。除了這首詠「倦繡圖」的詩外，喬生還作了一首詩，讚美連城繡技的高超：

繡線挑來似寫生，幅中花鳥自天成。
當年織錦非長技，幸把迴文感聖明。

連城喜出望外，當著父親的面連連稱讚喬生的才華。但葉公好龍的史孝廉卻嫌棄喬生家貧。原來，史孝廉徵詩擇婿不過是以徵詩為幌子釣金龜婿！連城卻真動了心，她見人就說喬生有才氣，還以史孝廉的名義，派老媽子送銀子給喬生，讓他安心讀書。喬生被深深感動，說：「連城真是我的知己啊！」他對連城傾注了滿懷的愛戀，如飢似渴地思念著連城。

窮書生喬生憑藉兩首詩俘獲富小姐連城的芳心。這兩首詩是喬生寫的嗎？不是。這兩首詩可以說是蒲松齡為他的夢中情人顧青霞寫的。詩歌這一人類靈魂的最高藝術表現形式，可以取得情感契合，可以為良媒，更可以從作家的現實生活進入小說構思，有意思。這個時候，喬生和連城還沒有見過面，這種建立在「知己」基礎上的愛，和傳統小說以貌取人的「一見傾心」，有本質區別。

連城對喬生「**贈金以助燈火**」，大約是想透過助其金榜題名的途徑實現洞房花燭的願望。這在那個時代無可厚非。貌似高雅的史孝廉卻現實地挑中鹽商之子王化成做女婿。封建包辦婚姻的中心是父母之命、門當戶對。史孝廉徵詩擇婿，不選明明有詩才的喬生，偏選中鹽商的兒子，不講究門當戶對，唯趙公元帥[2]馬首是瞻，很有諷刺意味。按「萬般皆下品，唯有讀書高」的傳統，喬生雖家貧，卻受到縣令欣賞，將來透過科舉考試做官，應該沒多大問題。如此說來，才子喬生和史孝廉的門第可算是旗鼓相當，堂堂孝廉跟鹽商結親，反倒有辱門楣。史孝廉的選擇顯示出商品經濟在整個社會中發揮著越來越重要的作用，這是和民主思想並存的封建社會[3]末期特有的風氣。商品經濟欣欣向榮，民主思想蓬勃

2 指武財神趙公明。

3 編者註：本套書中，「封建社會」一詞概指有科舉考試的時代。

發展，成為影響社會風氣和作家思維的重要因素，進而成為影響小說人物個性的潛在因素之一。

史孝廉的選擇給了喬生和連城致命一擊。連城病得下不了床。這時，給連城治病的西域頭陀出了個偏方，但要青年男子的心頭肉做藥引子。史孝廉理所當然地把這個要求告知了自己選的「佳婿」王化成。誰知，這位準姑爺立即露出極端自私的面目，嘲笑史孝廉說：「這個傻老頭兒，竟然想剜我的心頭肉哩！」救女心切的史孝廉宣布：誰捨得割心頭肉，我就把女兒嫁給他！在嚴峻的考驗面前，喬生的知己之愛發展為為心上人獻身。他自帶尖刀來到史家，割下自己的心頭肉，將其交給西域頭陀。西域頭陀用喬生的心頭肉做藥引子製成三顆藥丸，連城服藥三日後，病果真好了。

哪兒來的這麼個奇異的僧人，不早不晚，偏偏在連城病重時從西域跑來，還出了個如此不可思議的偏方？用青年男子的心頭肉為少女做藥引，這是寓意性很強的細節，樂意為少女犧牲心頭肉的男子，必得把少女看得比自己的生命還重要。割男子的心頭肉，其實是為個人選擇和父母之命孰優孰劣設置的試金石。這塊試金石把父母選的女婿和少女自主選擇的對象放在一起試了一試，哪個是「金剛不壞之身」，哪個是「鷹嘴鴨子腳[4]」，一下子就清清楚楚了。

4 編者註：歇後語。能吃不能拿，鷹嘴能吃東西，鴨掌不能捕食，比喻人能吃不能實幹，嘴硬功夫淺，含譏諷意味。

〈連城〉

喬生為連城不顧生死，終於感動了史孝廉，他打算兌現「**能割肉者妻之**」的諾言。但因與王家有婚約在先，史孝廉還是派人先去通知了王化成。誰承想，在連城重病時漠不關心的未婚夫，在生死考驗前潰不成軍的準姑爺，卻厚著臉皮，憑一紙婚書堅持對連城的占有，威脅史孝廉說要到官府告狀。史孝廉只好設宴請來喬生，把一千兩銀子擺在桌上，又把不得不違背諾言的事如實相告，說：「我對不起你的大恩大德，請允許我用銀子補償。」喬生氣憤地說：「我忍痛割肉，是為了報答知己，難道我是賣肉的嗎？」說完拂袖而去。連城過意不去，托老媽子安慰喬生：「以你這樣的才華，絕對不會長期貧賤，何愁找不到好女子？我做了個不祥的夢，夢到自己三年之內必死，你不必和他人爭一個快死的人。」喬生讓老媽子轉告連城：「『**士為知己者死**』，我不是因為連城長得美麗才這樣做。我擔心連城未必真正理解我，如果兩人知心，即使不能成親，又有什麼關係？」老媽子替連城指天為誓，表明心跡。喬生說：「如果真像你說的，等再見面時，若連城能朝我笑一笑，我就死而無憾了。」

幾天後喬生外出，遇到連城從她叔叔家回來，她明亮的雙眼轉向喬生，脈脈含情，嫣然一笑。喬生非常開心，說：「連城真是我的知己！」

喬生對連城的感情經過了生死考驗、金錢考驗，又禁受住連城「**三年必死**」的考驗，他明確表示，他愛連城為的是「知己」，只要二人同心，婚姻可有可無。直到這時，喬生和連城才第一次相見。會面一笑，是知己相逢時會心的笑，不是「色授」，而是「魂與」。連城對喬生「**秋波轉顧，啟齒嫣然**」，這是蒲松齡第一次寫連城的外貌，在這之前無一筆寫及連城之美，也無一筆寫喬生對連城美的感受。兩個年輕人相知甚深，在此之前卻還從沒見過面，他們的愛不落「郎才女貌」的俗套，不入「一見鍾情」的常規，更不需以肌膚相親定情。喬生愛連城愛得轟轟烈烈、坦坦蕩蕩！相逢一笑，死而無憾，愛得詩意盎然、瀟灑倜儻！

王家派人商量娶親，連城的病又犯了，幾個月後，連城死去。喬生到史家弔唁，痛哭一場，倒地而亡。一對戀人都成了鬼。我們來看看第二世「女以魂報」是怎麼發生的。

喬生弔唁連城時當場傷心而死，史孝廉派人把喬生的屍體抬回家。喬生知道自己死了，也不覺得悲傷，只希望到陰世再見連城一面。他在黃泉路上遠遠望去，南北通道行人絡繹不絕。他混在人群中，進入一個門，恰好遇到去世多年的朋友顧生。小說開頭埋下伏筆，顧生早逝，喬生精心照顧他的妻子兒女，搞得自己家境每況愈下。顧生在陰間成了有點兒權力的鬼魂，而現在到他報恩的時候了。顧生問：「你怎麼來啦？」說完抓起喬生的手要送他回陽世。喬生說：「我還有心事沒了結。」顧生說：「我在這裡主管文書案卷，受上司信任，如果有可以為你效力的地方，我絕不推辭。」喬生想找到連城。

顧生領著喬生在陰司裡轉來轉去，終於看到連城和一個白衣女子在一起，兩人愁眉緊鎖、淚眼模糊地坐在走廊的角落裡。連城看到喬生，急忙站起來問道：「你怎麼也來了？」喬生說：「**卿死，僕何敢生！**」喬生的這句話擲地作金石響，把他對連城生死相隨的真誠和癡情表達了出來。連城哭了，說：「我這負義之人，你還不早點兒放棄，何必以身殉情？今生不能報答你的情意，來世我一定嫁給你。」顧生催喬生趕快回人間，喬生對顧生說：「**有事君自去，僕樂死不願生矣。但煩稽連城託生何里，行與俱去耳。**」多麼執著的愛情！連城託生到哪裡，他就跟著託生到哪裡，來個二世情。一句「**卿死，僕何敢生**」，一句「**僕樂死不願生**」，可謂驚天地、泣鬼神！寧可做鬼，也要尋找跟連城相聚的機會，哪怕再等二十年。顧生只好答應著離開，實際上他是被喬生的癡情感動，又要報答朋友的恩情，於是到閻王爺那兒替喬生美言，請求放喬生和連城還陽。

白衣女問連城：「這是什麼人？」連城便向她講述了自己與喬生的事。白衣女聽了，不勝悲傷。連城告訴喬生：「這姑娘跟我同姓，叫賓娘，是長沙太守的女兒。我們倆是一路來的，成了朋友。」喬生正想說話，顧生回來了，向喬生祝賀道：「我把你的事辦妥了，你馬上帶小娘子還魂吧。」喬生和連城高興極了，向顧生拜謝道別。正準備走時，賓娘大哭道：「姐姐走了，我到哪兒去？求你們讓我跟姐姐走，我情願服侍姐姐。」意思是願意做喬生的侍妾。喬生又哀求顧生幫忙，顧生推託不得，去了有一頓飯的時間，回來搖著手說：「確實是無能為力了。」賓娘嬌聲哀啼，哭得梨花帶雨，依在連城臂彎下，生怕連城離開她。

連城、喬生和賓娘三個人悲悲切切，你看我，我看你，一句話也說不出來。顧生激憤地說：「把賓娘帶走好啦！若上司怪罪下來，由我一人承擔！」顧生這個角色雖然在小說裡露面不多，但他的重情重義、敢作敢當，給讀者留下了深刻的印象。賓娘隨喬生走出來。喬生擔心她路途遙遠沒人做伴兒，賓娘說：「我跟你回去，不回家了。」喬生說：「你太傻了，你不回自己家，怎能復活？以後我到了湖南，你見了我不躲避，就算是我的榮幸了。」看來，喬生並沒有把賓娘要給自己做侍妾的話當回事。

喬生和連城返回陽世前，《聊齋》裡常見的男歡女愛的場面千呼萬喚始出來：連城隨喬生回家，心驚肉跳，好像走不動路。喬生停下來等她，連城說：「我們這樣復活，如果家裡仍不同意婚事怎麼辦？得考慮個萬全之策。否則，咱們復活後怎能做主？請把我的屍體要來，我在你家復活，他們就無法反悔了。」一向矜持的連城又主動提出要和喬生在陰世完成夫妻之禮：「**恐事不諧，重負君矣。請先以魂報也。**」一個深閨少女，因為擔心復活後兩人的結合會受到阻礙，為了不辜負生死相隨的心上人，竟然主動提出在陰世男女歡好的請求，想把生米煮成熟飯。聽到這話，喬生歡喜得不得了。兩個人，確切地說是兩個鬼，「**極盡歡戀。因徘徊不敢遽出，寄廂中者三日**」，還真是有些深意：一對有情人只能在陰世享受愛情的甜蜜，看來，陽世比陰世還要可怕得多，黑暗得多。

〈連城〉寫三世情，「生以肉報」巧妙得很，好玩得很，有趣得很。「女以魂報」同樣巧妙得很，好玩得很，有趣得很。一對有情有義的戀人，一個為愛情而死，另一個相從到地下。他們活著時互為知己，是精神相愛。等他們雙雙做了鬼，反倒有了肉體關係。這樣的巧妙構思，蒲松齡是怎麼琢磨出來的？他是站在前人的肩膀上想出來的。蒲松齡不是干寶的超級擁躉嗎？他不是在《聊齋自志》裡說自己「才非干寶，雅愛搜神」嗎？他把《搜神記》裡吳王夫差的小女兒紫玉和她的情人韓重的情節給嫁接到《聊齋》裡了。紫玉和韓重相愛，因為吳王夫差的反對，紫玉氣結而死。韓重給她掃墓，她的鬼魂飄出來邀請韓重同居三天三夜，完成夫婦之禮。《搜神記》寫一人一鬼在墳墓中完成夫婦之禮，《聊齋》把它改成連城和喬生愛得纏纏綿綿，死而不休，靈魂寄居在喬家廂房中三天，完成夫婦之禮。三天後，連城說：「俗話說：『醜媳婦早晚得見公婆。』總在這裡愁來愁去，終究不是長遠之計。」於是她催促喬生回到停靈的地方。喬生的鬼魂剛走近靈床，人就活了過來。家人非常驚奇，連忙端水給他喝。喬生立即派人把史孝廉請來，並請求把連城的遺體一併帶來，說自己可以救活她。史孝廉大喜。連城的遺體剛抬進喬家，人就已醒了。連城對父親說：「**兒已委身喬郎，更無歸理。如有變動，但仍一死！**」連城委婉地對父親說明自己跟喬生在陰世已有夫妻之實，如果父親還想叫她嫁給那個姓王的，她乾脆還是死了算了。史孝廉很高興，派丫鬟到喬家伺候小姐。這位嫌貧愛富的老爹，終於認可了貧窮而有才氣的女婿。

喬生和連城經過生死相從，在陰世完成了自主婚姻，這段感天動地的知己之戀按說可以結尾了，蒲松齡卻又寫了二人復活後禁受的挫折，也就是他們的第三世——攜手跟官府和夫權鬥爭。這樣寫既加重了這段戀情的感人力度，又把矛頭指向魚肉百姓的官府。

連城復活後，史孝廉默認了女兒和喬生的婚事。史孝廉或許是識時務者，知道沒有女兒何來貴婿；或許是終於為女兒的癡情所感動。連城復活後的歸屬之爭，不再是父母之命和自由戀愛之爭，而是貪贓枉法的官府以及封建禮法承認的夫權和青年男女自主選擇之爭。不識趣的鹽商之子王化成又「**具詞申理**」，根本不懂憐香惜玉的他卻頗懂得用金錢疏通官府。縣官受賄，把連城判給王化成。虛偽的夫權靠官府撐腰，再次棒打鴛鴦，而連城以死抗爭，絕食，懸樑，馬上又要死了。王化成不得不把連城送回史家。史孝廉立即把女兒抬到喬家。

一場轟轟烈烈的知己戀、生死戀、三世情，終於塵埃落定。以封建家長、官府為一邊，以真心相愛的青年男女為一邊，兩邊短兵相接，白熱化相拚，幾番風雨，兩歷生死，在金錢不能誘、威武不能屈、生死不能阻的戀人面前，父母之命為之讓步，兇悍的夫權為之卻步，強大的官府為之止步。愛情終於戰勝了貧富之別，戰勝了強權，戰勝了死神。〈連城〉彈奏出一曲頑石為之點頭的「知己之戀」頌歌。有的學者認為《紅樓夢》裡的木石前盟是中國古代寫知己之戀的先驅，其實在曹雪芹出生那年駕鶴西去的蒲松齡，已借〈連城〉把知己之戀寫得如泣如訴、如詩如畫，警幻仙子所說的不同於皮肉濫淫的「意淫」，也就是不專注於性愛，而是對所愛之人一味體貼，在〈連城〉中已初露端倪。

蒲松齡自己是怎麼看待他創造的這個生死戀故事的呢？

> 異史氏曰：一笑之知，許之以身，世人或議其癡。彼田橫五百人，豈盡愚哉！此知希之貴，賢豪所以感結而不能自已也。顧茫茫海內，遂使錦繡才人，僅傾心於蛾眉之一笑也。悲夫！

這段話的意思是：喬生和連城因為一笑而相知，竟然以生命相許，世人可能認為這太傻了。那麼，當年追隨田橫全部自殺的五百壯士都是傻子嗎？由此可以想見知己的稀少和珍貴，所以賢人豪傑才會被知音的真情感動而不能抑制自己。縱觀茫茫人世，知音很難尋覓，這就使得才富五車、詩文精美的讀書人，僅僅渴望於女子的嫣然一笑，真是可悲啊。

蒲松齡用了兩個典故，一個出自《史記．田儋列傳》，一個出自《老子》。出自《史記》的典故是：田橫是秦末齊人，抗拒項羽，自立為齊王。劉邦稱帝後，田橫帶著五百壯士逃往海島，劉邦下詔強迫他遷入洛陽，答應給他封侯。田橫走到離洛陽三十里處，因恥於向劉邦稱臣而自殺，他的隨從也都自殺。消息傳到島上，五百壯士全部自殺。蒲松齡把喬生追隨連城而死，和歷史上田橫自殺，五百壯士追隨他而死的壯烈事蹟並列，稱讚喬生和連城的情感是「士為知己者死」的同一精神的發揚。「**知希之貴**」則化用了《老子》中「知我者希，則我者貴」一句，意思是知己非常寶貴。

我認為，這段話實際上隱藏著蒲松齡對夢中情人顧青霞的感情的實質，那就是顧青霞真正懂得聊齋先生的才能，賞識他的才學，是他的知音，並不因為他貧困而看低他，所以蒲松齡才能幾十年對她念念不忘。這也就說明了為什麼在蒲松齡的很多作品中，總是會出現貧窮讀書人和有錢有勢者的對抗，總是會出現「風雅」和「富貴」的對抗，而窮士子總會戰勝權勢，風雅總能戰勝富貴。這當然只是蒲松齡的幻想，但這個浪漫的幻想引發了多少個優美的《聊齋》愛情故事的產生！

連城與喬生這段感天動地的生死戀引起評論家熱評。

《聊齋》點評家但明倫說：「生以肉報，女以魂報，一報於生前，一報於死後；一報於將死之際，一報於將生之前，是真可以同生，可以同死；可以生而復死，可以死而不生。只此一情，充塞天地，感深知己。」

王士禛點評：「雅是情種，不意《牡丹亭》後，復有此人。」《聊齋》點評家馮鎮巒則強調〈連城〉超過《牡丹亭》：「《牡丹亭》麗娘復生，柳生未死也，此固勝之。」

馮鎮巒的話有一定的道理。《牡丹亭》男女主角固然是情種，但他們的愛一開始就以性愛為主要標誌，以「色」為契機，反映的是謳歌個性自由、要求兩性自然發展的情結，而〈連城〉「**不以色**」。喬生與連城的知己之戀，既超越世俗婚姻，也超越「顛倒衣裳」的性愛。愛情的高尚化、精神化，是近代文明的重要標誌。這也就是我們說〈連城〉不僅是《聊齋》名篇，也是中國古代小說史名篇的緣故。

〈連城〉不僅人物寫得好，小說技巧也特別棒。結構嚴密，草蛇灰線；場面生動，語言精彩。小說開頭寫喬生照顧顧生的妻兒，喬生死後，顧生幫助他和連城還魂，前呼後應，合情合理，一筆不亂。整篇小說，一會兒是風雲突變的現實生活，是富家翁選擇有錢人做女婿，男女主角兩情相悅，有錢女婿一再跳出來爭奪女主角，還不斷跟官府發生聯繫；一會兒是女主角重病垂危，西域僧人出了個用男子心頭肉治病的絕招兒；一會兒陰曹地府戀人相聚，在陰世完成夫婦之禮。人間和陰世交叉，生死戀的戀人和父母之命交手，小說情節一會兒像奇峰突起，無限風光在險峰，一會兒像中流擊水，浪遏飛舟，令讀者心潮起伏。

不過，蒲松齡深入骨髓的封建思想，即使在美麗的愛情故事裡，也還是強烈地表現了出來。喬生、連城相從地下時，連城身邊又出來個太守小姐，借喬生之力復活。連城復活，常惦記賓娘，只是路太遠，沒法派人問詢。有一天，家人報告說：「門前有車馬。」喬生和連城出去看，賓娘來到院中。三人相見，又悲又喜。跟屢受家長阻撓的連城不同，復活的太守小姐由父親親自送來與喬生成親。史孝廉也趕來與史太守「敘宗好焉」。小說開頭，姓史的孝廉對喬生「貧之」不允婚，小說結尾，姓史的太守親自送女兒來做小妾。喬生好人有好報，雙美俱得。

在終生鄉居、科舉屢戰屢敗的蒲秀才眼中，所謂好人有好報，無非高官厚祿、妻賢妾美、富貴神仙。但不管是從愛情的純潔性還是從小說的藝術性來看，太守小姐都是累贅，是畫蛇添足，是把一段「二美共一夫」的枯枝朽木，嫁接到〈連城〉這株綠意婆娑、勻稱圓潤的樹上！實在是令人摸不透蒲松齡老頭兒是如何想的，難道因為喬生忠於愛情，就多「賞」他一個美人？相信蒲松齡自己也肯定知道在陰世對連城亦步亦趨的太守千金根本多餘，不然他為何給在喬生和連城中間插一槓子的太守女兒，起上「賓娘」這麼個名字？賓娘，即處於次要地位的姑娘。

02 俠女
我的人生我做主

顧名思義，俠女應該是像古代路見不平拔刀相助的俠客一樣的女子，像慧眼識英雄的紅拂。其實《聊齋》裡的俠女在「俠」之一字上超過了紅拂。《聊齋》俠女之俠，固然表現在弱女子向強權復仇，更表現在她是幾百年前旗幟鮮明的女性主義者，「我的青春我做主」，「我的感情我做主」，「我的婚姻我說了算」。蒲松齡寫俠女「**豔如桃李，而冷如霜雪**」，桃花、李花是明媚的鮮花，意味著生命的燦爛，是春天的象徵；霜雪則是冬天的標誌。這兩種截然不同的氣質，在俠女身上同時存在。她面容美麗得像鮮花，內心卻冷靜得像霜雪。她堅決拒絕顧生的求婚，卻主動和顧生親熱，給他生下一個兒子，再把兒子撂下，自己該幹麼幹麼去。我行我素，獨往獨來。

俠女形象是蒲松齡首創的嗎？不是。唐朝就有俠女，唐傳奇早就寫過俠女。蒲松齡筆下的俠女和唐傳奇又有什麼關係呢？

一個一輩子住在農村的私塾老師，為什麼能寫出那麼多篇各不相同的小說呢？這始終是研究《聊齋》的學者們感興趣的話題之一。一九七八年，我進入山東大學蒲松齡研究室後，開始思考這個問題。一九八〇年，我到蒲松齡待過三十年的畢家實地考察，有了意外收穫。

畢府號稱「三世一品、四士同朝」，有權、有錢、生活條件好，在這兒教書比較舒適，再加上畢府的人不僅喜歡有才能的人，還喜歡鬼怪故事，蒲松齡在這裡受到尊重，樂意長期工作，這沒什麼問題。但一個家庭靠什麼魔力能使一位天才作家戀戀不捨地一待就是三十年，直到七十歲才離開？當我在畢府看到萬卷樓倒塌的大門時，我有點兒明白了。

萬卷樓門前的大柱子上有一副對聯，是清朝狀元王壽彭寫的：

萬卷藏書宜子弟
十年種樹起風雲

意味尚書府藏書萬卷，經史子集無所不有。可這跟蒲松齡有什麼相干？突然，我像醍醐灌頂：萬卷樓是《聊齋》重要的寫作來源！風姿綽約的《聊齋》俠女形象，很可能就是蒲松齡在萬卷樓翻檢唐傳奇時受到啟發，而後在畢家的花園——石隱園中冥思苦想所得。結果是，一個嶄新的女性人物，一個遠不止原本意義上的俠女，穿過歷史的迷霧，帶著新思想的霞光，儀態萬方地向我們走來。魯迅先生就曾說《聊齋》「亦頗有從唐傳奇轉化而出者」。蒲松齡改寫前人作品總會寫出別樣風情。把俠女跟她在唐傳奇裡的「本事」（原型）對照，蒲松齡如何點鐵成金，就能一目了然。

唐傳奇《原化記．崔慎思》寫了一個奇特的故事：進士崔慎思租人房子住，看到身為房主的婦人長得美麗，就請求對方做他的妻子。婦人說：「我的身分配不上你，給你做妾吧。」不久她就給崔慎思生了個兒子。有天夜晚，崔慎思突然看見那個小妾從房頂上躍下來，身上紮著腰帶，一副夜行俠打扮，左手握著一把寒光閃閃的匕首，右手提著一顆血淋淋的人頭。崔慎思嚇壞了，問她怎麼回事。小妾回答說：「我父親被郡守殺了，我住在這兒，就是為了等待機會給父親報仇。」說完她跳上牆頭走了。崔慎思正在驚歎，小妾又返了回來，說要給嬰兒餵奶。餵完奶，她又跳上牆頭走了。崔慎思許久沒聽到嬰兒的啼哭聲，跑到房間一看，孩子已被殺死！他恍然大悟：她殺死兒子，是為了斷絕她對我們的念想啊！

《聊齋》中的〈俠女〉篇，基本情節和唐傳奇《崔慎思》相似。蒲松齡把唐朝俠女回爐再造，使她的形象更人性化，更優美，也更哲理化。

《聊齋》俠女打交道的對象姓顧，是個多才多藝的書生，因為家窮、母老，沒能力爭取功名，也娶不上媳婦，靠給人寫字畫畫維持生活。有一天，對門搬來一對母女，母親是聾老太，女兒是美貌女郎。女郎來找顧母時，顧生跟她驀然相遇，覺得她長得真美！原文是這麼形容她的：「**年約十八九，秀曼都雅，世罕其匹。見生，不甚避，而意凜如也。**」意思是她約莫十八、九歲，模樣秀麗，神態文雅，世上少有，看到顧生，不怎麼迴避，但一臉嚴肅的樣子。在當時，少女到了十八、九歲還沒出嫁的情況比較少，況且女郎長得還很美。她的美不是俗濫的沉魚落雁之美，而是秀麗文雅的美，她在陌生男子面前沒有少女應有的羞澀，而是一副警惕性很高、拒人千里之外的神情，好像在用眼神告訴所有對她有想法的男人：走開！我可不是可以養在你家中花盆裡的小花，更不是路邊任人採摘的野花。

對門少女的美麗和冷峻給顧生留下了深刻的印象。少女是來找顧母借剪刀和尺子的，這說明她家窮到連家庭的常備用具也沒有。顧母發現，對門少女面容秀麗，神情嫻雅。顧母和顧生對女郎的印象不同，那是因為，在長輩面前不需要時刻保持警惕，對門女郎恢復了少女應有的天真可人，把溫婉清麗和文化修養表現出來了。顧母還發現少女似乎性格比較深沉，不愛說話，也不愛笑。富有社會經驗的顧母從沒見過這麼特異的少女，不由得琢磨起來：少女雖然衣著樸素，但氣質風度一點兒也不像窮人家出來的。於是顧母馬上問起老太太們最感興趣的問題：「姑娘，你怎麼不嫁人哪？」少女回答說：「我還得照顧母親呢。」

在顧母看來，一個孤苦無依的少女，如果有人樂意代養她的母親，她肯定願意嫁給這個人。顧母親自到少女家偵察，更增加了信心：少女家連隔夜糧都沒有！母女生活全靠女兒替人做針線活兒來維持，而她們家卻沒有剪刀和尺子，真是窮到家了。顧母向對門老太太建議，讓她把女兒嫁給顧生，由顧生給她養老。對門老太太似乎同意，少女卻像很不樂意的樣子。顧母猜疑起來：**「女子得非嫌吾貧乎？為人不言亦不笑，豔如桃李，而冷如霜雪，奇人也！」**一個女子，鮮花般豔麗，冰雪般冷清。顧母感到很奇怪。

顧生和母親對對門少女有不少臆測，接著出現第三個也來臆測少女身世的人，是常來找顧生求畫的少年，一個輕薄浮滑的角色。他如此評價對門少女：「**豔麗如此，神情一何可畏！**」三個「猜歎」少女的，都打著自己的小算盤：顧母擔心絕後，一心想把對門少女娶來做兒媳婦；顧生受到美麗異性的吸引；輕薄少年則對少女懷有不軌之心。

顧生很快發現，對門少女從不講虛情假意，為人落落大方，一點兒沒有小家子氣，倒有幾分丈夫氣。顧母向少女家求婚遭到拒絕，善良的老太太並不記仇，也不疏遠對門少女，還繼續幫助她。顧生按照母親的囑咐，多次給對門老太太家送米送麵。有好吃的，也分給對門老太太一份，好像他同時有兩個母親需要盡孝。反觀受到關愛的對門少女，居然對顧生的照顧連聲「謝謝」都不說！但是她會用實際行動回報顧生，到顧家就主動替顧母縫縫補補，像兒媳婦一樣勞作。有一陣子，顧母下身長了惡瘡，整天叫疼，少女一點兒不嫌髒，一天幾次給顧母洗創敷藥。顧母很感動，說：「**安得新婦如兒，而奉老身以死也？**」說著哭了。少女說：「您兒子是孝子，比我們寡母孤女強多了。」顧母感歎：「這些床頭的瑣碎事，哪裡是孝子能做的呀？我這麼大年紀，不知哪天就走了，如果我兒子娶不上媳婦，沒法傳宗接代，將來連上墳的人都沒有。」

顧母還是話裡有話，執著地想說服少女做她兒媳婦。但人家就不接這話茬。顧母自然不能自討沒趣，只好對兒子說：「小娘子給我們的照顧太多了，你千萬不要忘了她的恩惠。」顧生向少女施禮感謝，卻聽到這樣的回答：「你敬我的母親，我不謝你，我做這點兒事，你謝我做什麼？」顧生越發敬愛少女了。但在他跟前，少女還是舉止生硬，一點兒溫柔樣貌都沒有，你想跟她親近？門兒都沒有！對門少女對顧生的幫助不說一句口頭感謝的話，實際上，在聽到顧母訴說那番苦衷後，少女做出了一個石破天驚的決定——她要給顧家生個兒子。

清初文壇盟主王士禛曾經點評過《聊齋》部分作品，他很欣賞〈俠女〉，說：「神龍見首不見尾，此俠女其猶龍乎？」這個評價非常精準。神龍見首不見尾，好像霧中的龍，你只能看到一鱗半爪，卻看不到全身，這是蒲松齡人物塑造的特點，也是其小說構思的特點。這篇小說特別像偵探小說，蒲松齡在對門少女身上設置了五大匪夷所思的謎團。圍繞著美麗少女接連發生了幾件不可思議的事，也可以說是一重一重的謎團，也就是神龍的東一鱗、西一爪。一個懸念接著一個懸念，不斷引起他人的好奇和猜測，直到最後關頭才把底牌揭開。

第一個謎團：少女為什麼對顧生忽冷忽熱？

對門少女對顧生一直是一副拒人於千里之外的態度，有一天卻突然對顧生「**嫣然而笑**」，顧生一看，有戲，跟上去挑逗她，她大大方方地欣然接招兒，兩人痛痛快快地上床恩愛一番。顧生還沒從男歡女愛當中回過神來，少女就下了「最後通牒」：「咱們相好只此一次，不能有第二次！」顧生才不信這話，第二天再約少女幽會，少女拉下臉，理都不理。顧生稍微說幾句調情的話，少女就馬上冷冰冰地噎回去。顧生無奈地想：看來，她莫名其妙地跟我絕情了，我們的情緣沒戲了。過了一陣子，少女突然又主動來找顧生了……一會兒甜甜蜜蜜，一會兒冷淡絕情；一會兒主動要求跟顧生上床，一會兒把顧生看成陌生路人。忽迎忽拒，忽親忽疏，她到底對顧生有情還是無情？她到底是個什麼樣的人？這是神龍第一次露出一鱗半爪。

第二個謎團：一個貧家少女怎麼還是個技藝高超的劍客？

少女讓顧生警告買畫少年，叫他不要打自己的主意。買畫少年也讓顧生轉告少女：「你不要假惺惺地裝正經，否則我會到處散布你們倆的私情。」

有天晚上，顧生正在獨自悶坐，少女突然來了，笑著說：「我們的情緣未斷，莫非是天數！」顧生欣喜若狂，馬上把少女抱到懷裡，突然聽到外邊有匆忙的腳步聲，兩個人吃驚地站起來，原來是買畫少年推門進來了。顧生氣憤地問：「你來做什麼？」買畫少年嬉皮笑臉地說：「我來看看貞節烈女！」又衝著少女說：「今天你不會責怪我了吧！」少女氣得柳眉倒豎，滿臉通紅，一句話不說，翻開上衣，露出一個皮袋，抽出一把亮晶晶的匕首。少年扭頭就跑，少女把匕首「**望空拋擲，戛然有聲，燦若長虹**」，少年馬上身首異處，原來是隻白狐！一個文弱少女何以有如此高超的武藝？顧生百思不得其解。這是神龍第二次露出一鱗半爪。

第三個謎團：為什麼男女相好變成少女「救濟窮人」？

顧生想當然地認為，既然兩人已經相好，又都是單身，結婚是水到渠成的事。顧生向剛剛同床共枕的少女求婚，少女說：「我已經跟你上床，每天給你家洗衣做飯、伺候老人，我們已經有夫婦之實，還說什麼娶不娶的？」顧生說：「你是不是嫌我窮？」少女說：「你窮，我就富嗎？我和你相聚，正是可憐你窮。」怪也不怪？一男一女上床，成了救濟窮人啦！這是神龍第三次露出一鱗半爪。

第四個謎團：少女的行蹤為何如此詭秘？

沒過多久，少女的母親去世了。她一人獨居，顧生覺得可以自由來往了，深夜來到少女家，卻只見房間空寂無人，門關著。她到哪兒去了？難道她還跟其他人有約會？可從來不見她跟任何男人有來往，也沒有招蜂引蝶的痕跡，深夜外出，是為了什麼？這是神龍第四次露出一鱗半爪。

第五個謎團：為什麼少女甘願未婚生子卻生而不養？

少女斷然拒絕顧母的求婚，卻主動跟顧生幽會且懷上了顧生的孩子，顧母覺得太奇怪了，說：「此女真是奇怪啊！不肯正大光明地嫁給我兒子，倒樂意跟他私下來往。」兒子出生後，少女又立即讓顧生抱走，讓他對外說是顧母收養的孩子，雇奶媽餵養孩子。太奇怪了。生而不養，她為什麼忍心這樣做？

貧不能娶的顧生，終於有了自己的親生兒子，而且是面龐豐滿端正、一臉福相的兒子，這下顧家不愁沒人傳宗接代了。顧母理所當然地想到要把寶貝孫子的母親娶進門，她興奮而有策略地對少女說：「**兒已為老身育孫子，伶仃一身，將焉所托？**」話說得多麼聰明！孩子啊，你已給我這老太太生下孫子，現在你孤苦伶仃一個人，為什麼不跟我兒子結婚，過有家有夫有孩子的正常生活？你一個孤女還能跑到哪兒去？少女的回答有點兒躲躲閃閃：「我心中的隱情不能告訴母親。您趕快把您的孫子抱走吧。」這是神龍第五次露出一鱗半爪。

真是王士禛說的神龍見首不見尾，太神秘了。

關於少女的五個謎團，最後由她自己解開。孩子出生不超過十天的一個夜晚，少女忽然敲開顧生家的門進來，手裡還提著一個革囊。她說：「我的大事辦完了，咱們分手吧。」顧生忙問怎麼回事。少女說：「我把你贍養我母親的恩德時時刻刻放在心上。我不是告訴過你，咱倆相好，可一不可二嗎？因為我報答你的方式，不是讓你享受男女之間的魚水之歡，而是給你生個兒子好傳宗接代。本來以為親熱一次就可以成功，沒想到失敗了，所以破戒再次和你約會。現在你的恩德我已報了，我的願望也達成了，沒什麼遺憾了。」顧生丈二和尚摸不著頭腦，訕訕地問：「你的革囊裡裝了什麼東西？」少女說：「仇人的腦袋。」說著打開給顧生看，果然是顆血肉模糊的男人的頭！顧生怕極了，問：「你為什麼殺人？」少女說：「我之前一直不告訴你，是怕機密洩露出去。現在事情辦完了，我就實言相告吧。我是浙江人，父親官至司馬，不料遭到仇人陷害，全家被抄。我背著老母親逃了出來，隱姓埋名三年。之所以不馬上報仇，是因為老母親還在。等老母親走了，肚子裡又懷了孩子，才拖了這麼長時間。你前些天晚上到我家找不到我，因為那時我趁黑夜到仇人家探路去了……」說完，她頭也不回地走了。

少女的一番話，將她的身世迷離之謎、行為乖張之謎，一一解開。一個可歌可泣、有膽有識、「我的人生我做主」、「我的婚姻我說了算」的可愛女郎形象重新矗立在讀者面前。就在這一刻，一直沒名沒姓的少女可以明確命名了：「俠女」。

這段傳奇故事的結局是：顧生三年後死了，俠女的兒子十八歲中了進士，給顧母養老送終。既然我們認為《聊齋》俠女是從唐傳奇發展來的，那麼，《聊齋》俠女跟唐傳奇原型，是同樣的類型或處於同等藝術水準嗎？答案是否定的。這個故事雖取材於唐傳奇，但蒲松齡化腐朽為神奇，在三個主要環節上讓故事脫胎換骨：

第一，《聊齋》俠女受磨難多，身上的光彩也多。唐傳奇裡的俠女經濟富裕，無牽無掛無老人，有房子出租，有丫鬟使喚。她不必擔心日常生活裡的柴米油鹽，只需好好琢磨如何報仇就可以。在完成復仇心願後，她把房子和丫鬟都留給男方。《聊齋》俠女從鐘鳴鼎食之家一下子落到上無片瓦下無鍋灶的境地，靠做針線活兒奉養老母，還要謀劃復仇，人生道路更艱難，逆境磨礪下的性格也更璀璨。

第二，唐傳奇俠女在報仇過程中藉男子暫棲身，他們之間缺乏深層的情感交流。《聊齋》俠女和顧生惺惺相惜，和顧母更是溫情煦煦。

第三，唐傳奇俠女報仇後殺死親生子，雖然可解釋為斷絕兒女情的果決行為，畢竟不近人情。《聊齋》俠女不是忍心殺子，而是溫馨生子，充分體現出人間溫情。俠女主動替顧家生子，不僅因為聽了顧母擔心絕後的話，誠心為顧家「延一線之續」，還因為會相面的俠女看出顧生壽命不長，將來需要有人代替顧生為老人家養老。最終也確實是俠女的兒子為顧母養老送終的。

〈俠女〉

那麼，我們能把俠女看成追求愛情自由而有悖於封建倫理觀念嗎？不能。因為俠女對顧生並沒有什麼愛情。可能有讀者朋友會說，且慢，俠女為顧生未婚生子，做到這份兒上，她對顧生居然沒有愛情？有沒有搞錯？沒有搞錯。我認為，俠女之「俠」正是主要體現在這個地方。

在跟顧生同床共枕後，顧生提出成親的意願，俠女回答了一段意味深長的話：「**枕席焉，提汲焉，非婦伊何也？業夫婦矣，何必復言嫁娶乎？**」只要求婚姻實質，不講表面禮法和名分，這不能不算極其開放的思想。俠女身上表現出的婚姻觀，在那個講究婦女貞節的社會，太超乎常規了。在封建時代，從來沒有哪位理論家、社會學家講過類似的話，卻由一位《聊齋》女性講了出來，不能不說有振聾發聵的作用。但是，這段話也可以看作俠女巧妙謝絕跟顧生正式成婚的遁詞。俠女愛顧生嗎？我看一點兒也不愛。顧生是什麼人？窮人。窮不是俠女不愛他的理由，窮而不自尊就沒法叫俠女愛了。顧生跟買畫少年不清不楚，這樣的男人豈能終身相守？所以，俠女即使跟顧生有了孩子，即使已完成報仇心願，即使已經不再天天處於仇恨滿腔、生死未卜的境地，可以安安穩穩地過日子，她仍不想和已跟她有實質性夫婦關係的顧生建立家庭。俠女「我的人生我做主」，拿得起，放得下。俠女也是個精明的經濟學家，她算了筆明明白白、清清楚楚的人生賬——顧生照顧我的母親，那麼，我讓我兒子將來照顧他母親！除此之外，俠女不欠顧生的。她不愛顧生，她要走自己的路！

說起來還是有點兒酸腐：俠女和顧生的關係是建立在「不孝有三，無後為大」的封建觀念上的。俠女兩次和顧生幽會，第一次「嫣然一笑」，第二次笑容滿面地說「**情緣未斷**」，其實都不是出於愛情，而是為了給顧家留下傳宗接代的接班人！設想，如果當時有試管嬰兒技術，俠女肯定不屑跟顧生演上這兩場「恩愛戲」。封建家庭總是把女人看成傳宗接代的工具，而《聊齋》裡這位俠女，直截了當地把顧生看成給顧家傳宗接代的工具，也僅僅看成傳宗接代的工具！女人這樣對待男人，少女這樣對待婚姻，豈不是「俠」到家了？《聊齋》俠女之「俠」，主要就是體現在這個地方。

03 顏氏

女扮男裝做高官

誰說女子不如男的小說〈顏氏〉，是文人版花木蘭替父從軍，《聊齋》版女駙馬。蒲松齡卻能寫出和木蘭從軍、女駙馬救夫完全不同的意境，令人深思的同時又令人捧腹。

科舉是封建社會一項重要的政治制度，是千百萬讀書人賴以改變命運的制度。決定男人命運的是要考得好，決定女人前途的是要嫁得好。如果嫁的男人是個草包，女人只能跟著倒楣。顏氏卻對傳統說「不」！丈夫是個草包，她就女扮男裝到科場上去闖，到官場上去闖。

才女顏氏在父母雙亡，可以自主婚姻的情況下，嫁了個「繡花枕頭——一包草」的丈夫。顏氏是如何以貌取人誤嫁草包的？

男主角首先出場。順天府某生跟父親來到洛陽，此人秀美瀟灑，風度翩翩，卻很笨，已經十七歲了，寫八股文尚不能成篇。他有兩個特長：一是會開些別緻的玩笑，二是特別擅長寫信。看到他的人怎麼也不會想到他是個「繡花枕頭」。因父母相繼去世，剩下他孤零零一人，他就在洛水做鄉村私塾老師。

請注意，這位書生叫什麼名字，姓什麼？蒲松齡一概沒提，只叫他「某生」——某個書生。《聊齋》中有才能有抱負有志氣的男主角，一般都有精彩的名字，如〈羅剎海市〉中文才出眾、在龍宮做駙馬的，叫馬驥，字龍媒。驥是名馬，龍媒還是名馬。又如化虎報仇的壯士名叫向杲，字初旦。杲杲是日出的樣子，初旦是初升的太陽。他的名和字都含紅日初升之意。《聊齋》中最不濟的男主角，也得有個姓。可蒲松齡對〈顏氏〉中的這位老兄，不僅懶得給起名，乾脆懶得起姓。這在《聊齋》諸多故事中是少有的現象，足以說明蒲松齡對這位老兄的輕視和調侃。

某生「**性鈍，年十七，不能成幅**」。科舉時代，讀書人學作八股文，能夠寫成全篇，就叫「成篇」或「成幅」。而某生人特別笨，十七歲了都還寫不出一篇完整的八股文。蒲松齡在這個地方頗費斟酌，《聊齋》手稿中本來是「**年十七，裁能成幅**」，就是說，十七歲剛能寫出一篇完整的八股文，可是後來蒲松齡將「裁」字畫掉，在「裁」的旁邊加了個「不」，就成了「不能成幅」。十七歲中進士都不稀奇，這一位還不能成幅，相當於高三學生寫不出完整的作文來，也算笨得「出類拔萃」了。此人偏偏去做私塾老師，以其昏昏，如何使人昭昭？肯定誤人子弟。但此人有兩個突出的優點：一個優點是秀美瀟灑，風度翩翩，往人前一站，能立時讓人眼前一亮，旁人怎麼也不會想到這個人肚子裡什麼學問都沒有；另一個優點是善於言談，會開別致的玩笑，給人留下風流倜儻的印象。某生還有個偏才，那就是擅長寫信，字也寫得漂亮。看到他寫的信的人，怎麼也不會想到這個人只擅長寫信，決定讀書人命運的八股文卻寫不好。而他擅長寫信這一點，就叫顏氏掉到坑裡了。

接著，女主角出場。村裡有個孤苦伶仃的姑娘顏氏，是名士後代，從小聰明過人，父親活著時，教她讀書，她過目不忘，十幾歲就能寫詩填詞。父親常說：「我家有個女學士，可惜不是男兒。」父親鍾愛她，希望她找個好人家。父親死後，母親仍堅持要實現這個願望，找了三年都沒找到理想的女婿，母親也死了。有人勸她找個有學識的讀書人做女婿，顏氏同意了，只是還沒遇到稱心如意的對象。原文：

時村中顏氏有孤女，名士裔也，少惠。父在時嘗教之讀，一過輒記不忘。十數歲，學父吟詠。父曰：「吾家有女學士，惜不弁耳。」鍾愛之，期擇貴婿。父卒，母執此志，三年不遂，而母又卒。或勸適佳士，女然之而未就也。

古代男子加冠稱「弁」，「弁」是〈顏氏〉中經常出現的詞，是對男人的代稱。父母死後，有人勸顏氏找個有學問的讀書人做女婿，這主意是順應時代潮流的。有學問的讀書人，常常就是未來的達官顯貴。

古代愛情小說講究郎才女貌，這篇小說卻反過來了，是女才郎貌。他們的姻緣是如何陰差陽錯促成的呢？那就和某生擅長寫信掛上鉤了。鄰居大嫂找顏氏聊天。婦人用一張寫了字的紙包著繡花線，顏氏打開那張紙，發現是封信，是某生寫給鄰居書生的。字跡俊秀，文字清麗。顏氏反覆看這封信，很喜愛。鄰居大嫂看出她的心意，悄悄說：「寫信的是個翩翩美少年，也是孤零零一個人，你們兩人年紀般配，相貌般配，倘若你對他有點兒意思，我囑咐我家夫君撮合一下。」顏氏脈脈含情，不吭聲。鄰居大嫂把這件事告訴了她丈夫，她丈夫再告訴了某生。某生非常高興，他用母親留下的金指環，給顏氏做定禮，選定良辰吉日後兩人成親，夫妻倆如魚得水。

顏氏擇婿的標準是有學問的讀書人，所謂有學問的讀書人在那個時代就是八股文寫得好的讀書人。顏氏看到某生的信就同意了婚事，為什麼？因為她做出了錯誤的判斷。古人把信叫「八行書」，當代作家中，錢鍾書先生最擅長八行書。在只有八行的信裡，需要做到起承轉合、言簡意賅。一般說，八股文功底好的人，書信才寫得好。顏氏按常規，認為某生能寫這麼出色的信，八股文必定也寫得好，沒想到，根本不是那麼回事！結婚後顏氏看到丈夫寫的八股文，估計是些不能成幅的半截文，很意外：「你的文章跟你本人像兩個人！文章寫成這個樣子，什麼時候才能金榜題名？」

顏氏以貌取人誤嫁草包，於是就想改造丈夫，把他引導到讀書做官的所謂「正途」上。她開頭認為，某生八股文寫不好是因為不刻苦，就起早睡晚地勸某生刻苦讀書，像老師那樣嚴厲。晚上，她先點上燈，坐到書桌前讀書，給丈夫做榜樣，一直要讀到半夜才休息。這樣讀了一年多，某生的文章已經能寫得不錯了，但是兩次參加考試都落了榜。功名拿不到手，生活越來越困難，甚至吃不上飯。某生想到這些不順利的事，大哭起來。看來，某生不僅笨，還運氣不好，不僅運氣不好，還沒有大志氣。男子漢大丈夫，應該有不達目的絕不甘休的志向，有刀山敢上、火海敢闖的氣勢，有百折不撓、在哪兒跌倒就從哪兒爬起來的氣概。某生受到一點兒挫折就大哭，還有一點兒男子漢大丈夫的樣子嗎？太窩囊了。

封建家庭的女子講究「三從四德」，但顏氏不聽這一套，本來她已經像個嚴師督促丈夫讀書，現在看到丈夫這副窩囊樣兒，乾脆聲色俱厲地訓斥他：「你不是個男子漢大丈夫！白戴著這頂男人的帽子！假使我換掉婦人的髮髻，戴上男人的帽子，取得高官厚祿，就像拾根草棍兒那麼容易！」

此處原文：「**君非丈夫，負此弁耳！使我易髻而冠，青紫直芥視之！**」青、紫，指官印上的綬帶，按漢朝官制，丞相、太尉金印紫綬，御史大夫銀印青綬。「青」和「紫」成為高官厚祿的象徵。顏氏說「**青紫直芥視之**」，是大言不慚嗎？不，她這是胸有成竹。因為她熟悉八股文。某生正因為使出吃奶的勁兒都考不中秀才而懊喪不已，拿到青紫官綬，對他而言豈不是難如上青天？他的妻子卻說容易得像拾根草棍兒！某生氣得兩眼冒火，憤怒地說：「閨中人不到考場上親自試一試，就以為功名富貴好像你在廚房裡打來清水熬白粥那樣容易！只恐怕你戴上了男人的帽子，也是跟別人一個樣兒！」顏氏笑了，說：「你不要發怒，等到考試的日期，我換上男人的衣服替你考去，倘若我也像你一樣名落孫山，我就不敢再藐視天下這些讀書的男人啦。」某生也笑了，說：「你不知道黃檗是苦的，真該讓你親自嘗一口。只是怕露了餡兒，街坊鄰里會笑話。」顏氏說：「我不是在開玩笑。你不是在河北有舊居嗎？我穿男人的服裝跟你一起回去，假裝是你弟弟。你很小就隨父親離開家鄉，誰知道你有沒有弟弟？」某生同意了。於是顏氏進屋換上男人的衣服，戴上頭巾出來，說：「看，我可以做個男人嗎？」某生一看，儼然一個顧影自憐的美少年！

他買了頭毛驢，帶著妻子回到家鄉。因為某生的父親離開家鄉很久，某生帶著個「弟弟」回鄉是很正常的。某生的堂兄看到兩個「弟弟」玉樹臨風，非常高興，一早一晚照顧他們，看到二人讀書刻苦，越發愛憐，於是雇了個小童僕給他們使喚。每次用過晚飯後，他們就把小童僕打發走。這一點很聰明，他們是年輕夫妻，自然會有夫妻恩愛的時候，如果叫小童僕看見了，再傳到堂兄的耳朵裡，或是傳到外人的耳朵裡，那就要出問題了。所以他們只讓小童僕白天在家裡待著。鄉里人情往來，都由「哥哥」出面周旋，「弟弟」只管在書房讀書。住了半年，很少有人見過「弟弟」。有客人要求跟「弟弟」見面，「哥哥」總找出理由推辭。有人搞突然襲擊，猛然推開二人的房門，一定要見「弟弟」，「弟弟」出來向客人作個揖，就立即返回房間讀書。客人看到「弟弟」風采出眾，再讀到「弟弟」寫的文章，驚奇得不得了，於是「弟弟」聲名大振，名門大戶爭著想招「他」做女婿。堂兄來跟「弟弟」商量時，「弟弟」很不好意思地一笑，說：「我立志在科舉上平步青雲，不考中進士，我是不會結婚的。」

學使來主持秀才科試，「兄弟」二人一起參加考試，「哥哥」落榜，「弟弟」以秀才第一名的身分參加鄉試，考中順天府舉人第四名，第二年成為進士，被皇帝任命為桐城縣縣令，因政績顯著，升河南道掌印御史。顏氏曾對丈夫說「**使我易髻而冠，青紫直芥視之**」，她果然做了御史，拿到青色印綬，事實證明她沒有吹牛。然後，顏氏託病辭官，回歸故里。家裡賓客極多，顏氏從不出來接待，而且從做秀才到做御史，也從不說娶媳婦的事。人們沒有不感到奇怪的。顏氏回鄉後，漸漸買了些丫鬟，有人懷疑這位御史大人會不會跟丫鬟私通？但堂嫂仔細觀察過，發現退職的御史跟丫鬟一點兒私情都沒有。

沒多久，明朝滅亡，天下大亂。顏氏這才對堂嫂說：「實話告訴你吧，我是你小叔子的妻子。因為丈夫太無能，不能取得功名，我才賭氣自己來做。最怕這件事傳揚出去，以致皇上來問罪，那就讓天下人笑話啦。」顏氏形容她丈夫時用了兩個字——「**闒茸**」，意思是無能、平庸、窩囊廢。堂嫂不信，顏氏脫下靴子讓嫂嫂看自己的小腳，堂嫂愣住了，再看她的靴子，裡邊塞滿了舊棉絮。堂嫂這才相信叫了多年的「弟弟」原來是弟媳婦。顏氏因為自己沒有生養，就出錢給丈夫買小妾來傳宗接代。

蒲松齡寫小說總是想得很周到，設計得很周密。女扮男裝、官做到御史的故事，是個幻想，但它是封建社會更高明、更真實、更有哲理意味的假象，是個彌天大謊，但扯得很圓。按照常理，顏氏的事怎麼可能發生？考舉人，考進士，做御史，十年間一路順風，可她歸根到底還是某生的妻子，萬一她懷孕了該怎麼辦？還有，她女扮男裝，萬一皇帝知道了該怎麼辦？天才小說家蒲松齡埋了兩個巧妙的機關，把兩件可能露餡兒的事都給抹平了。

第一個機關是顏氏生平不孕，假如顏氏既跟丈夫生活在一起，又混跡官場，做著掌印御史，同時又是大腹便便的孕婦，這像話嗎？顏氏偏偏一輩子沒生孩子，實在太妙了。第

〈顏氏〉

二個機關是顏氏恰好生活在明末清初，她做了御史不久，江山就「鼎革」了，也就是改朝換代了。女扮男裝原本是犯了欺君大罪的，現在連朝廷都換了，顏氏的罪名也就煙消雲散了。顏氏做御史是明代崇禎末年，她犯下欺君大罪的對象是明朝的崇禎皇帝。現在天下大亂，連崇禎皇帝都吊死在煤山上了，顏氏欺騙了明朝的崇禎皇帝，關清朝皇帝什麼事？這一點也很妙。

這個故事有沒有原型？著名紅學家俞平伯的曾祖父，自號曲園居士的著名文學家俞樾在《春在堂隨筆》中提出這樣的看法：明代末年抵禦張獻忠的桐城令楊爾銘，「年甫弱冠，丰姿玉映，貌如處子……人多疑為女子，即《聊齋》易釵而弁之顏氏也。大約楊、顏音近而訛傳之耳」。楊爾銘十四歲中進士並擔任縣令，曾經有虛張聲勢逼退流寇為史可法解圍的功績。但多數《聊齋》研究者認為，把楊爾銘當成顏氏的原型，是郢書燕說，牽強附會。而我認為，很可能是蒲松齡從美如好女的桐城令楊爾銘的形象出發，想像出女扮男裝的故事。這是頗為先鋒的思想，因為這之前中國有木蘭從軍，但還沒有女子參加科舉考試的真實記載。女性科舉考試成功者，只有清末太平天國占領下的南京女子傅善祥，她參加太平天國女科考試獲得第一名，算是一位女狀元，後來被東王楊秀清納入宮中。

蒲松齡寫的這個傳統故事包含著深刻的思想內涵：

第一，蒲松齡在「異史氏曰」中把他構思這個女扮男裝故事的要害寫了出來：「**侍御而夫人也者，何時無之？但夫人而侍御者少耳。天下冠儒冠、稱丈夫者，皆愧死矣！**」這段話的意思是：身為御史，行事卻像個婦人的事，什麼時候沒有？但身為婦人而做了御史的事卻非常之少。天下那些戴著讀書人的帽子、自稱是男子漢大丈夫的人，都要慚愧死啦。

在終生懷才不遇的窮秀才眼裡，「**侍御而夫人**」也就是雖然官居高位卻不能擔當大任的人到處都是，蒲松齡一輩子都邁不過「舉人」這個門檻，就構思出這個女人做御史的故事來調侃天下高官。

第二，傳統女扮男裝題材較著名的故事有三個：木蘭從軍、女狀元、孟麗君。木蘭從軍的故事家喻戶曉，最早見於樂府詩，後來成為明代中期著名劇作家徐渭創作的《四聲猿》之一，名曰《雌木蘭替父從軍》（簡稱《雌木蘭》）。《四聲猿》是擺脫封建說教、閃耀新思想光芒的佳作，對男尊女卑提出了挑戰，如「裙釵伴，立地撐天，說什麼男子漢」、「世間好事屬何人，不在男兒在女子」等，有著理想主義色彩。《女狀元辭凰得鳳》（簡稱《女狀元》）也是《四聲猿》之一，寫才女黃春桃為生計所迫，改名黃崇嘏，女扮男裝去應試，憑藉出眾的文才中了狀元。現代黃梅戲《女駙馬》就改編自《女狀元》，寫民間女子馮素珍為了救未婚夫，女扮男裝以未婚夫的名字參加科舉考試，考中狀元，被皇帝召為駙馬，演繹出一段悲喜交加的故事。

孟麗君的故事出自乾隆年間女作家陳端生的彈詞《再生緣》。陳端生是才女，長篇彈詞《再生緣》是她不到二十歲時開始寫的，講孟麗君為逃婚女扮男裝，考中狀元，屢建奇功，位極人臣。但她不肯跟父母、未婚夫相認，皇帝知道她是女人，想納她為妃，她氣得吐血。結局是什麼？陳端生沒寫完，看來怎樣讓孟麗君回歸女性的問題非常棘手，大才女也沒法寫下去。現在戲劇舞台上的大團圓結局則是後人續的。

這三個著名的女扮男裝故事體現的都是「女子未必不如男」的思想。而顏氏身上也體現出了「女子未必不如男」的思想，顏氏把封建重壓之下女子被壓抑的才能充分地顯示了出來。她有文才，可以在「制藝」也就是八股文寫作上超過男人；她有治國才能，可以在吏治上不遜於男子。顏氏女扮男裝，給家庭帶來了地位和財富，成了社會的頭面人物。作為家庭的支柱，她真能改變女性在封建家庭以及婚姻當中，作為「第二性」的地位嗎？仍然不能。所以，在這一點上，〈顏氏〉比另外三個女扮男裝故事思考得更深。小說結尾是這麼寫的：某生已故的父母因為兒媳的功名，多次受到皇帝封賞。顏氏在改朝換代後，讓某生頂著自己的官銜，自己閉門雌伏。而她生平不孕，只能給某生出資購妾。顏氏心裡當然不平衡，於是夫妻倆有了一段耐人尋味的對話。顏氏說：「凡是做了大官的，都會買來丫鬟小妾伺候自己，我做了十年官，還是隻身一人。你有什麼福氣，可以坐享美女？」某生回答：「**面首三十人，請卿自置耳**。」面首，指男寵，「面」指臉長得美，「首」指頭髮好看。此處典出《宋書．前廢帝紀》。山陰公主對皇帝說：「我和陛下雖然男女有別，但都是先帝的子女，你六宮有上萬美女，我卻只有駙馬一個，這太不公平了。」皇帝就替山陰公主安排了男寵三十人。

某生的話當然是開玩笑，也只能是開玩笑。山陰公主置面首的特權，武則天也有。但這種所謂特權卻不是一般女子可以享受的，而山陰公主置面首也使得她作為「淫婦」，千百年來被釘在歷史的恥辱柱上。顏氏絕對不可能置面首，她的丈夫——那個窩囊的某生，卻可以心安理得地納妾以傳宗接代。才能出眾的顏氏，「**青紫直芥視之**」的顏氏，在愛情生活中，在家庭生活中，不得不敗下陣來，用自己賺的錢給丈夫納妾。這是多麼可悲的諷刺啊！

古代戲劇小說寫女扮男裝都寫到恢復女裝後的大團圓為止，蒲松齡卻故意多寫上這樣一段，可謂意味深長。顏氏以聰明才智在男人的世界裡縱橫，最後仍然要按男尊女卑的規則行事。這就寫出了男女婚姻愛情中的真正不平等，寫出了那個時代女子的弱勢地位。不管是在社會上還是在家庭中，只有真正男女平等，女性才能獲得屬於自己的地位。這可能就是〈顏氏〉對現代人的啟示了。

04 細侯

女性版壽亭侯

珠圍翠繞中的妓女細侯偏偏愛上窮苦的私塾老師滿生，想過一夫一妻、詩酒唱和的布衣生活，卻被騙嫁給富商，過上燈紅酒綠的生活，還為富商生下兒子。她為了能跟窮書生破鏡重圓，竟殺死自己的親生兒子！她為什麼能做出這樣震撼人心的舉動？

故事開頭，浙江昌化的滿生在餘杭開設私塾教書，偶然到街市上去，經過臨街的樓房下邊，忽然有荔枝殼落到肩上。他抬頭一看，只見一個豔麗動人的年輕姑娘倚在欄杆上。滿生打聽到她是名妓細侯，身價很高，自忖沒能力跟她交好，回到書齋卻想她想得徹夜不能入睡。第二天，滿生到妓院遞上名帖，終於跟細侯見上面。兩人說說笑笑，非常投機，滿生越發著迷，就找藉口向朋友借了筆錢，帶著去找細侯，兩人很是親熱。滿生在床上吟了首詩：「**膏膩銅盤夜未央，床頭小語麝蘭香。新鬟明日重妝鳳，無復行雲夢楚王。**」意思是：今天我把滿身香氣的美人兒攬在懷裡竊竊私語，直到半夜都還有說不完的話。可惜明天你就要重新梳妝，不再把今日的情郎放心上了。細侯聽了，馬上明白了詩歌的意思，皺起眉頭說：「我雖然卑賤，但常想得到一個知心人，用心侍奉他，你既然沒娶妻，我可以給你當家嗎？」妓女跟嫖客說話，開口就要「當家」，且是給窮人「當家」，為什麼？因為她在精神方面有追求。豔名遠揚的細侯竟是一個文學青年，要跟滿生學寫詩！細侯說：「吟詩填詞，我覺得沒什麼困難的，我常在沒人時，想模仿著作一首，又擔心未必一作就好，被他人恥笑。倘若能嫁給你，你可一定要教我寫詩！」她又問滿生家裡有多少地，日子過得如何。滿生說：「只有半頃薄田，幾間破房。」細侯說：「等我嫁給你，你我二人長相廝守，你就不要再外出教書了。四十畝地的收穫大約可以自給自足，十畝地種桑，織上五匹絹，在太平年景，交稅就夠了。關上門來夫妻相對，你讀書我織布，空閒時吟詩喝酒，封個千戶侯也不換呢。」

細侯嚮往清貧淡泊、夫唱婦隨的生活。細侯的追求，跟前輩作家筆下的追求榮華富貴的名妓截然不同。按傳統觀念，妓院是煙花寨、銷金窟，像《玉堂春落難逢夫》寫的「花街柳巷，繡閣朱樓。家家品竹彈絲，處處調脂弄粉。黃金買笑，無非公子王孫；紅袖邀歡，都是妖姿麗色」。妓女的道德觀是「人盡可夫」，金錢是她們選擇男性的主要依據。細侯生活在紙醉金迷中，竟然有學詩的雅興，竟然因愛才看中遊學異鄉的窮塾師滿生，在以功名富貴論人的封建舊社會中，一個煙花女子能有這樣高潔的情愫，真是出淤泥而不染。

細侯和滿生商量贖身。細侯說自己身價二百兩紋銀，滿生只需要弄來一百兩，剩下的就不用管了。滿生說拿不出一百兩，只能到湖南找做官的結拜兄弟想辦法。妓女不愛錢而愛詩，講究羅曼蒂克、小資情調，從良不找有錢人而找窮書生，不是給自己找麻煩嗎？但是人就是這麼過來的，你追求真正的愛情，不可能不付出代價。細侯的追求是脫離實際的、浪漫的，肯定會遇到種種波折。最主要的障礙就一個字：窮。

滿生來到湖南後，才知道他的結拜兄弟已被罷官，因為有案情牽連還沒走，暫住在老百姓的房子裡，但同樣也是腰包空空。滿生弄不到錢，沒法返回浙江，就在縣裡教書，連續教了三年。有一次他責打學生，學生賭氣投水死了。東家將他告到官府，滿生被抓進監獄。

細侯跟滿生分開後，就一直生活在期待中，一個客人也不接。想在青樓守志可不是容易的。良家女子等待外出的丈夫，可以堅守也應該堅守，那可能是望穿秋水的盼望，是粗茶淡飯的貧苦，是獨守空閨的淒涼，但畢竟有家，有名分。你一個妓女也堅守，行得通嗎？你不幹活兒，妓院老鴇白養著你，可能嗎？就在這時，有個富商看上了細侯，不管花多少銀子都要娶她。細侯不同意。商人打聽到她在等滿生，藉故到湖南打聽滿生的消息。滿生的官司本來馬上可以了結，結果富商花鉅款賄賂官府，讓他們長期關押滿生。富商又回到浙江，告訴鴇母說滿生已經死在監獄裡了。細侯不信滿生已死。鴇母說：「不要說滿生已死了，就是不死，你跟著一個窮措大吃糠咽菜，哪兒比得上跟著富商過錦衣玉食的生活來得舒服？」「**窮措大**」是對窮書生蔑視性的稱呼。細侯說：「滿生雖窮，卻品格清高，守著骯髒的商人，不是我的心願。」妓女細侯追求心靈的相通和精神的高潔，不為金錢和享受所動，真是很難得。

富商一計不成再生一計，托其他商人假造滿生的絕命書送給細侯。細侯信了，白天黑夜地哭。鴇母說：「我將你精心撫養成人，報酬卻沒得多少，你不接客，又不嫁人，這日子怎麼過？」細侯不得已，只好嫁給富商。富商給了細侯錦衣玉食的生活，還給她定做珠寶首飾。生活的陰差陽錯，使得細侯原先過「你挑水來我澆園」式夫妻生活的人生理想破

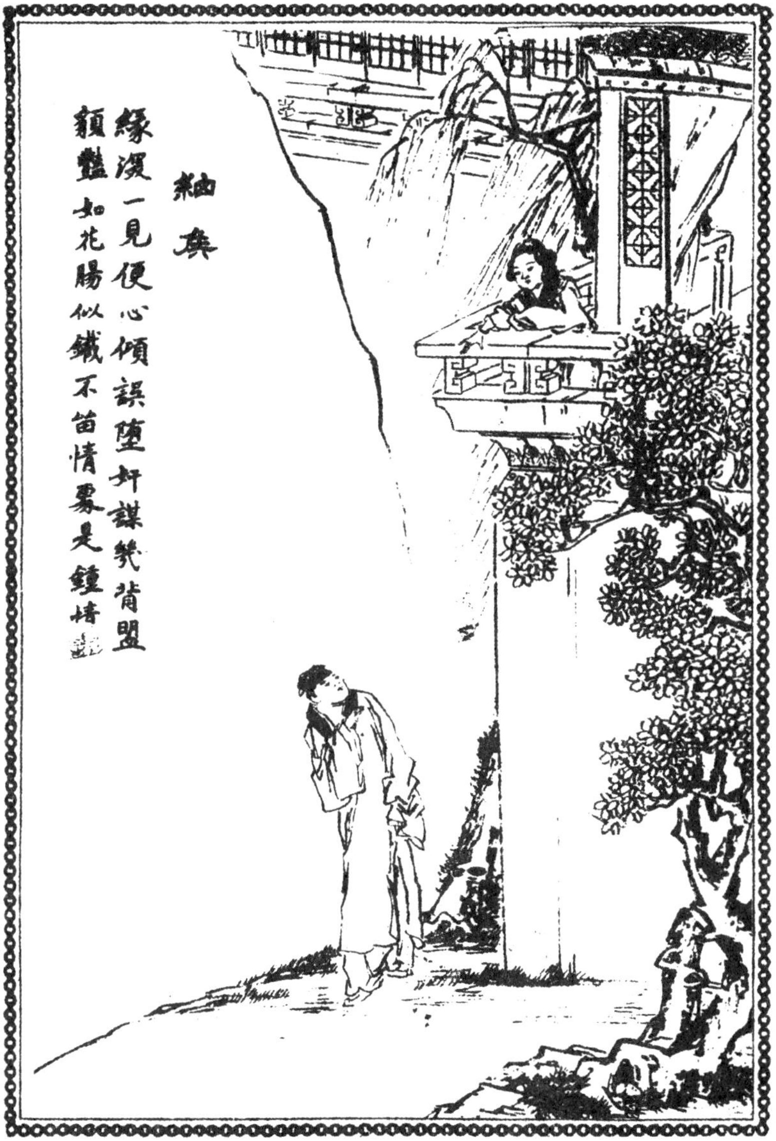
細侯
緣淺一見便心傾誤墮奸謀幾背盟
額豔如花腸似鐵不留情累是鍾情

〈細侯〉

滅了。她的人生發生了根本性的變化，走上了無數前輩走過的路——嫁給有錢人。所有的浪漫不復存在，安安穩穩地過日子吧。細侯嫁給富商一年多，生了個兒子。

沒多久，滿生得到學生的幫助，冤情昭雪出獄。出獄後他才知道，原來是富商做了手腳，才讓自己長期被關押。可是，自己跟富商素無仇怨，他何以這樣做？滿生百思不得其解。得到學生資助的滿生回到了家。當得知細侯嫁的正是這個富商後，滿生激憤難平，把自己受富商陷害的事，託常進出富商家的老媽媽一一告訴了細侯。細侯非常悲痛，這才知道，此前種種的變故與不幸，都是現在的富商丈夫施展陰謀詭計的結果。細侯的人生又來到十字路口，她面臨著艱難的選擇：一個選擇是面對現實，已跟富商結婚，過著錦衣玉食的生活，且二人已有了兒子，可以繼續務實地過下去；另一個選擇是堅守理想，回到貧窮的滿生身邊，實現「白首」之盟。細侯毅然決然地選擇放棄富足的生活，回到窮書生身邊。這一次，她絕不回頭。她把富商給她的珠寶、衣物全部丟下，又親手將懷中幼子殺死！富商回來後，發現兒死妻逃，憤怒地到官府告狀。審案官員認為細侯情有可原，置之不理。

一個母親為了追求苦寒的精神生活，竟忍心殺掉親生的兒子，是不是太不可思議了？蒲松齡用這個不近人情的情節，塑造了細侯這位有著特殊意義的女性形象。連身為封建衛道者的《聊齋》點評家都諒解了細侯，著名《聊齋》點評家但明倫說：富商本不是細侯丈夫，他設詭計禁錮她的丈夫，就是細侯的死敵，抱中兒就是仇人的兒，細侯殺子回歸滿生，應該饒恕她的忍心而可憐她忠於愛情。

母親殺子的情節，在中國古代野史、小說中早已有之。武則天為奪取皇后之位，殺死親生女兒栽贓王皇后，為野史津津樂道。世界文學名著中也有母親殺子的情節出現。古希臘三大戲劇家之一的尤里比底斯根據古希臘神話改編的《美蒂亞》，寫傑森要娶科林斯公主為妻，他的原配妻子美蒂亞先用魔衣把科林斯公主活活燒死，然後為了使傑森的痛苦得不到慰藉，美蒂亞又親手殺死了他們的兩個兒子！美蒂亞殺子，是為了報復丈夫，讓他永遠痛苦。

細侯殺子，我總覺得太不近人情，它只能存在於小說中，不可能也不應該存在於現實生活中。因為，不管細侯跟滿生如何山盟海誓，都抵不過一條鮮活的無辜的小生命。細侯有維護愛情的權利，這條小生命就沒有生存的權利嗎？我甚至開始想像，在細侯此後的生活裡，親生兒子的天真笑臉會不會恍恍惚惚地在她面前出現？小男孩喊媽媽的聲音，會不會使得她從夢中哭醒？那是多麼淒涼多麼難以忍受的心靈煎熬啊！

設想，現代人如果遇到細侯這樣的問題，該怎麼處理呢？很簡單，把富商告上法庭，跟他離婚，帶著兒子找滿生去。可是在封建社會，細侯能不能這樣做呢？不能。那個時代的女子嫁雞隨雞，嫁狗隨狗，沒有婚姻自主的權利。細侯有沒有其他選擇？例如說，抱著兒子投奔滿生，或者把兒子丟下，自己投奔滿生？並不能，這樣富商可能一再以兒子為人質糾纏不休。所以，細侯實際上是賭了一把：殺抱中兒，若官府放過，則可以跟富商一了百了；若官府治罪，那自己就得丟掉性命。從這個角度來看，細侯「**殺抱中兒**」體現了一種義無反顧的決絕精神。

不管怎麼說，像細侯這樣毅然決然斬斷與過去生活的聯繫的人，畢竟不多見。親手殺死親生的兒子，這需要多大的勇氣，要經過多麼痛苦的內心掙扎！細侯殺子，當然不人道，但歸根結底，細侯殺子是由為富不仁的富商造成的，是官商勾結、坑害弱勢良民造成的，這或許就是〈細侯〉這個離奇悲劇的深刻社會意義了。蒲松齡在「異史氏曰」中把細侯回歸滿生和壽亭侯歸漢相提並論。把妓女與關聖相比，實在罕見。其實小說中的人物命名早寓深意。漢代清官郭伋，字細侯，後人常借用他的字給受人民愛戴的官員命名。蒲松齡用父母官的別稱給妓女命名，說明他對這個人物相當重視。

蒲松齡構思細侯這個人物時，很可能還有非常隱秘、非常微妙的涉及他個人感情的因素。細侯獨具慧眼，愛上窮書生，而且是教私塾的窮書生。他們的感情基礎，有著相當重的文學幻想成分。細侯算不上「美女作家」，可算作一位「美女文學愛好者」。而有魅力吸引細侯的滿生像誰？他當然不是富比石崇、貌比潘安，即使會謅幾句歪詩，也談不上才比子建，可他偏偏吸引了身價不低的細侯。滿生有什麼身家呢？薄田半頃，破屋數間。咦，他怎麼這麼像蒲松齡?!蒲松齡有薄田二十畝、農場老屋三間，自己也是一位私塾老師。從細侯愛滿生的理由，可以看出窮秀才、窮塾師、在清苦的聊齋中想像力奔馳的蒲松齡，多麼善於做白日夢。真是莫愁前路無知己，天下紅粉盡愛君。我看，這仍然是《聊齋》裡的「顧青霞現象」。

簡而言之：小說女主角按照顧青霞的原型做變形處理，男主角按照蒲松齡的原型做變形處理。男女主角之間有著各種形式的忠貞不渝的愛情：像〈連瑣〉，人鬼相戀，女鬼愛詩歌，因愛復活；像〈連城〉，男女之間有《牡丹亭》那樣的三世情；像〈鴉頭〉和〈細侯〉，青樓女子選擇窮書生並忠貞不渝。現實生活中，顧青霞選擇了做縣令孫蕙的小妾，蒲松齡只能把對她的思念埋在心底，眼睜睜地看著顧青霞日漸憔悴最終香消玉殞。如何搭救縣令大人的侍妾，窮秀才一點兒辦法也沒有。但是小說家可以像上天一樣操縱筆下人物的命運。

憑什麼小說裡變形的「顧青霞」不能選擇窮書生，與其清貧相守、詩歌唱和，乃至相愛至死？現實中不能，小說裡難道也不能？小說家說了：應該能，必須能，絕對能！蒲松齡在〈細侯〉和〈鴉頭〉中，完成了現實中自己不可能完成的戀情。細侯和鴉頭，兩位《聊齋》故事中的青樓名妓，兩位變形的「顧青霞」，都選擇了無權無勢的窮書生，他們是「浙江蒲松齡」、「東昌蒲松齡」，是變形的「蒲松齡」。男女主角愛得忠貞，愛得轟轟烈烈。用美學術語說，蒲松齡將自己的本質力量對象化，讓小說人物為自己的願望負弩前驅。

05 細柳

絕版《聊齋》「虎媽」

細柳是普通家庭主婦。在封建社會，女性最難做的兩個角色——寡婦和繼母，細柳都碰上了。寡婦門前是非多，後娘門前閒話多。可是細柳治家，不弱於錚錚大丈夫，不僅能獨撐家業，還採取「虎媽」手段教育兒子，包括丈夫前妻生的兒子和親生兒子。她是怎樣以柔弱的肩膀支撐起丈夫死後搖搖欲墜的天，又是如何教育兩個兒子成材的呢？

細柳出生在讀書人家，本不叫細柳，因為她楊柳細腰、纖細苗條，於是人們開玩笑給她起了個外號，叫「細柳」。細柳做姑娘時就想掌握自己的命運，她喜歡讀相面的書，能透過相貌判斷人的生死禍福。細柳門第好，長得好，又有文化，求親的人不少，而細柳「**必求一親窺其人**」，一定要親自看看求婚的人。她看了許多，卻一個也挑不中，就這樣到了十九歲都還沒有出嫁。在那個時代，十九歲還未嫁就算是老姑娘了，她父母惱了，說：「**汝將以丫角老耶？**」意思是，你想一直在家做老姑娘嗎？細柳說：「我想以人勝天，奈何找了這麼長時間也沒有找到合適的，這就是我的命吧。從今以後，就聽憑父母做主吧。」

世家名士高生來求親，家庭和個人條件都不錯。細柳的父母同意了。但高生有兩個重要缺陷，一個是他曾娶妻生子，娶細柳是續弦，也就是說，細柳進門後是做繼母。高生前妻留下的兒子長福，這時五歲，細柳處理得很好，對待長福像親生的一樣，細柳有時回娘家，長福哭著鬧著也要跟去。細柳對丈夫前妻生的兒子撫養周至，前妻生的兒子像依戀生身母親一樣依戀她，兩人關係很好，這也給她後邊對長福的嚴格管教預先提了一筆。

高生的另一個缺陷更大，那就是短命。這個缺陷被細柳用相人術發現。結婚一年多，細柳生了個兒子，起名長怙。高生問她為什麼起這麼個名字，細柳回答說：「沒別的意思，只是希望他長久依偎在父母膝下。」這個名字是從《詩經．小雅．蓼莪》中「無父何怙」一句而來的，「怙」即依靠，沒了父親就沒了依靠。細柳希望兒子能長久地在父親的保護之下。細柳看出丈夫活不長，但她不說穿，借著給兒子起名祈禱丈夫長命百歲。可以說，細柳從一結婚，就有做寡婦的準備，有自己擔起管理整個家庭重任的準備。細柳對古時女人的「本分事」（例如做女紅）很不用心，卻對應該由男人管的事特別上心，例如怎樣根據地形和水源來分派田畝的用處，每年要交多少稅，細柳都親自過問，唯恐知道得不夠詳細。後來她乾脆對高生說：「家裡的事，你不要管了，我來管，看我能當這個家嗎？」細柳早起晚睡，管家管得非常勤勉。高家被她治理得井井有條。在封建社會，通常都是男人當家，細柳卻越俎代庖，為什麼？因為她知道丈夫命不長，提前當家是未雨綢繆。小夫妻的日子過得很甜美，高生對妻子很滿意，開玩笑說：「**細柳何細哉？眉細、腰細、凌波細，且喜心思更細。**」凌波，指女人的三寸金蓮，出自曹植《洛神賦》：「凌波微步，羅襪生塵。」高生開玩笑地把細柳的特點概括了出來。細柳對了一句：「**高郎誠高矣！品高、志高、文字高，但願壽數尤高。**」她話裡有話，表面是祝願丈夫長命百歲，實則是對其短命的深深憂慮。

我看《紅樓夢》時，經常研究林黛玉為什麼哭，怎麼哭，她每次哭有什麼含義，起到了什麼作用。其實，早在《紅樓夢》之前近百年的《聊齋》中，人物的哭已被寫得特別有韻味、有章法。蒲松齡寫細柳在丈夫還活著時的兩次哭就很有意思：

細柳的第一次哭發生在她剛開始管家時。有一次高生外出喝酒，收稅的來了，打著門叫罵。細柳派僕人說好話，收稅的人仍不走，細柳只好派人把高生請回來。高生回來後，三言兩語就把收稅的打發走了。高生得意地對細柳說：「**細柳，今始知慧女不若癡男耶？**」意思是，你看，今天才知道聰明的女人也不如傻男人了吧？細柳聽完這話就哭了，哭得很傷心很動情。高生只是在開玩笑，但細柳卻想到今後家裡沒有男主人的艱難，所以她哭了。但細柳不停滯於感歎命運不公，她哭完之後，吸取這次收稅人登門叫罵的教訓，早起晚睡，勤儉持家。每一年她都先準備好來年該交的稅，所以整年都不見催稅的差役登門。她又用這個辦法來計畫全家的開支，量入為出，家裡漸漸寬裕。細柳的第一次哭，哭出的不是女人的軟弱，而是她的智慧，是從生活挫折中總結經驗的心計。

細柳的第二次哭是因為一口棺材。村裡有人賣上好的棺材，細柳不惜花重金買下來，家裡的錢不夠，她就多方去找親戚鄰居借錢。高生說：「這又不是急用的東西，買它何用？」細柳不聽，仍執意買下。棺材買下放了一年多，有家富戶死了人，用雙倍的價錢來買，高生覺得可以賺一大筆錢，要賣，細柳不同意。高生問她為什麼，細柳就是不肯說，再追問，她就熱淚盈眶。細柳這第二次哭，還是哭自己不幸的命運。丈夫還活蹦亂跳呢，細柳卻要買下棺材準備著，這當然不能說，也不忍心說，即使丈夫跟她鬧，她還是不能說，只能自己哭。這一哭，同樣不是哭出她的軟弱，而是哭出她的堅強。人們常說，眼淚是女人最有力的武器，為什麼？有人認為，在家庭裡，女人可以用眼淚把壓力轉嫁到男人身上，眼淚不就成了武器嗎？但是，細柳的眼淚不是推卸責任的武器，而是對命運的感傷，是勇於承擔不公命運的剛強和智慧。

為了保護丈夫，細柳總是禁止高生外出遠遊，高生回家稍微晚了一點兒，書僮、僕人就接二連三去請，家人一撥一撥在路上等著高生。高生的朋友都拿這事嘲笑他。細柳卻不聽這些，照樣小心翼翼地照顧著高生。有一天，高生到朋友家喝酒，覺得身體不舒服就回來了，行至中途，從馬上掉了下來，死了。此時正是盛夏，所幸細柳早已把裝殮的衣服被褥和棺材等東西備好，才不至於手忙腳亂，鄉里都佩服細柳的未卜先知。這當然有點兒宿命論色彩，但一個弱女子預感到自己的悲劇命運，想方設法應對，提前做好準備，畢竟不簡單。正因為細柳對高生的離世早有準備，高生一旦撒手而去，細柳維持家庭正常運轉才沒有那麼困難。這樣一來，細柳就走完了她人生的第一個階段：賢妻階段。她是個善良、細心、剛強、有心計、有預見性的賢妻。

高生死了，細柳的處境更加艱難。艱難的處境更加讓她的性格大放光彩。

細柳遇到的新困難或者說更大的困難是怎樣教育兒子，特別是如何不避嫌疑嚴管丈夫前妻之子。為什麼要把細柳嚴厲管教丈夫前妻生的兒子說成是「不避嫌疑」？因為在封建社會，繼母的名聲不好。按舊的世俗觀念，不管是在宮廷還是在民間，不管是居於上層還是下層，一旦父親娶了繼室，前妻生的孩子必定遭殃。唐代萊州長史于義方寫了一卷《黑心符》，論述娶繼室的壞處，勸誡子弟無論如何不要續娶。後來人們專門用「黑心符」來稱呼暴虐不仁的繼母。

古代繼母虐待丈夫前妻生的孩子的故事很多，晉國公子重耳被繼母陷害流亡的故事就很有名。在民間流傳更廣的是孔子七十二弟子之一的閔子騫「蘆花絮衣」的故事，《太平御覽》和《孝子傳》都曾記載：閔子騫小時受繼母虐待，寒冬臘月，繼母給兩個親生兒子穿新棉衣，給閔子騫用蘆花絮衣，表面上看厚厚的，其實一點兒也不避寒，凍得閔子騫瑟瑟發抖，給父親馭車時將馬車滑入道旁溝內。父親生氣地鞭打他，結果抽破衣服露出了裡面的蘆花。父親終於醒悟，要休掉繼母，閔子騫跪下說：「母在一子寒，母去三子單。」意思是，留下繼母，我一個人冷，趕走繼母再娶個新繼母，兄弟三個都要受凍。這故事很有名，現在山東大學旁邊還有一條路叫「閔子騫路」。

父親一死，長福就像「脫韁野馬」了，「**嬌惰不肯讀**」。細柳在丈夫死後如何教育丈夫前妻生的兒子是個大難題。做繼母壓力很大，你哪怕每天打罵自己的親生子女，都沒人說一句閒話，但如果你打丈夫前妻生的子女，馬上各種指責就會接踵而至：「黑心符」再世啦，

「蘆花絮衣」又來啦……有些繼母為了避嫌疑，矯枉過正，坐視丈夫前妻生的孩子放縱不管，結果丈夫前妻生的孩子都成不了材。實際上放縱跟虐待一樣壞。

細柳也面臨著兩難的抉擇，如果嚴厲管教丈夫前妻生的兒子長福，會被千夫所指；如果任由他這樣放縱下去，孩子就荒廢了，這樣既對不起孩子，也對不起死去的丈夫，更對不起自己的良心。看來這個丈夫前妻生的兒子還非管不可。細柳怎麼管？用「虎媽」手段。

你不是不喜歡讀書上進嗎？我就叫你知道不讀書不上進的下場！長福蹺課，跑出去跟放牛羊的孩子們玩，細柳先是採用一般父母管教孩子的手段，訓斥他，動手打他，可長福還是不改。於是細柳就採取了一般繼母不敢採用的激烈手段。她把長福叫來，說：「既然你不願意讀書，我也不強迫你。但我們是窮人家，養不了閒人，你把衣服換了，跟僕人一起幹活兒，不然挨了鞭子可別後悔！」於是她給長福換上破衣服，讓他去放豬，回來後讓他自己拿個陶碗，跟奴僕們一起吃飯。這辦法很靈，過了幾天，長福吃不了苦，哭著跪著說願意回來讀書。如果這時細柳心軟了，讓他回來讀書，長福很可能讀上幾天就舊態復萌。但細柳沒有，她轉身面向牆壁，對長福的請求置若罔聞。這似乎很狠心，其實細柳是忍住心痛、忍住眼淚這樣做的。長福只好拿起放豬的鞭子哭著走了。到了深秋，長福穿著破衣，光著腳，像乞丐一樣瑟縮著。街坊鄰居都看不下去，「**納繼室者，皆引細娘為戒**」，哪個死了妻子的想再娶，街坊就提醒他：看看高家，娶了繼室，少爺都成放豬娃啦。細柳成了街坊鄰居口中惡毒繼母的典型。長福不願意放豬，扔下豬逃走了，細柳聽之任之，不去追問。過了幾個月，長福討飯都找不到地方，面黃肌瘦地回來了。他不敢立刻回家，哀求鄰居老太太找細柳求情。細柳說：「他能挨一百棍子，就可以來見我，不然，趁早回去。」長福一聽這話，立刻跑進家門，痛哭流涕，表示願意挨打。細柳問：「現在後悔了？」長福說：「後悔了。」細柳說：「既然後悔了，也就不用打了。你就安分守己地繼續放豬吧。」長福大哭著說：「我寧願挨一百棍子，請讓我繼續讀書吧。」細柳這才叫長福洗澡換衣，讓他重新回到學堂。

《聊齋》點評家但明倫把這一段細柳教子叫作「置之死地而後生」。長福從此認真讀書，跟過去大不相同，三年後考中了秀才。巡撫楊公看到他的文章，十分器重他，按月供給他錢糧，幫助他刻苦攻讀。巡撫重視長福，為後邊的情節埋下了伏筆。

按下葫蘆起來瓢[5]，就在細柳挖空心思教育丈夫前妻生的兒子的過程中，親生兒子又出問題了。

長怙比長福更不成器，更遊手好閒，愚鈍不能讀書，務農又不能吃苦。細柳生氣地對長怙說：「士農工商，各有本業，你既不能讀書，又不想務農，難道想餓死在山溝裡嗎？」細柳故意把好衣服給大兒子穿，把好吃的都留給大兒子吃，想用這種辦法激勵長怙，卻沒什麼效果。細柳讓長怙學做買賣，長怙比長福毛病還多，又好嫖又好賭，不管多少錢到手，立即敗光，然後撒謊說遇到盜賊把錢搶走了。這樣連續幾次後，終於被細柳發

5　編者註：中國民間俗語，表示一波已平一波又起。

〈細柳〉

現，差點兒把他打死。為了徹底改變長怙的惡習，細柳決定把親生兒子關進監獄讓他徹底醒悟。

細柳家住在河南沁陽，有一天，長怙向母親請求跟隨商人們到洛陽去，實際是以學習做生意為由，逃脫母親的監督，以便隨心所欲地玩樂。細柳對長怙的心思洞若觀火，表面上卻一點兒也不懷疑，馬上拿出散碎銀子三十兩，又給了他一錠大銀子，說：「這是你祖上做官傳下來的，不可以輕易動用，只是拿來給你壓箱底，以備急用。你剛學跑生意，我不指望你掙多少錢，只要這三十兩銀子不虧本就可以了。」長怙滿口答應，心裡暗暗歡喜，這下子自己成了出籠之鳥，沒人可以管束了，也就可以放心大膽地好好玩了。他到了洛陽後，謝絕一切經商的朋友，住到了名妓李姬處。十幾天後，三十兩碎銀用光了，他自以為反正有一錠大銀子在包裡，並不擔心沒錢花，等到拿出銀子想鑿下一塊急用時，才發現銀子是假的！長怙還沒想出辦法解決眼前的困境，李姬就告發了他。長怙被官府抓了起來，到了官府後，長怙無從辯白，被劈頭蓋臉一頓痛打，差點兒被打死。被關進監獄後，他又因為沒錢向獄卒行賄，遭到獄卒虐待，只好向其他犯人討飯，苟延殘喘。

細柳在長怙離家時，就對長福說：「二十天後，要派你到洛陽去一趟，我事情多，怕忘了，你記得提醒我。」長福不敢問母親是怎麼回事，二十天後，長福按時提醒她，細柳才把教訓長怙的計畫說了出來。她對長福說：「你弟弟如今這般浮躁，就像你當初不讀書一個樣。我如果不擔惡名，你怎麼能有今天？人們都說我狠心，但是我為了你，眼淚把枕頭都濕透了，誰能知道？你弟弟浪蕩的心不死，我故意給了他一錠假銀子，讓他受點兒挫折。估計你弟弟現在已經被抓進監獄了。巡撫大人待你優厚，你去求求他，把你弟弟從苦難中救出來，他也許能從此產生愧悔之心。」

細柳跟長福說到當年因為教訓他，讓他放豬，自己受世人唾罵，夜夜哭濕枕頭的事，卻沒說她設計教訓長怙時的心情。親生母親故意把兒子關進監獄，使其挨打、挨餓、受刑，內心會是怎樣的感受？夜裡肯定比教訓長福時哭得更厲害。細柳是所謂「心大」的女人，什麼事都放到自己心裡，她讓小兒子上路時，只告訴大兒子二十天後提醒她，並不將自己的計畫透露分毫。如果她將計畫告訴長福，長福肯定忍不住要提醒弟弟，那樣的話，「偽金案」就演不成了。細柳是有大膽量、大肚量、大胸懷，所有包袱一肩背的女強人。

一個母親設法把親生兒子關進監獄，這太不可思議了。而細柳卻是不得已而為之。長怙已經墮落得很深，一般手段教育不了他，就像人病入膏肓，普通藥物根本不起作用，重病就得用猛藥。一個柔弱的家庭主婦，一個可憐的寡婦，竟能想出「偽金案」這樣的妙計，調動官府為自己出力，簡直太不容易了。這個母親具備什麼樣的胸襟和氣概?!「偽金案」是細柳精心設計、一手操縱的案件，目的並非真把長怙抓進監獄，而是要用極端手段教育這個不肖之子。

細柳製造「偽金案」是基於對方方面面的清醒認識：第一，她對親生兒子長怙有著清醒的認識，知道逆子不受監獄之災，不會真正悔悟。第二，她對號稱「銷金窟」的妓院有著清醒的認識，知道一旦假銀子暴露，長怙的相好必定告發他，而透過這件事，長怙也能對妓院有一番清醒的認識，知道妓院只認得錢，不講什麼愛情、人情。只有對妓院沒有什麼可留戀的，長怙的浪蕩之心才能收斂起來，對過去流連青樓的行為產生悔恨之心。第三，細柳對官府有著清醒的認識，雖然身處深閨，但她對社會上的人事關係、利害關係瞭若指掌，她知道大兒子長福受巡撫的欣賞，可以在縣官那兒替長怙求情。

「偽金案」除了讓長怙吃點兒苦頭外，實則有驚無險。細柳將整件事考慮得非常周到縝密，像調兵遣將一般，誰負責埋伏（假銀子就是「伏兵」），誰負責解圍（哥哥給弟弟解圍），她胸有成竹；又像高明的棋手，哪顆棋子放在哪個位置，什麼時候走哪步棋，她走一步看三步，一步不亂。她甚至連時間都計算得非常精確：長怙帶著三十兩碎銀子和一錠假銀子出發二十天後，長福出發。

事情確實是按細柳的預計發展著：長福到達洛陽後，長怙已經被抓進監獄三天，長福見到長怙時，長怙已經奄奄一息，臉色難看得像死人一般。一見哥哥，長怙哭得抬不起頭。長福受巡撫的賞識和寵愛，聞名遐邇，縣令知道這層關係後，急忙把長怙從監獄裡放了出來。長怙回到家後，怕母親生氣，跪著來到母親跟前。細柳看了他一眼，說：「心滿意足啦？」長怙滿臉淚水地跪著，不敢作聲。長福也陪弟弟跪著，細柳這才呵斥說：「都起來吧！」從此，長怙痛改前非，「**家中諸務，經理維勤**」，偶然有點兒懶惰，細柳也不責備他。這樣過了幾個月，細柳始終不跟他說外出經商的事，長怙想自己要求又不敢，就把想外出經商的打算告訴了哥哥。細柳聽說後，很高興，借了許多錢給長怙。長怙外出半年後回來，本錢翻了一番。長福在這年秋天鄉試中舉，三年後做了進士，而長怙也靠做買賣掙了上萬兩銀子——一個讀書讀不出效果來的浪蕩子改邪歸正，成了富翁！《聊齋》點評家馮鎮巒說：「有此賢智之母，自有此富貴之子。」細柳是封建社會典型的賢妻良母，應該怎麼看待這個人物呢？

首先來看看蒲松齡自己是怎麼評價她的。蒲松齡在「異史氏曰」中把細柳這個繼母跟以前的繼母做對比，說明她的特殊意義：唐代于義方寫的《黑心符》記述繼母虐待丈夫前妻生的子女的事實，春秋時代閔子騫的繼母讓他穿蘆花做的棉衣，繼母虐待丈夫前妻所生子女的情況，古今一樣，實在可悲。或者有為了避免繼母惡名的人，又常常矯枉過正，以致聽憑丈夫前妻所生子女放縱而不去管他們，這樣做跟虐待他們又有什麼區別？只是，每天打自己親生的孩子，人們不說你殘暴；只要稍微打罵丈夫前妻生的孩子，人們的指責立即就來了。細柳絕不是單單對丈夫前妻生的孩子狠心。倘若她親生的兒子很好，不必打罵，又怎麼能顯出她的良苦用心以讓天下都知道？而細柳管教丈夫前妻的兒子，不避嫌疑，不怕人說閒話，結果讓兩個兒子一個大貴，一個大富，都成了社會上卓然獨立的人物，這樣的功德不要說出在閨閣女性身上，就是在大丈夫裡邊，也是響噹噹的。原文中幾句話經常被引用：「**不引嫌，不辭謗，卒使二子一貴一富，表表於世。此無論閨闥，當亦丈夫之錚錚者矣！**」

蒲松齡是不是大而化之地把細柳跟男人做對比呢？不是的。實際上，蒲松齡給細柳的命名就有把她提高到男人也沒法比的高度。「細柳」這個詞在中國古代有著特殊含義：漢初大將周亞夫屯軍細柳營，軍令嚴明，後人遂用「細柳營」或者「細柳」稱紀律嚴明之師。孔尚任的《桃花扇》中就有「你坐在細柳營，手握著龍虎韜」之句。所以，弱女子細柳的名字實際上取自《史記．絳侯周勃世家》，用的是周亞夫治軍的典故。《聊齋》的人物命名非常講究：周亞夫治軍軍令嚴明，細柳治家也紀律嚴明，恪守賢妻良母的職責，一絲一毫不鬆懈，甚至不惜採取鐵腕手段。細柳是古代小說人物畫廊中很特殊的成功形象。《聊齋》點評家馮鎮巒說細柳「齊家治國大經濟，整躬接物大學問」，把這位了不起的母親跟治國聯繫了起來。

其次，細柳是古代小說中全新的形象。前輩小說作家筆下的女性形象一般側重兩類：一類為愛情而生存，例如唐傳奇《鶯鶯傳》裡的崔鶯鶯，《聊齋》裡的細侯、鴉頭、花姑子等；一類為感情而拚搏，以為家庭報仇的女性為例，就有唐傳奇《謝小娥傳》裡的謝小娥，《聊齋》裡的庚娘等。像細柳這樣突出女性管理才能的女強人形象，在中國小說史上較早出現在《聊齋》中，細柳是代表，還有仇大娘、劉夫人等，後來寫得更好的是《紅樓夢》裡王熙鳳。王熙鳳理家跟細柳有不少相似之處，最重要的一點是：她們都殺伐果斷，拒絕「婦人之仁」。細柳我行我素，只要能教育丈夫前妻所生的兒子，不管社會輿論如何，不管自己頂著怎樣的罵名，她眉頭都不皺一下。王熙鳳協理寧國府，有人遲到，她馬上拉下臉，讓人拖出去打板子，絲毫不留情面。《紅樓夢》第十三回「秦可卿死封龍禁尉，王熙鳳協理寧國府」結尾兩句是「金紫萬千誰治國，裙衩一二可齊家」，這跟蒲松齡評價細柳的「**此無論閨闥，當亦丈夫之錚錚者矣**」非常相似。更有意思的是：閨闥離官府最遠，《聊齋》和《紅樓夢》裡的這兩個傑出女性卻都巧妙地利用官府達到了自己的目的。細柳製造「偽金案」，王熙鳳製造「停妻再娶案」，即使不能說是從一個模子裡刻出來的，至少可以說是異曲同工。

最後，細柳教育兒子吃苦才能成材，對當代人仍有教育意義。別的不說，我從小就聽過〈細柳〉的故事。我的母親喜歡《聊齋》，八十多歲還拿著放大鏡看鑄雪齋影印本的《聊齋》。我的母親說過兩句話，我曾寫在文章裡，朋友們管它叫「馬老太語錄」：「自在不成材，成材不自在。」這十個字，教育了我們七兄妹，而我記了幾十年。

06 庚娘

巾幗不讓鬚眉

閨閣少婦庚娘兩次面臨生死考驗，一次是面對殺人越貨的江洋大盜，一次是面對盜墓取寶的盜賊，她都能沉著冷靜，化險為夷，既保全了自己的清白，又給全家報了仇。

河南世家子弟金大用，娶太守之女庚娘為妻。庚娘俏麗賢慧，夫妻感情很好。遇到戰亂，金大用帶著父母、妻子向南邊逃亡，路上遇到一個年輕人也領著妻子逃難。年輕人自稱是揚州的王十八，願意給金大用領路。金大用毫無戒心地跟他同行。到了河邊，庚娘悄悄對金大用說：「不要跟這個人坐同一條船，他總盯著我看，眼珠亂轉，臉一會兒紅一會兒白，我看他不懷好意。」閨中少婦靈心慧性，提前識破偶然相遇的人不懷好意，金大用信口答應，卻沒在意。王十八對金家很殷勤，替他們雇來大船，幫著搬行李，照顧得很周到。金大用不忍心拒絕他，又看到他也帶著妻子，想著應該不至於出問題。兩家坐了同一條船。王妻和氣柔婉，和庚娘很談得來。王十八坐在船頭上，跟船工聊得很投機，好像早就是熟人。沒多久，太陽落山，水面遼闊，分不清東西南北。金大用看到環境幽暗危險，心裡有些驚疑。等月亮升起來，才能看清遠近都是蘆葦。船停了下來，王十八請金家父子出艙散心。金大用一出來，王十八就突然把他擠下水。金大用的父親想呼救，船工舉篙就打，老頭兒也落了水。金母聽到聲音出來看，船工又把她也打下了水。這時王十八才假意呼救。

金母出來時，庚娘悄悄跟在她後邊，已看清發生的一切。一家人都落水，她卻不驚慌，只在船艙裡哭著說：「公公婆婆都沒了，我到哪兒去呀？」庚娘假裝只考慮自己的安危，「丈夫」兩個字連提都不提，只說公婆。王十八走進船艙，勸庚娘說：「小娘子不要憂愁，跟我到金陵。我家有地有房，夠你享用，保證日子過得無憂無慮。」其狼子野心暴露無遺，原來他殺害金家全家，既為占財，又為搶人。庚娘一聽，立即擦乾眼淚，說：「能這樣，我也滿足了。」這時，船在水中央，庚娘如果想保全清白，可以投水而死，那樣就全家冤沉海底，如果苟且偷生，難免受到強暴。庚娘卻佯裝自己願意跟隨王十八，叫王十八放鬆警惕。到了夜間，王十八要求跟庚娘同床，庚娘推託說身上不方便。王十八就回到妻子那兒睡覺。一更將盡，王十八夫婦兩口子吵了起來。王妻說：「看你幹的好事！就不怕天上打雷劈了你！」王十八怒打妻子，王妻喊道：「死就死，我才不願意給殺人賊做老婆呢！」王十八大吼大叫，揪著妻子的頭髮將其拖出船艙，只聽「咕咚」一聲，接著就聽見眾人嚷嚷說王妻掉到水裡了。

他們到了金陵。王十八領著庚娘拜見母親，老太太見兒媳婦換了人，很驚訝，王十八說：「我前妻掉到水裡淹死了，這是新娶的。」回到房裡，王十八又要對庚娘動手動腳。庚娘笑著說：「三十多歲的男人，還不知道男女間那點兒事嗎？窮人結親，還得備杯薄酒，你家這麼有錢，應該不難辦到，青天白日先幹這事兒，成個什麼體統？」似乎她很樂意跟王十八親熱，只是時間不對。這實則是庚娘的緩兵之計。王十八聽了果然高興，準備了酒菜跟庚娘對飲。庚娘笑盈盈地端起酒杯，殷勤地勸了一杯又一杯。王十八漸漸喝醉了，說：「不能再喝了。」庚娘又斟上一大碗，故意裝出嬌聲嬌氣的媚態，一定要王十八喝。王十八不忍拒絕，又喝了。他喝得酩酊大醉，把自己的衣服脫光，催促庚娘道：「趕快上床睡覺！」

庚娘撤掉杯盤酒食，吹滅蠟燭，藉口說去解手，出門找了把鋼刀回來，黑暗中用手摸索著，找準王十八脖子的位置。王十八抓住庚娘的手臂，嘴裡還淫聲浪氣地說著親昵的話。庚娘用力猛砍，王十八叫喊著跳了起來。庚娘又砍了一刀，王十八這才倒地而死。王十八的母親聽到異動，跑來問出了什麼事，也被庚娘殺了。

這時，王十八的弟弟王十九發覺不對勁兒，跑了過來。庚娘已給全家報了仇，知道難免一死，想要舉刀自殺，哪知刀砍卷了刃，刺不進去。庚娘打開門逃走，王十九在身後追趕。情急之下，庚娘跳進了池塘。等王十九喊鄰居將她撈上來時，她已經死了，只是容貌還像活著時一樣美麗。街坊鄰居查看王十八的屍體，發現窗台上有封信，打開一看，是庚娘寫的，信中一一詳述了她全家如何被王十八所害，也就是她報仇的因由。大家認為庚娘是貞節烈女，紛紛湊錢給她發喪。天亮時，有幾千人來瞻仰庚娘，恭恭敬敬地給她行禮。一天下來就募捐到一百多兩銀子，眾人把庚娘安葬在南郊，熱心人還給她戴上珠冠，穿上錦袍，陪葬的首飾物品很豐富。

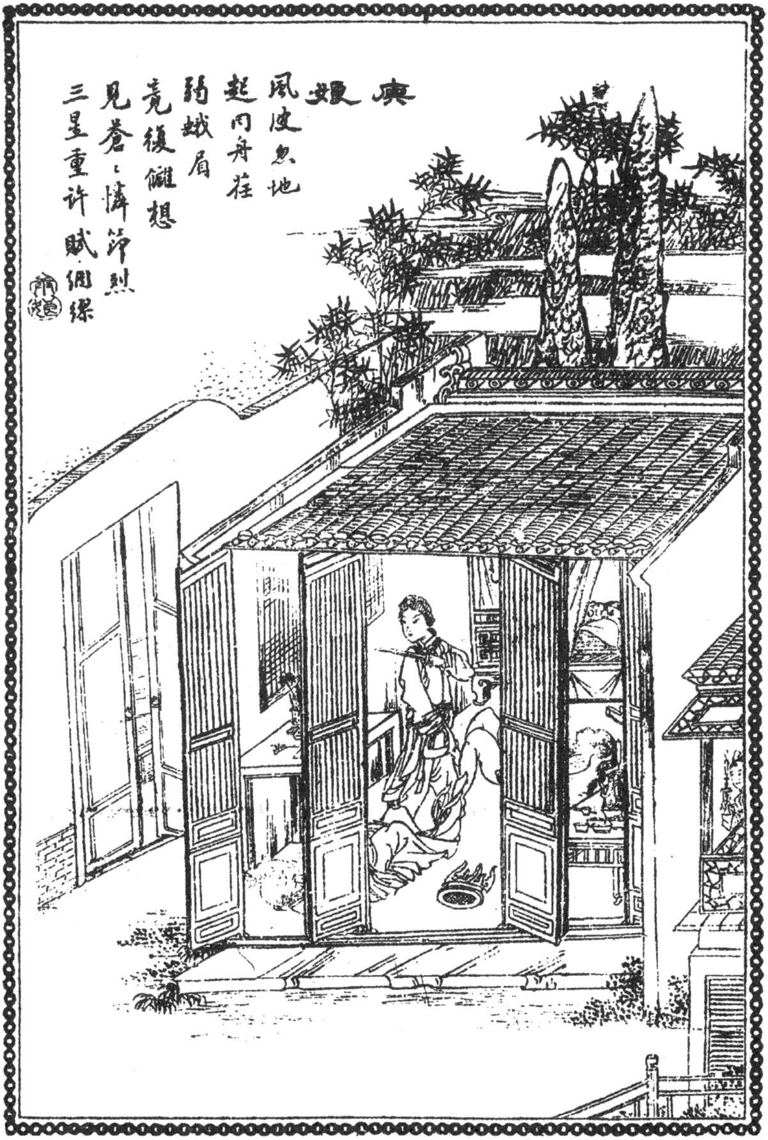
庚娘
風波忽地
起同舟狂
蹈蛾眉
竟復讎想
見蒼蒼憐節烈
三星重許賦綢繆

〈庚娘〉

素不相識的人為什麼敬重庚娘？因為庚娘確實是難得的女中豪傑。她有見識，早就判斷出王十八不是好人；她機敏過人，巧妙應付色狼，不受侮辱；她手刃仇人，勇敢，果斷，剛烈；她還像運籌帷幄的大將，在船上就寫好向眾人解釋她為什麼殺王十八的信。這也說明，庚娘是抱了必死之心為全家報仇的。王十八這個心狠手辣的強盜，這個連妻子都可以隨便殺害的惡魔，這樣的江洋大盜，竟然被庚娘耍得團團轉，稀裡糊塗地丟掉了性命。

金大用被王十八擠下水後，僥倖浮在一塊木板上沒有淹死。將近天亮時，他漂到了淮河水面上，被一隻小船救起。小船的主人是富戶尹先生，他專門設了這隻船救助溺水的人。金大用甦醒後，到尹先生那兒致謝。尹先生挽留他住在家裡教自己的兒子讀書。金大用得不到親人的消息，拿不定主意。正巧這時有人來向尹先生報告，說：「河裡打撈到一個老頭兒和一個老婦的屍體。」金大用跑去看，果然是自己的父母。尹先生代買棺木裝殮。金大用悲痛大哭，這時，又有人來彙報說：「救上來一位落水的婦人，自稱金生是她的丈夫。」金生以為庚娘來了，擦乾眼淚往外跑，被救的女子已經進來了，卻不是庚娘，而是王妻。她朝著金大用大哭，請求金大用不要丟棄她。金大用說：「我心裡亂糟糟的，哪有空照顧你？」王妻更加悲傷。尹先生問明緣故，認為王妻來跟隨金大用，是上天一報還一報，勸金大用收留她。金大用以正在服喪為理由推辭，並說自己打算找仇人報仇，不願意帶個婦人拖累自己。王妻說：「按你所說，若是庚娘還在，你會以報仇、服喪的託詞把她趕走嗎？」尹先生認為王妻說得在理，表示可以替金大用暫時收留她，等他報完仇再完婚，金大用這才同意了。金大用選了個良辰吉日安葬父母，王妻披麻戴孝，到墳前哭拜，像是自己的公婆死了一般。待喪事完成，金大用懷揣鋼刀，手上托著討飯的碗，要到揚州去找仇人。王妻制止他說：「我姓唐，祖居金陵，和那個豺狼是同鄉，過去他說家在揚州，那是騙你的。再說，這一帶江湖上的水盜，多半和他是一夥兒的，你的仇非但報不成，還會自取禍災。」金大用猶豫不決，不知怎麼辦才好。

忽然，當地傳來庚娘殺掉仇人的新聞，驚動了沿河的百姓。金大用越發悲傷，辭謝唐氏說：「幸好我不曾玷污你。我家有這樣節烈的妻子，怎忍心再娶他人？」唐氏卻說：「我們的婚事已有定論，不能分手。我可以不做正妻，只做侍妾。」

恰好副將軍袁公將要出發西征，來看望尹先生，見到金大用，十分欣賞他，聘他做書記官。沒多久，袁公討伐流寇立功，論功行賞，金大用被任命為游擊將軍，回到了尹先生家。金大用和唐氏這才正式舉行婚禮。

過了幾天，金大用帶著唐氏去金陵，想去給庚娘掃墓。經過鎮江時，兩人打算到金山上遊覽一番。正在江中泛舟時，迎面駛過來一隻船，船上有一個老婦和一個少婦，少婦的模樣很像庚娘。兩船擦肩而過，行得很快。少婦也從窗子裡看金大用，那神情更像庚娘了。金大用十分驚疑，但不敢追上去問，急中生智，大呼：「看那群鴨兒飛上天啦！」少婦聽到，也大聲喊：「饞狗子想吃貓兒腥啦！」

這兩句話，是金大用和庚娘當年在閨中親熱時的戲語。金大用聽到少婦說出閨房機密，大為吃驚，於是掉轉船頭靠攏小船，那少婦果然是庚娘。丫鬟把庚娘扶到大船上，夫妻二人抱頭痛哭。圍觀的人都流下熱淚。唐氏以小妾拜見嫡妻的禮節拜見庚娘。庚娘驚奇地問怎麼回事。於是金大用講明了事情的來龍去脈。庚娘握著唐氏的手說：「承蒙你代替我安葬公婆，我本該先謝你的，你怎麼還行此大禮？」

庚娘不是已經死了嗎？她怎麼又活了，而且能和丈夫在急流奔馳的船上上演這麼一場聰明機智的相認？原來，庚娘被埋葬後，不知道過了多久，忽然有一天，有人招呼她說：「庚娘，你丈夫沒死，你應該跟他團圓。」庚娘像做了場大夢，突然醒來。伸手一摸，四周一片堅硬，她這才醒悟：自己已經死了並且被埋在這兒了。她只覺得悶悶的，倒也沒有太大痛苦。

村裡有幾個惡少看到庚娘陪葬的首飾豐富，於是決定去盜墓。他們掘開墳墓，打開棺材，正想搜尋珠寶，看見庚娘還活著，幾人嚇得目瞪口呆。庚娘怕他們再害死自己，就說：「幸虧你們幾位來了，讓我重見天日。我的金銀首飾，你們只管拿走，希望你們把我賣到尼姑庵，還可以再得點兒錢。我絕不洩露你們的事。」盜墓賊哪裡敢要她的錢，忙給庚娘磕頭，說：「娘子貞烈，神人都敬佩。小人不過是窮瘋了沒活路，才做這不仁不義的事。只要娘子不洩露我們的事，就已經千恩萬謝了，怎敢把娘子賣到尼姑庵？」庚娘說：「這是我自己樂意的。」有個盜賊說：「鎮江的耿夫人，一個人守寡，又沒有子嗣，若她見到娘子，必定十分喜歡。」庚娘感謝這個盜賊，於是拔下自己頭上的首飾，全部交給盜墓賊。盜墓賊不肯接受，庚娘堅持要給。盜墓賊這才一起拜謝接受了。他們給庚娘租了條船到鎮江找耿夫人，庚娘假託遇到大風，迷失了方向。耿夫人是大戶人家的寡居老太，見到庚娘後非常歡喜，將她當成自己的親生女兒一樣看待。這次恰好是母女倆從金山遊玩返回。

庚娘向金大用講述了自己與家人失散後的遭遇，於是金大用到小船上拜見耿夫人。耿夫人請金大用跟著她們回家，像對待親女婿一樣熱情地款待他，留他們在她家住了好幾天，才讓他們回去。從此耿金兩家就像親戚一樣來往，沒有中斷過。

〈庚娘〉不僅人物出色，情節也精彩。王十八搶別人的妻子，結果自己的妻子給人當了小妾，可謂善有善報，惡有惡報。庚娘面對色欲熏心的賊人王十八時，聰慧機敏，既保住了自己的清白，又報了仇。她本來已經死了，被埋了，偏偏有盜墓賊來。面對盜墓賊，庚娘明明怕對方傷害自己，偏說幸虧他們來救自己，還保證不洩露他們的事，其實只為保全自己。讀到庚娘的遭遇，我們真是一會兒為她提心吊膽，一會兒為她拍手稱快，一會兒為她擔驚受怕，一會兒為她稱奇稱雄。此外，小說的人物命名也非常講究。男主角名「大用」，實際無用。庚娘靠卓識提醒他防備強盜，他不聽，結果全家被害。閨中弱女兩度出生入死，毫髮無損，都因才智過人又口齒伶俐。異史氏說：「像庚娘這樣談笑自如地手刃仇人的，即使在名垂千古的大丈夫中，又有幾個能比的？誰說女子就不能跟英武剛烈的男人並駕齊驅？」

庚娘確實機警異常。全家都被強盜淹死，一般女子必然會驚慌失措，而節烈的女子則會怒斥賊人後坦然求死。庚娘面臨全家大難，卻能不動聲色，從容自得，將江洋大盜玩弄於股掌之中。一杯合巹酒，就換來了江洋大盜王十八的項上人頭。在盜墓賊面前，她表現得有理有節，既感謝盜墓賊救了她，又表示絕對不會洩露盜墓的事，還主動把首飾全部交給盜墓賊。盜墓賊本來就對她敬若神明，既然得到錢財，就不會再傷害她的性命。庚娘深深知道，不管是面對王十八這樣的江洋大盜，還是面對盜墓賊，只有讓自己生存下來才是硬道理，所以，她對他們虛與委蛇，對色狼假裝順從，對盜墓賊既推心置腹又滿足他們的錢財要求。《聊齋》點評家但明倫評點庚娘巧妙應付王十八時，如此說道：

古有談笑卻雄兵者，人皆以為奇。此則大仇大敵，近在咫尺，污在頃刻，危在須臾，以柔脆當此，惟有一死，且慮不能潔而死耳，乃談笑而從容出之，若行所無事。蜀昭烈帝謂趙子龍一身都是膽，吾於庚娘亦云。

這段評點的大意是：古時有談笑間退卻雄兵的名將，人們都認為是奇才，庚娘面對的是近在咫尺，已經殺害她全家的大仇人，自己馬上就會受到侮辱，情況極端危急，一個弱女子面對這種情況，只有一死，而且可能連貞潔都保不住，庚娘卻能談笑之間從從容容、行若無事地滅了強盜。過去劉備說趙子龍一身都是膽，我看小女子庚娘也算得上了。

《聊齋》故事常有出人意料的諧趣描寫。庚娘和金大用都認為對方已死，突然在兩船疾馳擦肩之際相遇，怎樣判斷對方是自己的夫或妻？以當年夫婦恩愛時說的隱語，即所謂閨中雅謔來試探，是最好的辦法。當然，大呼小叫直接喊名字，也可夫妻相認，但遠不如這種寫法有滋有味。小說要好看，更要有趣。《聊齋》小說就是既有文化含量又有思想價值，還特別好看有趣。

07 雲翠仙

所嫁非人能如何

在封建社會，婚姻要遵從父母之命。女人如果嫁給行為不端、心術不正的人，叫所遇非人，也就是命不好，只能認命。像《紅樓夢》裡的「二木頭」賈迎春，賈赦把她嫁給渾不論的中山狼孫紹祖，賈迎春沒能力反抗，最終抑鬱而死。雲翠仙也是個弱女子，母親隨隨便便就把她許配給了市井無賴梁有才。雲翠仙對這位無賴丈夫有一句經典的總結——「**儇薄骨、乞丐相，終不是白頭侶**」。儇薄骨，是巧偽、奸佞、輕佻得深入骨髓；乞丐相，一臉寒酸，沒有在世上生存的能力，還一肚子壞心眼兒。這樣的人不是可以互敬互愛、白頭到老的伴侶。雲翠仙遭遇這樣的不幸，卻能機智地掌握自己的命運，掙脫不幸婚姻的牢籠，是個了不起的女性。

這篇小說的男女主角各有標誌性的稱呼。蒲松齡把雲翠仙叫「芙蓉花」，這是用的卓文君的典故。《西京雜記》有云：「文君姣好，眉色如望遠山，臉際常若芙蓉。」雲翠仙既像芙蓉花一樣美麗，也像芙蓉花一樣，出淤泥而不染。雲翠仙最後對丈夫的稱呼是「**豺鼠子**」，何謂「**豺鼠子**」？有專家說是黃鼠狼，有專家說是獸類，我覺得更形象的解釋還是把「豺鼠」先分開再結合起來形容最好。「**豺鼠子**」就是「豺狼」加「老鼠」，既有豺狼的殘忍又有老鼠的猥瑣，做妻子的這樣稱呼丈夫，大概算世界之最。

梁有才是山西人，流落到濟南府做小商販。四月初，他跟著村裡人爬泰山。燒香的人特別多，信仰佛教的男女居士上百人跪在佛座前，一炷香燒完才起來，叫「跪香」。梁有才看到跪香的人中有個十七、八歲的美女，馬上琢磨起壞點子。他假裝香客，貼近美女身邊跪下，不一會兒，假裝跪累了支持不住，彎腰垂手，在美女腳上捏了一把。這是個下流動作，在古代，女人的腳不僅是腳，還是「性」的一部分，捏女人的腳是嚴重的調戲行為。不管在《水滸傳》還是《金瓶梅》中，西門慶勾搭潘金蓮的第一個動作就是捏她的腳。美女回頭嗔怒地看了梁有才一眼，跪著挪動了幾步躲開了他。梁有才也跪著挪動跟上，又捏了一把她的腳。美女不跪香了，走了。

這就是雲翠仙和梁有才相識的過程，也叫佛殿相逢。中國古代文學過去有沒有關於佛殿相逢的描寫？有，還非常著名，那就是元雜劇《西廂記》。《西廂記》裡的崔鶯鶯和張君瑞，一個是宰相小姐，一個是頭名舉人，才子佳人，佛殿相逢，脈脈含情，這叫一見鍾情。雲翠仙和梁有才，一個是美麗少女，一個是市井小人，一見面，沒有任何情感交流，先在腳上捏一把，那叫一見鍾情嗎？不，那叫「一見噁心」。梁有才渾身陣陣汗臭，雲翠仙豈能看上他？受他調戲，趕緊「**膝行而遠之**」。梁有才臉皮厚得很，碰了釘子，窮追不捨，「**膝行近之**」。雲翠仙膝行，是高潔少女對「**豺鼠子**」的厭惡；梁有才膝行，是市井無賴的厚顏無恥。

寫小說情節好編，細節難尋。傑出小說家善於捕捉人的細微動作，在別人看來不起眼的地方，小說家卻可以用一個動作寫活一個人物。小說開頭，一個「膝行」的動作就把雲翠仙和梁有才都寫活了。無獨有偶，法國大作家斯湯達爾（Stendhal）（《紅與黑》的作者）也寫過「膝行而前」，他認為這個動作是熱烈愛情的表現。而比斯湯達爾早了近一個半世紀的蒲松齡在〈雲翠仙〉中就已經用了「膝行」的細節，而且蒲松齡在《聊齋》中用了不止一次，〈武孝廉〉篇中，武孝廉被徐娘半老的狐狸精救了後，也是「膝行」表示感謝。

梁有才調戲美女，美女像逃避瘟疫一樣離開他，梁有才怏怏不樂地往前走著，突然看到美女跟一個老太太在前邊走著，老太太看起來像美女的母親。梁有才於是趕緊攆上她們，偷聽她們說話。老太太說：「你能來參拜泰山娘娘，是大好事。你又沒有弟弟妹妹，但求泰山娘娘冥冥之中保佑你得個好女婿。只要能孝順老人，倒不一定非得是個富足的王孫公子。」梁有才聽了，暗暗高興，走到她們身邊，跟老太太搭訕、套近乎，問老太太家裡的情況。老太太說：「我們姓雲，這是我女兒，叫翠仙。我家住在四十里外的泰山西邊。」梁有才假裝關心地說：「山路難行，老媽媽一步挪不了三指遠，妹妹又這般纖弱，什麼時候才能到家呀？」八字還沒一撇，先把「媽」叫上了，說得像自己是親生兒子一般。

老太太說：「天晚了，我們打算到她舅舅家借宿一晚。」梁有才說：「剛才您說要找個女婿，還不嫌棄貧窮。我就沒娶媳婦，媽媽看我行不？」老太太問女兒的意見，女兒不回應。老太太問了再問，女兒說：「這人福分薄，放蕩沒品行，心性輕薄，容易翻臉不認人，女兒不願給浪蕩兒做媳婦！」梁有才立即辯白說自己既樸實又誠懇，還指著太陽發誓。老太太高興極了，答應讓梁有才做女婿。雲翠仙勃然大怒，跟母親拌嘴。老太太好說歹說地撫慰她。梁有才騙得老太太的同意，表現得更加殷勤，掏錢雇了兩乘小轎，讓雲家母女坐上，自己則像奴僕，步行跟從，一副小心謹慎的樣子。每當過險要的地方，他總要衝轎夫吆喝：「不許搖晃！不要顛了老太太和小姐！」幾句甜言蜜語，一點兒小殷勤，就讓老太太對梁有才產生了好感，以女相許。老太太還讓他們立即在雲翠仙舅舅家成親。老太太不僅不講究父母之命的嚴肅性，甚至連封建婚姻中最基本的要求都不講，既不要求門當戶對，也不要求郎才女貌。「**豺鼠子**」幾句甜言蜜語一說，棉花耳朵的母親就把如花似玉的女兒許配給他了。美麗的芙蓉花被盲目地插到了「**豺鼠子**」這坨牛糞上。

雲翠仙在新婚之日對梁有才說：「我早就知道你不仁不義，母親強迫我嫁給你，我只能胡亂跟了你。你如果是個人，就不用擔心帶著我怎麼過日子。」她話裡有話：只要你老老實實做人，豐衣足食不難，我娘家有錢。然而，處在騙婚成功喜悅中的笨蛋梁有才並沒有聽懂雲翠仙的話。

第二天早上起來，老太太對梁有才說：「你先回去，我隨後就把女兒送去。」梁有才回家打掃好房屋，老太太果然把女兒送來了，她一看梁家四壁空空，就說：「這個樣兒，怎能過活？我得趕快回去，資助你一下。」第二天，雲家派來男男女女幾個人，帶著衣服、被褥、器具、糧食，把梁有才的房子都快裝滿了。眾人不在梁家吃飯就都走了，留下

〈雲翠仙〉

一個丫鬟服侍左右。

梁有才從此坐享溫飽，每天和街上的無賴飲酒賭博，漸漸開始偷雲翠仙的簪子、耳環做賭本。雲翠仙勸他，他不聽，雲翠仙只有天天嚴守著自己的陪嫁箱子、首飾盒子，像防賊一樣防著梁有才。聰明的雲翠仙對梁有才留了兩手：一手是，她的陪嫁箱子裡有兩錠黃金，是老太太想徹底改變女婿家裡的窮困狀態支援的，雲翠仙不拿出來，就是要看看梁有才在沒有外援的情況下，能不能養活一家人；另一手是，雲翠仙從來不帶梁有才回娘家，以梁有才這樣的無賴、擅長騙人的「變色龍」，如果讓他知道雲翠仙娘家富足，他肯定會像藤纏樹一樣纏上雲家，演出比親兒子還親的戲碼，騙取老太太的信任，榨取雲家的財富。雲翠仙總在梁有才要求探望岳母時制止，就是為了使梁有才早日露出廬山真面目。

雲翠仙在不公平的命運面前不認命，不消沉，不頹廢，忍辱負重，審時度勢，像大將臨敵，老謀深算，引而不發。一位深閨女子能做到如此地步，實在難得。

梁有才的狐狸尾巴很快露了出來。有一天，一個賭友來找梁有才，瞅見了雲翠仙，大吃一驚，對梁有才說：「你有大富大貴的本錢，還怕窮嗎？」梁有才問：「我的富貴本錢在哪裡？」賭友說：「你妻子像天仙一樣，跟你的窮家不相配，把她賣了做妾，能得一百兩銀子，賣進妓院，能得一千兩銀子。一千兩銀子在家放著，還愁喝酒賭博沒本錢嗎？」梁有才打起了賣妻的主意，但他不能明說。回到家後，他對著雲翠仙歎息說：「日子窮得沒法過啦！」雲翠仙不理他，他就敲桌子，摔匙子筷子，罵丫鬟，做出種種醜態。雲翠仙知道他必有所圖，故意買了酒跟梁有才一起喝，引梁有才開口。雲翠仙說：「你因為家裡窮，天天心焦，我又不能解決貧困，替你分憂，哪能不慚愧？我沒有多餘的東西，只有這丫鬟，賣了她，補貼一下開支吧。」雲翠仙對結髮之人還抱有一絲絲幻想，於是用賣丫鬟的話試探。梁有才回答說：「**其值幾許！**」短短四個字，意思卻很深。梁有才不是不想賣丫鬟，只是丫鬟值不了幾個錢。那麼，更值錢的是誰？當然是雲翠仙。

雲翠仙打消了最後一絲幻想，知道梁有才是在打自己的主意，那就叫他徹底暴露吧。她假裝真誠地對梁有才說：「我對你，有什麼不能應承的？只是我沒那份力氣。家裡窮到這地步，我就是跟你跟到死，也不過兩人分擔一輩子的苦，哪有發跡的日子？不如你把我賣給富貴人家，對我們倆都有好處，得到的錢或許比賣丫鬟多點兒。」雲翠仙擺出自己不想吃苦的姿態，誘使梁有才把賣妻的主意說出來。梁有才回答：「**何得至此！**」又是四個字，也非常有深意。梁有才如果是個愛妻子、有男子漢氣概的男人，聽了妻子建議賣自己的話，就應該拍案而起，把妻子臭罵一頓。梁有才卻利令智昏，輕易上鉤，雖然滿心樂意，表面上還要做出驚愕的樣子。雲翠仙從這句口是心非的話裡看出了梁有才的真心，就鄭重其事地堅持讓梁有才賣掉自己，極力讓梁有才認為是她不耐清貧要求離開。結果「**豺鼠子**」果然露出真面目來。梁有才說：「**容再計之。**」就是欣然表示可以討論如何賣掉妻子，賣到什麼地方，賣多少錢了。原文：

一夕，女沽酒與飲，忽曰：「郎以貧故，日焦心。我又不能御窮，分郎憂衷，豈不愧作？但無長物，止有此婢，鬻之，可稍稍佐經營。」才搖首曰：「其直幾許！」又飲少時，女曰：「妾於郎，有何不相承？但力竭耳。念一貧如此，便死相從，不過均此百年苦，有何發跡？不如以妾鬻貴家，兩所便益，得直或較婢多。」才故愕言：「何得至此！」女固言之，色作莊。才喜曰：「容再計之。」

這段出色的對話描寫，對人物的心理明察秋毫，寫盡人物微妙的內心活動，是刻畫雲翠仙和梁有才人物形象的重要一環。雲翠仙一步一步用投其所好的話語，一層一層剝下梁有才的「畫皮」。我們似乎可以看到雲翠仙始以皺眉深思，繼而極度震驚，最後完全絕望，終於大徹大悟，下定決心懲罰「**豺鼠子**」的全部過程。

這段對話，描繪了一個聰明機智、極善辭令的雲翠仙，也刻畫了一個殘忍狡詐、鬼迷心竅的梁有才。這一段中，兩個人物都沒有外貌描寫，卻神情畢肖。這段對話，像戲劇中的重頭戲，成為兩人命運的轉捩點：梁有才撕下假面，雲翠仙捨棄一切幻想。沽酒對飲，引蛇出洞，雲翠仙終於抓住了「**豺鼠子**」的尾巴！

梁有才透過一個太監，要把雲翠仙賣去做官妓。太監親自來到梁家，看過雲翠仙的樣子後很滿意，馬上寫下八百貫錢的文書買雲翠仙。事情將要辦成時，雲翠仙對梁有才說：「母親常擔憂女婿窮，現在咱們恩斷情絕，我得回去看望母親，況且你跟我斷絕關係，怎麼可以不告訴母親？」梁有才怕岳母阻攔，雲翠仙說：「這事是我自己樂意的，保證沒差錯。」雲翠仙說服梁有才同歸娘家的這一段，更顯示了雲翠仙伶俐的口才和高明的心計。

要說服一個賣妻者同妻子一起拜訪岳母家，本來是件很棘手的事，在她這兒居然能迎刃而解！

將近半夜，他們才到雲家。敲開門進去，梁有才見雲家樓閣房舍華麗美好，丫鬟僕人來來往往。梁有才跟雲翠仙搭夥過日子一年多，每當他請求跟雲翠仙一起回娘家時，雲翠仙總會制止他。梁有才根本不知道岳母家的狀況。梁有才看到雲家如此富貴，大吃一驚！一千兩銀子對這個家來說不過是小菜一碟。他們家恐怕不會讓女兒去做娼妓。

梁有才懷著鬼胎，跟著雲翠仙上樓。見到二人，老太太吃驚地問：「你們怎麼來了？」雲翠仙埋怨說：「我早就說這人不仁不義，果然如此！」又從衣服底下取出兩錠黃金放到桌子上，說：「幸虧沒給小人賺去，現在還給母親。」老太太驚奇地問：「怎麼回事？」雲翠仙說：「這個人要賣我。藏著黃金也沒用了。」

她又指著梁有才罵道：「你這個豺狼鼠輩！過去你挑個擔子，滿臉是土，活像個鬼，剛靠近我時，身上一陣陣汗臭，皮膚上的黑灰像要掉下來，腳上手上的皴有一寸厚，挨著你讓我終夜噁心。自從我來到你家，你安安逸逸地坐在那兒吃飽飯，你那身鬼皮才脫下來。母親在這裡，我難道誣衊你了嗎？」梁有才低下頭，大氣都不敢出。雲翠仙又說：「我有什麼對不起你的事，你竟然一點兒不念夫妻情分？我難道不能給你蓋樓房、買良田？掂量掂量你這副賤骨頭、乞丐相，終究不是能白頭到老的伴侶！」

雲翠仙歸家一段是這篇小說中最精彩的文字。雲翠仙早就不同意母親的安排，不願意嫁給梁有才，卻又謹遵閨訓，不敢抗命。她遭受了如此慘重的不幸，回到親手導演這齣悲劇的母親面前，滿腹苦水，滿腔悲憤。她回到家，開口就對母親說：「**我固道渠不義，今果然！**」不忍指責母親，只有含悲忍淚的「**今果然**」三個字。接著，她痛罵梁有才：「**豺鼠子！曩日負肩擔，面沾塵如鬼。初近我，熏熏作汗腥，膚垢欲傾塌，足手皴一寸厚，使人終夜惡。自我歸汝家，安坐餐飯，鬼皮始脫。母在前，我豈誣耶？**」句句罵梁有才，卻又句句都是埋怨亂點鴛鴦譜的母親。「**母在前，我豈誣耶**」的實際含義是：母親，你看你給女兒找了個什麼樣的女婿！雲翠仙的第二段痛罵把自己違心跟隨佞徒的全部心酸和盤托出，她聲明自己並不是不能替姓梁的「**起樓宇、買良沃**」，只是因為梁有才無福消受，是「**儇薄骨、乞丐相，終不是白頭侶**」，照應了她拒絕跟梁有才結婚時說其「**寡福**」、「**蕩無行**」等語，是對梁有才的評價，也是對母親的埋怨。雲翠仙罵得痛快淋漓，罵得抑揚頓挫。馮鎮巒評：「阮籍善哭，陸雲[6]善笑，禰衡善罵，此女頗似正平。」正平是禰衡的字，馮鎮巒這是說雲翠仙像擊鼓罵曹的禰衡。接著出現婢嫗唾罵的鏡頭，不寫母親的悔恨，而寫旁觀者的義憤，更加新穎纖巧。

雲家的丫鬟、老媽子擠滿了屋子，團團圍住梁有才，齊齊唾罵他，說：「殺了算了！還用說這麼多！」梁有才趴到地上叩頭，說：「我錯了，一定改。」雲翠仙又氣呼呼地

6 《全校會注集評聊齋志異》此處為陸機，疑為陸雲誤。陸雲（二六二－三〇三），字士龍，吳郡吳縣（今江蘇蘇州）人，三國東吳後期至西晉初年文學家、官員，東吳丞相陸遜之孫，大司馬陸抗第五子。與其兄陸機合稱「二陸」，曾任清河內史，故世稱「陸清河」。《晉書》中有關於陸雲有「笑疾」的記載。

說：「賣妻子已經夠可惡的了，怎麼忍心把同床共枕的妻子騙去做妓女？」雲翠仙的話還沒說完，大家紛紛用簪子、剪刀去扎梁有才。梁有才又哭又叫，大喊饒命。雲翠仙說：「把他放了吧。這人不仁不義，但我還不忍心看著他渾身發抖的可憐相。」說完領著眾人下樓去了。

雲翠仙對梁有才後發制人，對母親則有怨懟之情，但她溫柔敦厚，不忍明講。即使對梁有才，雲翠仙也只是恨其豺鼠行為，見其被婢嫗圍毆唾罵的可憐相，便說出「**渠便無仁義，我不忍其觳觫**」的話語，顯出她的菩薩心腸。

梁有才自個兒在樓上坐著聽了許久，漸漸地，人們說話的聲音聽不到了。他想悄悄逃走，一抬頭，只見滿天星斗，東方微亮，荒野一片蒼茫，四周並沒有什麼樓房，自己正坐在峭壁上，下邊是深不見底的山谷。他怕極了，身子稍稍挪動了一下，山石轟然坍塌，他隨著石頭掉了下去。絕壁上有棵枯樹，他掛在枯枝上，才沒落到崖底。他驚恐地號叫著，嗓子都喊啞了，身子也腫脹起來，渾身上下一點兒力氣都沒有。

等到日頭升高，有個樵夫發現了梁有才，找了根繩子把他拉了上來。梁有才奄奄一息，人們把他抬回他家，只見他家大門洞開，荒涼得像個破敗的寺廟。雲翠仙母親派人送來的東西——床、箱子、傢俱什麼的都不見了，只有張破床和破桌子是梁有才原來的舊物，孤零零地放在空屋裡。梁有才垂頭喪氣地躺下，餓了就向鄰居討碗飯吃。不久，他身上腫脹的地方開始潰爛，村裡人知道他品行很差，都瞧不起他。沒辦法，梁有才只得把房子賣掉，住進山洞裡。他在街上討飯，總帶著把刀，有人勸他把刀賣了換吃的，他不肯，說要留著自衛。後來，梁有才在路上遇到先前勸他把妻子賣掉的人，便衝上去把那人殺了，於是他被官府收押。審案官員問清梁有才殺人的原因後，不忍心給他用重刑，只把他關進了監獄，最終梁有才病死在監獄中。

蒲松齡在「異史氏曰」中發了很長一段議論，提醒世人：朋友之間要特別謹慎，「**以善規人，如贈橄欖；以惡誘人，如饋漏脯**」。意思是，勸人做好人行善事，就如同送人美味的橄欖；勸人做惡人幹壞事，就如同送人一塊腐肉。蒲松齡認為，梁有才是因為交了不好的朋友，受到朋友挑唆才落到這樣的下場。但是依我看，梁有才不是交友不慎，而是自己不好，根源在自己身上。他靠妻子的娘家幫襯過上安逸的生活，聽說把妻子賣給娼家可得千金時，頓生邪念。金錢使夫妻之情、人倫道德喪失殆盡。這種見利忘義的人不應該有好下場。

蒲松齡寫雲翠仙，一開始是膝行而遠之以躲避「**豺鼠子**」，最後是痛罵「**豺鼠子**」，一個弱女子遇到好吃懶做、無賴無恥的丈夫，是非常不幸的一件事，但是她不沉淪，不氣餒，不認命，用自己的聰明才智保護自己，從逆境中走了出來。這是一個美如芙蓉花的不同凡響的女性，是一個智慧女性。至於雲翠仙到底是人，是妖，還是仙，蒲松齡沒有寫明，好像也沒必要寫明。但雲翠仙的經歷，她的人生，從整體上來看沒有什麼特異性，我們可以把它看作一個封建婚姻制度下女性如何利用聰明才智掌握自身命運，掙脫不幸婚姻牢籠的典範。她的堅強、聰慧，對今天的女性仍有啟發：遇到了不幸，不要灰心，不要破罐子破摔，要動腦筋，想辦法，世上再難的路都是人走出來的。雲翠仙就是例子。

08 王桂庵

一見鍾情的經典模式

古代小說、戲劇描寫男女愛情的常用構思是一見鍾情。《西廂記》裡的佛殿相逢不是對一見鍾情式戀愛最早的描寫，卻成為最經典的一幕。張君瑞在佛殿驀然間遇到崔鶯鶯，立即靈魂出竅，來了一大段唱詞：「顛不剌的見了萬千，似這般可喜娘的龐兒罕曾見。則著人眼花撩亂口難言，魂靈兒飛在半天。」張君瑞害了相思病，開始死纏爛打地追求崔鶯鶯。

劇作家和小說家的「戲法兒」各有千秋。蒲松齡也喜歡寫一見鍾情，經常派神鬼狐妖扮演愛情小說裡的女主角：溫如春對宦娘，是人對女鬼一見鍾情；米生對神女，是人對神一見鍾情；馮生對辛十四娘，安生對花姑子，黃生對香玉，都是人對妖一見鍾情。這些小說女主角，都是沒有也不可能受孔孟之道束縛的化外女性。不知道是不是蒲松齡覺得人和鬼、妖、仙一見鍾情對凡人沒多少說服力，在他晚年時，他又寫了一位凡間姑娘作為一見鍾情式愛情小說的女主角。〈王桂庵〉是一個除了男主角奇特巧合的夢境外，沒有任何神異色彩，沒有任何神鬼狐妖，卻照樣演繹出驚心動魄、一波三折的真情摯愛的故事。一對青年男女偶然相遇，連對方的名字和身分都不知道，就在茫茫人海中苦苦追尋，苦苦等待，終於精誠所至，金石為開，有情人終成眷屬。這篇小說有精彩靈動的人物，有如詩如畫的環境，也有精金美玉般的語言，在藝術造詣上可謂爐火純青。

小說開頭先交代男主角：「**王樨，字桂庵，大名世家子**。」樨，常綠小喬木或灌木，開白色或暗黃色小花，有特殊的香氣。這種植物的花通稱「桂花」。《聊齋》中的人物命名非常講究，王樨的字是桂庵，剛好與名相對應。蒲松齡把這樣美好的名和字放到自己鍾愛的小說人物身上，當然有特殊傾向——王桂庵對愛情的執著非常感人。至於女主角，我們後邊會知道她叫「芸娘」，這一點更有深意，我們最後再說，因為只有瞭解了整篇小說的內容，才能理解女主角名字背後的意義。

小說開頭短短十個字，蒲松齡的思路是：男主角是人格馨香的人物，又是個有錢有勢的世家子弟。他的行事，當然就帶著「錢」字當頭的特點。在一般情況下，這樣的人辦起事來會順風順水，但如果碰到不愛錢財的，例如說女主角和她爹，就恰好不管用。這正是人物的身分懸殊造成的情節波瀾起伏、有趣的地方。

王桂庵到南方遊歷，把船停在江岸邊，鄰船有位船家的女兒正在繡花，姑娘漂亮而有風韻。王桂庵偷偷窺視欣賞了好長時間，姑娘卻好像沒發覺。王桂庵便高聲朗誦起「**洛陽女兒對門居**」，故意讓那姑娘聽到。姑娘似乎覺察到這詩是吟給她聽的，也能聽懂是什麼意思，她微微抬頭從眼角飛快地看了王桂庵一眼，便低下頭繼續繡花。王桂庵越發像丟了魂兒，拿起一錠金子遠遠投給姑娘。金子落在姑娘的衣襟上。姑娘把金子拾起來就丟了回去，好像不知道那是金子似的。金子落在了岸邊，王桂庵將其撿了回來。一個船夫的女兒居然對金子不感興趣？他越發覺得不可思議，於是又拿出一個金釧朝姑娘投去。金釧掉在姑娘的腳底下，姑娘仍專心繡花，不管那金釧。不一會兒，鄰船的船家回來了。王桂庵怕他發現了金釧後追根問底，正著急得很，只見姑娘從從容容地用兩腳把金釧遮蓋了起來。船家解開纜繩，將船撐離岸邊，那條小船順著河流飄走了。

王桂庵兩次投擲都投到了想投的地方，這位貴公子要是生在現代，真可以憑投擲水準進壘球國家隊。王桂庵的兩次投擲，起什麼作用了嗎？好像沒什麼作用。他又懊喪又悵惘，呆呆坐著，非常後悔：我剛剛為何不馬上向那個繡花女求婚呢？

還不知道對方姓甚名誰，愛情已油然而生。王桂庵從一開始對鄰船姑娘感到驚豔，到試探、追求，再到最後下決心求婚，是因為姑娘美嗎？是，但僅僅美還不至於此。蒲松齡寫繡花女用了四個字——「**風姿韻絕**」。不僅美而且有「韻」，不僅有「韻」而且「絕」，美得有韻味，美到了極致。更重要的，姑娘嚴肅自重。偶遇的貴公子頻頻示愛，她不馬上接受，而是謹慎觀察，小心戒備。她抬頭看王桂庵一眼，是因為聽到他吟詩，說明此人是讀書人、風雅之士，不是尋常尋花問柳之徒；王桂庵朝她丟金錠，似乎想以金錢做誘餌，於是她立即給丟了回去。兩人結婚後，她對王桂庵解釋說：我家家境僅僅可以自給，但對來路不明的錢財從來不看重，可笑你雙瞳如豆，妄想用金錢打動我。有讀者會問，為什麼王桂庵再投以金釧時，她的態度就不一樣了？同樣是黃金，為何比金錠輕得多的金釧反而能被接受呢？因為這是愛情的信物，說明王桂庵是真心求愛。所以當父親返回時，她就用纖足輕輕一蓋，機警地將金釧藏了起來。她將金釧藏起來，有著雙重意義：既是接受了王桂庵的示愛，也是保護王桂庵。這一點，王桂庵心領神會。

王桂庵向繡花女投釧，繡花女一開始似乎不在意，任憑那金釧掉在那裡，惹得王桂庵著急，她父親一回來，她立即不動聲色地把它藏起來，這一巧妙的細節被曹雪芹套用進了《紅樓夢》第六十四回「幽淑女悲題五美吟，浪蕩子情遺九龍佩」：賈璉垂涎尤二姐，想利用替賈珍到尤老娘那兒取銀子的機會勾搭尤二姐。等他到了尤老娘那裡，恰好尤老娘和尤三姐不在，只有尤二姐在。賈璉認為機會來了，先是找尤二姐要檳榔吃，故意吃尤二姐吃了一半的，再把尤二姐的荷包揣了起來。賈璉死皮賴臉地拿到尤二姐的荷包，這就算是定情物了。那賈璉的定情物是什麼呢？賈璉這個情場老手，一邊喝茶，一邊把漢玉九龍佩解下，拴在手帕上，趁丫鬟回頭的工夫，朝尤二姐撂了過去。尤二姐只裝看不見。等聽到簾子響動，卻是尤三姐和尤老娘回來了，賈璉連忙給尤二姐遞眼神兒，讓她趕緊藏起來，尤二姐仍舊不理會他。賈璉很著急，只好迎上去和尤老娘、尤三姐說話，再悄悄回頭看時，尤二姐像沒事人一樣笑著，而那手帕和九龍佩已經不見了。兩個偷情高手在女方母親和妹妹的眼皮子底下完成了荷包換玉佩的定情之約。

三十幾年前，美國漢學家趙岡教授曾說，賈璉與尤二姐的九龍佩定情和《聊齋》中王桂庵與榜人女（即船夫的女兒）芸娘的金釧定情如出一轍。他說得很對，這兩處細節太相似了，略微有所不同的地方在於，我們從繡花女身上讀出來的是鍾情少女的機智，從尤二姐身上讀出來的是調情高手的高明。

〈王桂庵〉

繡花女的船走了，王桂庵心情沮喪，呆呆地坐在那兒，癡癡地想著那美麗的姑娘。當時，王桂庵剛死了妻子，後悔沒馬上找那姑娘的父親定親。王桂庵詢問了附近的幾個船夫，都說不認識那船家。王桂庵回到自己的船上，急忙去追趕那姑娘的船，極目遠望，直看到天邊，也沒有發現那條船的絲毫蹤影。王桂庵不得已，只能回到鎮江辦完事，再沿江細細訪察，然而仍舊沒有那條船的任何音訊。他回到家，不管是吃飯還是睡覺，都在想著那姑娘。過了一年，他還是放不下，於是又來到南方，雇了條船停在江邊，好像在船上安家了一樣。他每天細細地數著江上來往的船隻，這些南來北往的船，哪條船掛什麼帆，哪條船用什麼槳，他都能認得出來了，卻就是沒有那艘船的蹤影。這樣住了半年，帶去的錢全都花光了，王桂庵只好回家。王桂庵對這位榜人女越是找不到越是想，蒲松齡用了八個字寫他：「**行思坐想，不能少置。**」回到家後，他無論是走路還是坐著，都仍是放不下那位姑娘。王桂庵對偶然相遇的榜人女是真心的，癡情的，卻也是無望的。

半年後一個夜晚，王桂庵恍惚中覺得來到了長江邊的一個小村子，進村後，過了幾道門，看到一戶人家破舊的柴門邊，稀疏的綠竹排成籬笆。這是什麼人家的小花園吧？王桂庵這麼想著，徑直走了進去。接著，他看到一棵樹，繁盛的紅絲狀花朵掛滿了枝頭，很優美。他想：有句詩叫「**門前一樹馬纓花**」，寫的就是這個吧。又走了幾步，看到小院子乾乾淨淨，整潔清爽，北邊有三間草屋，門關得嚴嚴實實的。南邊有一間更小的房子，窗下綠意盎然的美人蕉開著紅豔豔的花，好優雅！是誰住在這麼清雅的地方呢？他好奇地探身往窗子裡瞅，看到門邊衣架上掛著花裙子。哦，我怎麼能窺視女兒家的閨房，豈非太失禮？他這麼想著，慌忙往後退。裡邊的人已經發覺他的動靜，跑出來看外面的客人是誰。女子剛一露面，王桂庵就欣喜若狂：這不是我日思夜想的繡花女嗎？他說：「沒想到咱們還有再見面的一天啊！」剛想過去親近，他就醒了，原來是夢！

蒲松齡太會寫夢境了，如〈狐夢〉、〈蓮花公主〉等，整篇都是夢，而在〈王桂庵〉這篇小說中，夢境也起到了非常重要的作用。王桂庵在夢中來到美麗的江邊小村，進入一家樸素而潔淨的農家小舍，特別是看到一棵開滿紅花的樹，他在夢中還想到了「**門前一樹馬纓花**」的詩句。蒲松齡為什麼要安排一棵樹而且是一棵特定的樹呢？這裡面大有文章。王桂庵夢中看到的這棵樹叫合歡樹，又叫馬纓花樹，樹的葉子早上張開，晚上合上，所以它還有兩個名字，一個叫「夜合」，一個叫「合昏」。「合昏」的「昏」不是和「結婚」的「婚」同音嗎？小說家在小說場景中安排一棵樹，不會是隨便安排的，必須有點兒寓意。王桂庵在夢中看到的樹絕對不允許是柳樹、松樹、楊樹，只能是合歡樹。而王桂庵想到的詩句，據馮鎮巒和呂湛恩的批註，出自元代虞集的《水仙神》詩：「錢塘江上是奴家，郎若閒時來吃茶。黃土築牆茅蓋屋，門前一樹馬纓花。」最後這句太美了。

王桂庵為了一個偶然在江邊驚鴻一瞥的少女，一個可能這輩子都不會再遇到的人，日思夜想，苦苦尋求，他的癡情感動了上蒼，終於讓他在疏竹為籬、紅絲滿樹、葦笆光潔、紅蕉蔽窗的江邊小舍，見到了繡花女。雅景麗人，賞心悅目，可惜只是黃粱一夢。王桂庵把這個夢默默地記在心裡，不敢對人說，怕說了就「**破此佳夢**」。這是個有預示性的異夢。

又過了一年多，王桂庵再次來到鎮江，這個地方有位徐太僕，和王桂庵家是世交。太僕原是周朝官職，乃九卿之一，明代仍設有這個職位，屬正三品，而到了清代已沒有這一官職。王桂庵去看望徐太僕，騎著馬兒信步來到一個江邊小村，道路旁的景色他彷彿在哪裡見過。這時，他看到一戶人家門內有棵馬纓花樹，那景象也跟夢裡一模一樣。王桂庵驚訝極了，跳下馬就直接進了院子，院子裡的種種景物和夢境一點兒差別也沒有。再往裡走，房子也跟夢境裡見到的完全一樣。既然深藏心中的夢境變成了現實，他不再疑慮，直接跑到南邊的小房子跟前，繡花女果然在裡邊。她遠遠地看到王桂庵，吃驚地站了起來，半掩上門，躲在門後訓斥道：「哪兒來的男人？」王桂庵半信半疑，以為還是在做夢，於是繼續往前走。女子見他湊近，「砰」的一聲，把門關嚴了！想念的人終於出現，王桂庵卻吃了閉門羹。王桂庵轉到夢中到過的窗前，困惑地問當年的繡花女：「你不記得丟金釧的人啦？」接著他誠懇地述說起這幾年的相思之苦，並把做夢見到她的事說了出來。

繡花女非常謹慎，隔著窗子對王桂庵來了番嚴格的「審問」，仔細詢問起王桂庵的家世，王桂庵如實相告。繡花女聽說他是世家子弟，很不理解地問：「你既然是官宦人家的子弟，家裡必定有佳人為妻，為什麼一定要找我？」王桂庵回答：「如果不是為了你，我早就再娶了。」繡花女這才說：「如果真像你說的那樣，就足以看出你的真心了。我的情況很難跟父母說，但我已經為了你拒絕了好幾家的求婚。金釧還在我身邊，我相信對我鍾情的那個人一定會來打聽我的消息。如今父母恰好到親戚家去了，他們馬上就會回來。你且先回去，派人來說媒提親，大概父母不會不同意。如果你想不經過正式婚姻跟我苟合，那你可就打錯算盤了。」王桂庵聽了繡花女的話，心花怒放，扭頭就走。繡花女遠遠地對他喊道：「王郎，我叫芸娘，姓孟，我父親字江蘺。」王桂庵默默記住了她的話。王桂庵苦苦追尋了三年多，直到這時才知道他愛的女子叫孟芸娘。

我喜愛的好萊塢電影《魂斷藍橋》（*Waterloo Bridge*），由大名鼎鼎的明星費雯・麗主演。《魂斷藍橋》中，男主角羅伊直到要申請結婚時才問女主角瑪拉：「哎，你姓什麼呀？」這段情節被看成是經典愛情故事的趣筆和典範，是好萊塢的發明創造。其實這樣有趣的細節，三百年前蒲松齡早就寫過，他筆下的「灰姑娘」直到追求者要正式求婚，才告訴他自己的姓名。

富家公子王桂庵對不知姓名的鄉下貧家女一見鍾情，虛嫡妻位以待，苦苦尋覓三年，「情癡」二字，當之無愧。無獨有偶，他鍾情的繡花女也在等待，還為這無望的等待數次抗婚。為了那偶然的驚鴻一瞥，為了那一瞬間電光石火般的感情交流，為了一個沒留下地址，不知今生還能否再見到的人，矢志不渝，殷切翹盼，茫茫人海，冉冉歲月，真誠純淨，堅如磐石，其情足以感天地、泣鬼神。

精誠所至，金石為開。兩人見面後述相思、訂終身，這本是意料之中的事。蒲松齡卻不落窠臼，他讓二人喜相逢，進一步觸發出真情懷。兩人第一次見面，芸娘靠自己的魅力，把王桂庵對女色的獵豔導引為對終身伴侶的尋求；兩人重逢，芸娘又鄭重聲明：如果你確實鍾情，那就一定得「**倩冰委禽**」，絕不同意「**非禮成耦**」，把兩人關係明確定位於平等婚姻。當心花怒放的王桂庵連心上人的芳名、未來岳父的名字都忘了問時，又是芸娘細心地告訴他求婚必須知道的一切。蒲松齡把這段戀人長江邊的「敖包[7]相會」，寫得曲折有趣，面面生風！

這對戀人，男的像毛手毛腳的莽張飛，女的卻像運籌帷幄的諸葛亮。兩個年輕人，同樣是癡情，卻表現得完全不一樣。芸娘告訴王桂庵的是父親的字——在古代，倘若見人喊其名，是極大的不恭——僅從這一點看，繡花女肯定不是什麼「榜人女」。特別值得注意的是：這段戀人述衷情一直是隔著窗戶進行的。芸娘連手都沒讓王桂庵碰一下，王桂庵也沒有提出任何踰矩的要求，除了癡情，還是癡情。芸娘的自重，王桂庵對芸娘的尊重，透過「隔窗」這一細節寫活了。

王桂庵的愛情這下子豈不是瓜熟蒂落、大功告成？不，居然還有波折——他的求婚被拒絕了。為什麼？因為他有錢。王桂庵攜百金到孟家求婚，以為勝券在握，沒想到碰了釘子。孟江蘺說：「我的女兒已經許配給他人了。」王桂庵說：「我調查得很清楚，您女兒還待字閨中啊，您為什麼要拒絕我？」孟江蘺冷淡地說：「我說的是真事，不是開玩笑。」王桂庵回到住處，百思不得其解。讀者看到這兒肯定也如墮五里霧中，兩個青年人，一個未嫁，一個未娶，郎有財，女有貌，男方苦苦追尋好幾年，女方為了男方拒絕數

7 編者註：「敖包」，蒙古語。用石頭堆積的蒙古族祭祀建築。每年六、七月間蒙古族會舉行祭敖包的民俗祭典，年輕男女藉此機會談情說愛，因此有了敖包相會的說法。

次議婚，為什麼王桂庵求婚反而碰了釘子？王桂庵不甘心，不得不冒著娶「榜人女」的羞辱，求身居高位的徐太僕出面斡旋。小說原文是這樣寫的：

當夜輾轉，無人可媒。向欲以情告太僕，恐娶榜人女為先生笑；今情急，無可為謀，質明，詣太僕，實告之。太僕曰：「此翁與有瓜葛，是祖母嫡孫，何不早言？」王始吐隱情。太僕疑曰：「江蘺固貧，素不以操舟為業，得毋誤乎？」乃遣子大郎詣孟。孟曰：「僕雖空匱，非賣婚者。曩公子以金自媒，諒僕必為利動，故不敢附為婚姻。既承先生命，必無錯謬。但頑女頗恃嬌愛，好門戶輒便拗卻，不得不與商榷，免他日怨婚也。」遂起，少入而返，拱手一如尊命。

直到這時，王桂庵才從徐太僕的嘴裡知道，他誤認為是「榜人」的孟江蘺原來不是船家，而是一位隱士、讀書人，還跟朝廷高官有很近的親戚關係。徐太僕說孟江蘺是其祖母的嫡孫，實際應該是嫡外孫，因為如果是嫡孫，他應該姓徐才對。所以，孟江蘺跟徐太僕是表兄弟。王桂庵不得不把自己跟芸娘如何在幾年前偶然相遇，他如何苦苦找了她好幾年等前情，一一告訴這位父親的老朋友。王桂庵肯定是硬著頭皮、厚著臉皮說這些話的，因為在那個時代，男女私相授受、自訂終身是封建道德所不齒的行為。但事情到了這個地步，王桂庵不能不實話實說。徐太僕倒也通情達理，還熱情地幫他解決眼前的問題。王桂庵由此知道了自己被拒絕的原因，正是他太有錢且動不動拿錢說事！孟江蘺面對前來打探消息的徐大公子，說：「我雖然窮，但不是賣女兒的。」還說，「我女兒相當任性，給她說過好幾個好門戶，她都不同意，我得聽聽女兒的意見！」有清高的父親，才能有自重自珍的女兒。父親許婚還要徵求女兒的意見，在當時已經算是相當通情達理了。

假如哪位專家「高屋建瓴」來段理論分析：《聊齋》愛情總是反抗父母之命，青年男女為了爭取愛情自由，跟封建家長進行鬥爭……千萬不要相信，至少，不要全信。可憐天下父母心，可憐古今父母心。

《聊齋》婚戀故事中的老爹們，雖然是封建家長，卻並沒有那麼可怕，那麼頭腦僵化，那麼不通情理，那麼不以兒女幸福為念。有時，還恰好相反，他們可能是兒女婚戀中的護法神、定海神針。像孟江蘺這樣家境貧寒的隱士，他挑選女婿，是不看你是不是有錢有地位的。如果你很有錢，而且總是拿錢說話，則剛好會起反作用，因為那樣老頭兒會認為你是紈褲子弟，不會善待他的寶貝女兒。小說家和思想家喜歡批判封建社會的「父母之命」，而在〈王桂庵〉中，「父母之命」呈現出了健康、聖潔、審慎的特點。芸娘的父親孟江蘺對於女兒的婚事，拋開貧富的偏見，注重人品的要求，表現出一種清高的情操和正派的為人。孟江蘺是如何呵護女兒的，對今天我們這些做爹做媽的，仍有啟發意義。

徐大公子回來向父親覆命後，王桂庵準備了豐厚的彩禮，到孟家下聘，又借了徐太僕的房子迎親，終於跟芸娘洞房花燭。住了三天，王桂庵辭別岳父回北方老家。晚上睡在船裡，他問芸娘：「過去我在船上遇到你，一直懷疑你不像是船家的女兒，你們當日撐船做什麼？」芸娘說：「我叔叔家住江北，當日我們借了條小船去看他。我家家境不寬裕，但對意外之財從不看重。可笑你兩眼如豆，動不動想用錢打動人。我剛聽到你吟詩時，知道你是風雅之士，但又懷疑你是輕薄之人，把我當蕩婦挑逗。倘若讓我父親看到你丟的金釧，你可就死無葬身之地啦。我憐惜人才的心是不是很急切呀？」王桂庵笑了笑，說：「你很聰明，然而還是掉到我的圈套裡啦！」芸娘問：「此話怎講？」王桂庵住了口，故意不說，芸娘固執地追問，王桂庵才編謊說：「離家越來越近，這事也不能總對你保密。實話告訴你，我家裡早就有老婆了，是吳尚書的女兒。」芸娘不信，王桂庵故意一本正經地說下去，講得跟真的似的。芸娘臉色大變，沉默了一會兒，突然站起身，跑出船艙。王桂庵鞋都來不及穿，趕緊追了上去，但芸娘已經跳到江裡了。王桂庵大聲呼叫，幾條船上的人都給驚醒了，然而此時夜色昏蒙，只看到滔滔江水上泛著星星點點微弱的光。

有情人終成眷屬，結果王桂庵亂開玩笑，一句「**家中固有妻在**」，引得芸娘毫不猶豫就投進滔滔江水！她這一跳，是維護自己的人格尊嚴，絕不做富兒的玩物，寧死不與輕薄兒為伍！是追求平等的愛，不平等，毋寧死！在嚴酷的考驗下，柔婉曼妙的芸娘表現出了剛烈的品性，其個性魅力熠熠生輝。王桂庵害得芸娘投江之後，以為她死了，想用重金請人尋找芸娘的屍體，但是沒有人見到過。王桂庵終日在悔恨中度過，就這樣過了一年多。

有次，因躲雨來到一戶人家借避，主人家老太太抱的孩子突然叫他「爹」。他本以為是小孩子胡亂叫的，正準備趁著雨勢漸小離去時，沒承想芸娘抱著孩子出來了。竟然真是他的兒子！原來，一年多前，莫老夫婦到南海拜佛，回來的路上把船停在江邊。芸娘投江後隨波而下，恰好碰到莫老頭兒的船。莫老頭兒讓人把她撈了上來，又對她進行了搶救，芸娘這才漸漸甦醒過來。莫老夫婦一看，是個美麗端莊的女子，就將她收為義女，帶回了家。莫老夫婦想給她挑女婿，她不同意。過了十個月，芸娘生下一個兒子，因為是寄養在別人家，所以取名寄生。王桂庵到莫家避雨時，恰好滿周歲的寄生做出了「襁褓認父」的奇事。王桂庵解下行李，進去拜見莫老夫婦，認他們為岳父母。住了幾天，莫老頭兒全家隨王桂庵一起遷回大名府。到了大名府，才知道孟江蘺已在王家等了兩個月。孟江蘺剛到王家時，看到僕人們總是支支吾吾，非常令人懷疑，等他見到女兒，才高興地放下心來。聽他們敘述完各自的經歷，孟江蘺才知道，原來僕人們閃爍其詞是有原因的。

一位大名府的貴公子夢寐以求一個鎮江邊的「榜人女」，兩人地位懸殊卻情比金堅，是這段癡戀特別動人的地方，也是王桂庵這位富家公子特別可愛的地方。而出身貧寒的芸娘既風姿韻絕又自珍自重。蒲松齡用了幾個細節來寫她：她在船上對於王桂庵的示愛表現出的嚴肅自持的態度；王桂庵找到她後，她隔著窗子對王桂庵進行嚴肅的「審問」，非常謹慎；聽到王桂庵開玩笑說家中有妻後，毫不猶豫地跳江。這些細節生動刻畫出芸娘柔美而堅強，聰慧而果敢的形象。

蒲松齡筆下的人物命名非常講究。芸娘，「芸」為香草之名，也叫芸香，是一種有驅蟲作用的藥草。《禮記．月令》中有「仲冬之月芸始生」之句。芸娘為人正氣凜然，她與王桂庵一見鍾情，卻拒絕苟合，一定要明媒正娶。她不與輕薄兒為侶，寧死不做妾。「芸」又可形容花草枯黃之貌，《詩經．小雅．苕之華》中有「苕之華，芸其黃矣」一句，孔穎達疏曰：「及其將落則全變為黃，芸為極黃之貌。」心志高潔的芸娘嫁給王桂庵後隨之乘船還家，王桂庵開玩笑說「**家中固有妻**」，芸娘當即投江，香草枯萎。蒲松齡用一個「芸」字，就把人物的性格和命運都概括了，實在高明。

另一個次要人物——芸娘之父孟江蘺，則透過一個拒婚的細節給寫活了。跟精彩的人物形象相輔相成，〈王桂庵〉篇所展示的小說技法也非常棒。「夭矯變化，如生龍活虎，不可捉摸」（但明倫評），故事絲絲入扣，環環相生；「文字不險不快，險絕快絕」（馮鎮巒評），時而如山路崎嶇，驚險迭出，時而如小溪潺潺，平靜溫馨，真是「平江恬靜之際，復起驚濤，遠山迤邐而來，突成絕壁」（但明倫評）。令王桂庵心曠神怡的美夢，會因「**女父適歸**」驚醒；眼看就要促成的婚姻，又因芸娘父親無中生有地宣布「**息女已字**」而半路擱淺；「積數載之相思，成三日之好合，一句戲言猶未了，滿江星點共含悲」（但明倫評）；二人劫後相遇，蒲松齡也不讓芸娘遽然出現，而以寄生認父布成疑陣，再讓芸娘出來交代投江後的經歷。一對戀人歷盡磨難，終於團圓。

09 寄生

花心兒子狗尾續貂

〈王桂庵〉的附篇〈寄生〉，寫的是王桂庵的兒子王寄生的婚戀故事。寄生字王孫，是大名府名士。父親王桂庵精彩地演繹出由一見鍾情到終成眷屬的愛情故事正劇；兒子王寄生荒唐地演繹出從夢中移情別戀到最後雙美俱得的喜劇。

〈寄生〉是一段陰差陽錯導致「兩美共一夫」的故事：寄生迷戀美麗的表妹閨秀，想得寢食俱廢。但閨秀的父親不同意內戚結親，寄生患了相思病。美少女張五可看上了寄生，托媒人去提親，寄生不同意，表面上是忠於閨秀，實際上是留戀美色。等他在夢裡看到五可，立馬改換門庭，與五可海誓山盟，把閨秀拋到了九霄雲外。到他娶親那天，兩位美女不約而同地都來了！這樣熱鬧的喜劇好不好玩？

蒲松齡寫完父親的戀情，又興致勃勃地寫兒子的婚姻，他肯定想來個自我超越。單就小說的構思藝術和語言成就來說，兩篇小說都寫得花團錦簇、引人入勝，促成了小說史上的佳話。蒲松齡對自己能從「善夢之父」寫到「離魂之子」，顯然非常得意，他在「異史氏曰」中自我欣賞道：父親癡迷於愛情，兒子又幾乎為愛情而死，所謂的情種說的就是寄生這樣的人吧？如果沒有一個善於做夢的父親，又怎麼會生出為愛離魂的兒子呢？

蒲松齡為什麼這麼得意？因為王桂庵費盡心血，依靠夢境得到一個美人，他的兒子並不像他那樣癡情專一，卻因為夢境，居然得到兩個美人。這不是封建時代所有士子的理想之一嗎？不是「青出於藍而勝於藍」嗎？新鳳霞和趙麗蓉曾連袂演出過根據這個《聊齋》故事改編而成的電影《花為媒》，電影基本保留了《聊齋》故事的人物、情節、懸疑感，在此基礎上增添了一個人物，他是寄生的朋友。結果，小說中「兩美共一夫」的兩位女主角在電影裡分別嫁給了兩個才貌出眾的書生，兩對才子佳人一起拜堂，既維持了原著花好月圓的大團圓結局，又符合當代的道德觀念。

〈寄生〉有兩個女主角，也就有兩條平行線索，一條線索是寄生和表妹閨秀的愛情糾葛，一條線索是張五可對寄生的追求和掌控。後一條線索漸漸占據主導地位。在這條線索上，張五可這個深閨少女的形象被塑造得非常特殊，也相當成功。

小說開頭是寄生為表妹閨秀害了相思病，他把實情告訴了父母，也就是王桂庵和孟芸娘。父母兩人是自由戀愛，當然對兒子自主選擇婚戀對象表示寬容，立馬派媒人到王桂庵的妹妹家求婚。奈何閨秀的父親是一個保守型秀才，認為表兄妹不宜結親，給拒絕了。寄生愁病了，芸娘心疼兒子，捎信給王桂庵的妹妹，請她讓閨秀來看看表哥。結果王桂庵的妹夫一聽，大怒，罵了些很難聽的話，寄生和閨秀連見面都不行了。這是小說的第一條線索，寄生迷戀「**慧豔絕倫**」的閨秀，「**心切愛慕**」「**寢食俱廢**」，因閨秀之父不允婚而患了相思病。而閨秀對寄生是什麼態度？沒寫，只寫寄生癡情，因癡情而病。出場的兩對父母有著鮮明的對比：寄生的父母，也就是〈王桂庵〉篇的男女主角，在兒子的婚戀問題上通情達理，極力成全；閨秀的父親則恪守舊規，堅決不同意。

接著，小說真正的女主角張五可出來了。這位勇敢而有心計的少女，敢於主動追求自己看上的人，她在爭取跟寄生的婚姻上，像天才的棋手一樣走了六步棋，一步一步把傻小子完全掌控在手心裡。

她走的第一步棋，是看上寄生後，立刻就求母親找媒人上門提親。她是大名府大戶人家最小的女兒，長得很美，在清明節上墳的路上遇到寄生，回來就告訴了母親自己喜歡他。母親又將此事告訴了媒人于媼，授意于媼到王桂庵家給張五可提親。按說，這種女求男的情況，女方不怎麼有面子，但張五可就敢這麼做，她的母親也支持她。于媼到了王家，芸娘說自己的兒子因相思病病倒了。于媼說：「這病我能治，我給他介紹個美人，叫張五可。」芸娘聽說張五可長得美，立刻動了心，叫于媼去跟兒子說。于媼問候完寄生，就告訴他，自己是來給他做媒，同時也是給他治相思病的。寄生說：「醫不對症，有什麼用？」意思是：我想我表妹閨秀，你提張五可，治不了我的相思病。于媼是怎麼回答的？她說：「**但問醫良否耳。其良也，召和而緩至，可矣。執其人以求之，守死而待之，不亦癡乎？**」這就需要知道一個關於名醫的典故了——和、緩都是戰國時的名醫。你生病請名醫和，而跟他齊名的名醫緩來了，還不是一樣給你治病？于媼的意思是：你只管我做媒的姑娘美不美就是了，你管她是不是閨秀，只要張五可跟閨秀一樣美，還不是一個樣兒？寄生歎息說：「**但天下之醫，無愈和者。**」言下之意是：天下的美女，只有我表妹最好。于媪說：「怎麼這樣沒見識呀？」接著形容起張五可面貌多麼秀麗，皮膚多麼細嫩，神情姿態多麼優雅迷人，于媪口若懸河、手舞足蹈地形容了一番，寄生還是很堅定，搖頭說：「算了吧，老媽媽，這不是我要的。」說完別過頭去對著牆壁，不理于媪了。寄生擺出一副「其志不移」的樣子，表面似是對閨秀忠誠，實際是迷戀美色。這一段描寫，給讀者留下最深刻印象的是張五可還是寄生？都不是，是媒婆于媪。那可真叫會說，奇怪的是，一個媒婆怎麼還這麼有學問，知道戰國時兩個名醫的名字？「**其良也，召和而緩至，可矣**」，這是世俗媒婆會說的話嗎？

這是張五可追求寄生邁出的第一步，以女求男，碰了一鼻子灰。一般人早就退縮了，但張五可不服輸，她接著邁出第二步，也是蒲松齡最得意的一步，她進入了寄生的夢境，以美色奪愛。寄生正為表妹閨秀害相思病呢，昏昏沉沉中，有丫鬟報告說：「你想念的人來啦！」寄生喜極，從床上一躍而起，迎出門去，只見一個美人已在庭中。仔細一看，不是閨秀。那美人什麼打扮？穿著松花色細褶繡裙，裙子下邊微微露著三寸金蓮。什麼模樣？「**神仙不啻**」，如同仙女下凡。寄生趕快拜問姓名，美人回答道：「我是五可。你的一片深情都繫於閨秀身上，使人心中不平。」寄生立即謝罪：「我生平從未見過你的容貌，所以眼中只有一個閨秀，今天我才知罪了！」兩人馬上海誓山盟起來，正握著手親熱地說話時，芸娘來撫摩兒子，寄生醒了，回想夢中所見張五可的音容笑貌，彷彿還在眼前。他心想：倘若張五可果真如夢中那樣美麗，我又何必一定得追求表妹閨秀呢？他把夢境告訴了母親，芸娘高興兒子終於能從思念表妹的痛苦中解脫，急忙想要派媒人到張家求婚。寄生看似得到了父親王桂庵鍾情的遺傳，實際是紈褲習氣青出於藍而勝於藍。王桂庵是認準了一個貧寒的繡花女，矢志不移，苦苦追尋好幾年。寄生則見異思遷，朝秦暮楚，二三其德，一旦在夢中見到「神仙不啻」的張五可，立馬改換門庭，「遂與要誓」，將閨秀拋到九霄雲外，唯一關心的是張五可是否像夢中那麼美麗。寄生跟他爹不同的地方是，王桂庵喜歡芸娘的風姿韻絕，著眼於「韻」，而寄生只要一個字——「美」。

張五可邁出的第三步，是透過前來打探消息的鄰家老太，轉達對寄生的深情。寄生擔心做夢見到的未必是真，就托一位跟張家熟悉的鄰家老太找藉口到張家去，看看張五可小姐長的什麼模樣。鄰家老太來到張家時，張五可正生著病，她生病時是什麼模樣？靠著枕頭倚在床上，手托香腮，一副婀娜迷人的姿態，真是個傾國傾城的美人。鄰家老太問：「小姐得的什麼病？」張五可低著頭拈弄衣帶，不說話。張五可的母親說：「她哪兒是生病？她是跟我和她爹使性子呢。好幾家來求婚，她都不願意，一定得嫁給王寄生，絕食好幾天啦。」鄰家老太笑著說：「五可姑娘如果許配王寄生，那真是玉人成雙。王寄生如果看到五可姑娘，他又得害相思病憔悴死！我回去就叫他們家來求婚，如何？」五可制止她說：「老媽媽別這麼做，人家如果不同意，不是更招人笑話！」鄰家老太說：「這事包我身上，必定成功。」張五可這才微微一笑，答應了。鄰家老太回到王桂庵家向寄生報告，說五可小姐確實非常美麗。寄生詳細地詢問起張五可的穿著。鄰家老太說的跟他夢裡邊看到的完全一樣，寄生很高興。看來，張五可這大戶人家的小姐還有點兒艱苦樸素，不然怎麼好幾天都穿同一套衣服？當然，這是小說家的安排。寄生還是有點兒不太放心，得親自見見本人才成！

於是，張五可邁出了追求寄生的第四步，讓寄生親眼看到自己。她親手導演了寄生偷窺的喜劇。她知道寄生要來偷看，就按時扶著丫鬟出來，做嬌滴滴弱不禁風狀，還故意慢慢走，一會兒看看天上的雲，一會兒看看路邊的樹。她知道路旁門縫裡藏著個虎視眈眈觀察自己的人，寄生就在那裡。她慢走，看雲，看樹，都是為了讓寄生看清自己多麼美麗，引寄生來惜香憐玉。寄生親自對張五可仔細觀察一番，一旦證實張五可確實美若天仙，寄生就「**意顛不能自持**」，從此不想閨秀，唯張五可是求。

王桂庵立即派媒人上門求婚。沒想到媒人回來報告說沒辦成，看來，王桂庵這次派的媒人並不是早就跟五可小姐串通好的于媼，所以才會無故起波瀾。張家告訴媒人說張五可已經跟別人訂婚啦。寄生聽到這消息，又後悔又鬱悶，馬上又病了，王桂庵和芸娘擔憂得很，責備兒子說：「你這不是作繭自縛嗎？」寄生無話可回，病得奄奄一息，什麼東西也吃不下去，一天只喝一碗米湯，才幾天工夫，就瘦成一把骨頭，比思念閨秀時病得還要厲害。于媼忽然來到王家，看到寄生後，驚奇地問：「少爺怎麼病成這個模樣？」寄生一邊哭，一邊把實情告訴了于媼。于媼笑著說：「你可真是個傻瓜！前些日子人家主動來追求你，你故意拒絕人家，叫人家難堪；現在你去求人家，哪能說成就成？怎麼著也得拿喬一把吧？雖然這樣，事情還能挽回，怎麼挽回？靠我呀。你早跟我商量，她就是許給了皇太子，我也能給你奪回來！」聽聽這位媒婆的語言，精彩不精彩？她通曉人情世故，知道人們的心理需求，自吹自擂，大包大攬。寄生大為高興，向于媪求計策。于媪說：「請王老先生寫封信，派僕人送去張家，跟他們敲定婚姻大事。第二天，你們到張家門口等著我！」人家已拒絕求婚，王桂庵擔心再唐突地給張家送信不合適。于媪說：「在這之前我已經跟張家約好了，難道只過了幾天他就變卦？他們說張五可許配給別家了，婚約在哪兒呢？俗話說得好：先做飯的先吃飯。有什麼可疑慮的！」于媪口若懸河，一句「**先炊者先餐**」可謂非常對景。王桂庵接受了于媪的建議，第二天派了兩個僕人到張家送信送聘禮，張家並沒有不同意見，還重重賞了兩個僕人。寄生的病馬上好了，一點兒也不再想表妹閨秀了。這就是張五可邁出的第五步：在寄生求婚時故作驚人之舉，造「已別字」的假象，考驗曾為閨秀害相思病的寄生會不會為自己害相思病。張五可像蜘蛛結網一樣網住了寄生，使之「**閨秀之想遂絕**」。張五可這個深閨少女終於用聰明才智達到俘獲寄生並達成婚約的目的。

但一切就塵埃落定了嗎？小說的另一條線索，閨秀和寄生的愛情糾葛開始起作用了。閨秀的父親鄭秀才拒絕寄生求婚後，閨秀很不高興，聽到寄生跟張家訂婚的消息後，閨秀心情更加抑鬱，一下子就病了，一天比一天憔悴。父母問她怎麼回事，她什麼也不肯說，閨秀可比張五可差遠了，張五可什麼都敢對父母說，將父母支使得團團轉，閨秀什麼都埋到心裡，還是丫鬟把她的心事告訴了她母親二娘。二娘又把這事告訴了閨秀的父親鄭秀才。鄭秀才一聽，非常生氣，不給她治病，聽憑她愁悶欲死。這下子二娘不答應了，她對鄭秀才說：「我娘家侄子很不錯啊，你為什麼一定要死守那些書呆子的清規戒律，害死我的乖女兒！」鄭秀才氣憤地說：「你養這麼個女兒，還不如早死了算了，免得成了笑柄！」從此夫妻反目。二娘和閨秀商量說：「你願意跟著你表哥，可以，不過現在得過去做妾了。」閨秀低下頭不說話，好像十分願意的樣子。二娘再和丈夫商量，鄭秀才一聽，更生氣了。他心想：王家想明媒正娶過去做正妻，我都沒答應，現在你讓女兒去他家做妾？像什麼話！於是氣憤地說：「你的女兒你做主，死活跟我不相干！我權當沒生這麼個女兒。」二娘告訴閨秀事情可以成，閨秀的病慢慢好了。

二娘就像偵探一樣時時窺察娘家侄子什麼時候結婚拜堂，她打聽到寄生迎娶張五可的日子，等到了這天，一大早，就派僕人去找哥哥王桂庵，傳話說：「侄子今天結婚，我這做姑姑的必須到場！我這兒沒車，你派車來接我吧。」王桂庵跟妹妹關係最好，又因為住得近，就先把迎親的車馬派去接妹妹，等這趟回來後再去接張五可。王家的車馬一到，二娘早把女兒打扮好了，她將閨秀送上迎親的車，派兩個僕人和兩個老媽子送親。等到了王家的大門口，鄭家的人自己鋪上紅地毯，這時，王家的迎新鼓樂已準備好了，鄭家的僕人說：「快擊鼓奏樂！」一時間，鑼鼓喧天，人聲鼎沸。寄生急忙跑出來看，心裡納悶兒道：我還沒去親迎呢，怎麼就有個女子用紅帕蒙著頭進來了，莫不是新娘來了？怎麼回事？他怕極了，想跑。鄭家的僕人硬夾著他的雙臂不讓他跑掉，扶著他說：「拜天地！」寄生不知道怎麼回事就拜了天地。兩個老媽子扶著新娘直接就進了洞房。這時，寄生才知道，這位不請自來的新娘是表妹閨秀。一時間「**舉家皇亂，莫知所為**」，全家亂作一團。

聰明果敢的張五可已經邁出追求寄生的前五步，正喜滋滋地等著做新娘，誰知百密一疏，閨秀竟在她母親二娘的操縱下，李代桃僵，搶先與寄生拜了天地。功敗垂成的張五可邁出了第六步，也是最艱難的一步：面臨寄生已拜堂，父親要退婚的嚴峻形勢，她冷靜地提醒父親：「閨秀雖然先到，跟寄生拜了堂，但她沒有受過彩禮，是不正當的，還是叫寄生來迎親吧。」哪知道王桂庵不敢叫兒子去迎親。在這非常難堪的情勢下，張五可破釜沉舟，厚著臉皮，不等男家迎親，坐著自家車馬送親上門！她這是將張家的難題傳給王家，讓王氏父子去「**相對籌思，喜怒俱無所施**」，叫寄生去「**踧踖無以自處**」，張五可深得兵法「置之死地而後生」之妙，採取違背常理的舉動，讓處於劣勢的自己反敗為勝。一個深閨弱女，既敢對心儀的男子主動出擊，還懂得如何爭取，又會利用父母的慈愛促成合法婚姻，更能在關鍵時刻斬關奪隘，「為達目的，不擇手段」，管他羞人不羞人，管他禮數不禮數的，自己想得到的東西，哪怕冒天下之大不韙，也要千方百計得到！

張五可是一個敢作敢為、堅忍任性、心思周密、殺伐決斷的獨特少女形象，可謂王熙鳳、賈探春形象的先聲。與張五可相比，閨秀要軟弱、被動得多，父親拒婚時她只會聽天由命，聽到寄生婚訊又退而求其次，表示做妾也情願，最後在母親的操縱下才捷足先登。小說最後是芸娘讓閨秀和張五可以年齡為序，因此張五可不得不叫閨秀一聲姐姐。三天後，兩個美女在芸娘那裡相會，倒互相欣賞起來，此後衣履易著，相愛如姊妹。

對於這個離奇的愛情故事，我的感想是：

〈寄生〉

第一，從〈王桂庵〉到〈寄生〉，愛情內涵、人物內蘊明顯等而下之。王桂庵開始對芸娘以金錢相誘，受芸娘高潔品格感染，變見色起意為因情癡迷。後來他以家中有妻相戲，芸娘以死相拚，王桂庵憂慟交集。王桂庵貴家子弟的輕薄習氣受芸娘高尚品質感染，終於得到道德完善。寄生看似鍾情，實則繼承了更為嚴重的紈褲習氣，心猿意馬，見異思遷。而他最後偏偏能二美兼得，當然是因為作者男性中心的陳腐思想起了作用。

第二，兩篇小說中父子婆媳兩代人對待愛情的態度截然不同：王桂庵選妻，既重色，更重德，寄生選妻則純是選美；王桂庵癡於情，寄生迷於色；芸娘嚴正地要求愛情專一，張五可和閨秀卑微地同意將愛與人共用；芸娘用一顆純潔明淨的心戀愛，靠自愛一步步征服王桂庵，張五可用一顆爭強好勝的心求愛，靠計謀一步步控制寄生；芸娘寧死不做妾，張五可、閨秀做妾也甘心；〈王桂庵〉濃墨重彩地寫男女平等的愛情和女性的自珍、自重、自尊，〈寄生〉筆歌墨舞地寫男性中心的勝利和女性尊嚴的崩塌；〈王桂庵〉寫真誠的愛情對金錢和封建理念（如門當戶對）的對抗，〈寄生〉寫在父母之命、媒妁之言的支持下男人「亂點鴛鴦譜，兩占風月樓」（馮鎮巒評）。

第三，從父親的生死戀到兒子的雙美緣，兩篇小說像同一河流上波形大致相同的兩道漣漪，像同一株果樹上大小稍別的兩顆果實，相似多於相異，相犯多於相避。〈寄生〉明顯帶著模仿、複製〈王桂庵〉的蛛絲馬跡，如：王桂庵靠夢與芸娘相見，張五可借夢與寄生相識；孟父因心高氣傲拒婚，張五可為自抬身分拒婚。應特別注意的是：因作者存心宣揚男性中心論，立意讓「離魂之子」較「善夢之父」更上層樓，硬把兩個女主角拉到同一張床上，故事詭譎縱橫，固然好看，也導致旁枝斜出。人物個性帶有作者故意扭曲的痕跡，小說結尾寫張五可和閨秀「相愛如姊妹」，但是，像張五可那樣掐尖要強、占有欲極強的人，怎可能一下子改弦更張？自然是作者「婦德」觀念作祟。

第四，小說寫人有點兒主次不分。寄生、張五可聯姻成功，這兩位年輕戀人夢裡夢外的交往僅兩處，兩個老太婆的活動倒有四處：

其一，于嫗為素不相識的張五可、寄生牽線搭橋。于嫗受張五可之母所托到王家做媒，先說寄生「**何見之不廣**」，又「**以五可之容顏髮膚，神情態度，口寫而手狀之**」，雖未打動寄生，卻讓寄生潛意識中接受了「天下美女多的是」的觀念。

其二，鄰家老太代寄生到張五可家相看，撫慰生病的張五可，對二人婚事「**銳然以必成自任**」。

其三，于嫗幫助夢中為張五可容顏所動的寄生實現親睹其人的願望。

其四，寄生向五可求婚未果，于嫗得意地宣稱「**早與老身謀，即許京都皇子，能奪還也**」，果然馬到成功。

讀者雖可從二嫗的行動體察男女主角的心智活動，但繪聲繪色地表演的畢竟是白髮媒婆。于嫗舌底生蓮，像《賣油郎獨占花魁》裡的劉四媽，深得「女陸賈」之精髓，算是一個生動的人物形象，但從短篇小說藝術的角度來看，卻不能不質疑這樣分配筆墨是否合適。小說男女主角戀愛得他人幫助的現象並非沒有，《鶯鶯傳》即一例。但以紅娘的形象唱主角並非是在小說中，而是在戲曲如京劇曲目〈紅娘〉、〈拷紅〉中。作為短篇小說藝術的人物塑造，配角既應對主角起到烘雲托月之作用，又應到位而不越位，如王桂庵以百金向孟江蘺求婚被拒，顯示出孟江蘺清族高品，孟江蘺是芸娘性格形成的背景，是對芸娘的烘托，也僅僅是烘托。于媼跟男女主角毫不相干，卻既推波助瀾又越俎代庖，其戲份遠多於男女主角，一個媒婆搶主人公的戲，宛如唱〈貴妃醉酒〉，高力士將楊玉環擠對到一旁，豈非本末倒置？何況，于媼有的話與身分不合，如于媼初見寄生時，說：「**但問醫良否耳。其良也，召和而緩至……**」醫和、醫緩是春秋時的名醫，用他們不相上下的名氣比喻閨秀、張五可互相媲美的外貌，其用典和語意堪稱準確，但于媼作為一個不識字的媒婆怎能如此引經據典地說話？她其實是在代作者說話，由此露出作者按既定觀念操縱小說人物的痕跡。

《紅樓夢》後四十回續書沒法跟前八十回比，因為天才不能複製，天才石破天驚的思想尤其不可能複製；《聊齋》的作者自己給自己續書，也未盡如人意。這是因為，作家應該既不重複他人，也不重複自己。如果以酸腐思想為基調，再在藝術上重複自己，即使竭力炫才炫思，寫虛寫幻，求奇求巧，也難免有畫蛇添足之嫌。

10 姊妹易嫁

大姨夫作小姨夫

〈姊妹易嫁〉是個既傳統又現代的故事，易嫁的兩姊妹，姊姊嫌貧愛富，妹妹見識過人，最後兩人的命運完全不同。妹妹上錯花轎嫁對郎，做了尚書夫人；姊姊有眼不識金鑲玉，落得出家修行。

〈姊妹易嫁〉場面熱鬧緊張，像現成的戲劇情節，也確實被改編成戲劇搬上舞台，在呂劇、梆子戲、柳子戲、五音戲等劇種中盛演不衰。這個故事有沒有原型呢？有。故事原型的男主人公是明代的首輔毛紀，他確實經歷過姊妹易嫁。而宋代早就有姊妹易嫁的記載。蒲松齡是博覽群書又擅長借他人酒杯澆自己塊壘的作家，他按自己的美學理想把宋代姊妹易嫁的虛構之筆和毛紀姊妹易嫁的真實故事嫁接組合。真實的歷史人物毛紀本不是窮人，他原來的未婚妻不肯嫁給他也不是因為嫌貧愛富，而是因為他貌醜。蒲松齡從批判嫌貧愛富的思想出發，再按照命中注定等迷信觀念，對人物命運做出完全不同的重構。

〈姊妹易嫁〉的男主人公原型毛紀（一四六三—一五四五），山東掖縣（今山東萊州）人，明代成化二十一年（一四八五）鄉試第一，第二年中三甲第一百三十六名進士，先擔任翰林院庶吉士，後官至戶部尚書、武英殿大學士，嘉靖時擔任內閣首輔，相當於宰相。他去世後被追授太保，諡號文簡。毛紀的父親毛敏是舉人，擔任過杭州府學教授。「教授」在宋代是儒家經典講授人的稱呼，在明代為府學官員，屬正七品。所以，毛紀出身並不貧寒，父親更不是放牛的。根據《蟫雪集》記載，毛紀夫人姓官，當初和毛紀訂婚的是姊姊，姊姊嫌毛紀有文無貌，臨嫁而悔，妹妹秉承父母意旨，代姊出嫁。毛紀當官後，姊姊自恨，出家為道士。妹妹送姊姊東西，姊姊從不接受，清心修養，長壽而終。毛紀因得罪皇帝，罷官歸隱二十多年，經常和大姨子一起談道，對大姨子十分尊敬。真實歷史記載中不肯出嫁的姊姊相當有個性——你再有學問，再有前途，我也不願意面對一個我看多少眼也引不起愛意的人。當年的未婚夫當了大官，妹妹做了貴夫人，我安心做我的窮道士，不接受你們的饋贈。我做道士也有見識，可以和宰相妹夫平起平坐，談道講經。可以說，這個人物形象和蒲松齡筆下的姊姊完全不同。

另一個姊妹易嫁的故事出自宋代錢易的《南部新書》：吉頊的父親是冀州長史，他給兒子求娶南宮縣丞崔敬的女兒，崔敬原來不允婚，受到脅迫，不得不同意。花轎臨門，崔妻鄭氏抱著女兒大哭說：「我家門戶低，不曾有吉郎。」長女堅臥不起，小女自當，登車而去。後吉頊入相。

崔家大女兒為什麼堅持不嫁，原因不明。蒲松齡寫〈姊妹易嫁〉顯然更多受宋代故事的影響。更重要的是，蒲松齡把命中注定等迷信觀念組合到〈姊妹易嫁〉的故事裡了。

下面，我們就來看《聊齋》故事。

掖縣相國毛紀幼時家庭貧窮，父親給人放牛。縣裡世族張家在東山新買了塊墳地。有人經過這塊地，聽到墓中有訓斥聲：「你們快避開這裡，不要占著貴人的宅子！」張某聽說後，不太相信。後來他夢到神人對他說：「你家的墓地本是毛公家的墳場，你為什麼長期占用這地方？」從此，張家總發生不幸的事，有人勸他遷墳，張某就把墳地遷走了。

有一天，毛紀的父親毛某放牛時經過張家原來的墳地，突然遇到大雨，於是躲進廢棄的墳洞，結果大雨傾盆，積水湧進墓穴，把毛某淹死了。毛紀的母親來到張家，乞求施捨一塊墳地埋葬丈夫。張某得知他們姓毛後，想到夢中神人說自己家墓地是毛公家的，非常驚奇。他去看毛某淹死的地方，不大不小正好可以放棺材，更加驚異，於是讓毛家人把毛某埋在他淹死的地方。安葬完毛某，毛紀的母親帶著兒子來到張家拜謝。張某一見毛紀，很喜歡，便將他留在家裡當子弟看待，教他讀書，又和毛紀的母親商量，要把自己的長女許配給毛紀，毛紀的母親不敢答應。張妻說：「話都說出來了，怎能中途反悔？」毛紀的母親這才同意。

張某迷信，相信夢中神人的話，準備對大女兒將來的錦繡前程做一次賭博。毛紀到張家讀書，起到兩個作用。第一個作用是一舉改變了毛紀牧牛兒的身分。本來是放牛人家的孩子，又死了父親，應該沒有什麼光明的前途了，只能繼續放牛，但張某給毛紀提供了教育的機會，使他跟其他家庭出身高貴的孩子站到同一起跑線上，這條起跑線就是科舉考試。張某叫毛紀到張家讀書的第二個作用，是毛紀和張家姊妹有了接觸的機會。看來毛紀的刻苦攻讀、奮發上進，給善於觀察的妹妹留下了深刻的印象，後來妹妹不是說過「**何以見毛家郎便終餓殍死乎**」這樣的話嗎？說不定毛紀和妹妹有青梅竹馬的情誼，而這個是後來在一些改編劇碼中出現的情節，小說中沒直接寫。

張家大女兒卻瞧不起毛紀，怨恨之情常常表露在言談中。有人說起毛紀，她就捂起耳朵不肯聽，常說：「我死也不會嫁給放牛郎的兒子！」

到了毛紀迎親的日子，新郎進了張家，坐席吃酒，花轎在門外等候，張家大女兒還用袖子捂著臉，對著牆角啼哭不已。催她梳妝，她不梳妝，勸她，她也不聽。過了一會兒，新郎起身告辭，請新娘起轎，鼓樂大作，大女兒還在那兒淚眼婆娑的，頭髮像亂草一樣。張某請新郎稍等，自己進屋去勸女兒。大女兒越發哭個不停，對父親的勸慰假裝沒聽見。張某生氣了，逼大女兒趕快上轎，大女兒更是放聲大哭。張某無可奈何。又有家人傳話說：「新郎要走啦。」張某急忙跑出來，說：「新娘還沒有梳洗打扮好，請新郎再等一等。」張某又跑回去看女兒，裡出外進，跑來跑去，腳步一會兒也不能停。拖延了一些時間，外面催得更急了，大女兒卻始終沒有回心轉意。張某急得要去尋死。場面有多精彩，矛盾就有多尖銳。

張家小女兒對姊姊的行為不以為然，她苦口婆心地勸姊姊，催促她上轎。姊姊生氣地說：「小妮子，你也鸚鵡學舌，喋喋不休！你怎麼不跟了毛家小子去？」妹妹說：「父親原本不曾把我許給毛郎，如果是把我許給毛郎，還用姊姊勸駕？」張某見小女兒說話慷慨豪爽，就跟妻子商量，用小女兒代替大女兒出嫁。張妻就對小女兒說：「你姊姊這個忤逆不孝的丫頭，不聽父母之命，我們打算讓你代替你姊姊出嫁，你願意嗎？」小女兒慷慨地說：「父親母親就算讓孩兒嫁給乞丐，我也不敢推辭。而且，何以見得毛家兒郎就一定會餓死凍死？」張氏夫婦大喜，馬上把新嫁娘的服裝給小女兒換上，送上花轎走了。

毛紀和張家小女兒結婚後，夫妻恩愛，只是新娘子頭髮稀少，毛紀有點兒不滿意。時間長了，毛紀聽說了姊妹易嫁的事，就把妻子看作知己，感激敬重她。

沒多久，毛紀考上了秀才。秋天參加鄉試，毛紀往濟南走，途經王舍人莊。王舍人莊的店主頭天晚上夢到神人告訴他：「明天有位姓毛的解元會來到你店裡，將來你有大災大難，毛解元會把你救出來。」於是店主人早早起來，專門等候姓毛的客人。接到毛紀後，店主人恭恭敬敬地招待他，飯食精美，住得也舒服，還一文錢不要，店主人把神人夢中的話告訴了毛紀，託付毛紀飛黃騰達後照顧自己。毛紀聽了店主人的話後很得意，私下想：我媳婦頭髮都長不全，將來豈不是要被那些達官貴人們笑話？看來金榜題名後得把媳婦換了。等到放榜，毛紀名落孫山。他垂頭喪氣地往回走，羞於見熱情的店主人，不敢從王舍人莊路過，只得從另外一條路灰溜溜地回了家。

過了三年，毛紀再次參加鄉試，店主人還是像上次那樣招待他。毛紀說：「你說的話沒應驗，我愧對你的熱情招待。」店主人說：「秀才啊，是你私下裡打算考中後換妻子，所以你的功名被陰世的長官削去了。哪兒是我的夢不準呢？」毛紀驚愕地問此話怎講，原

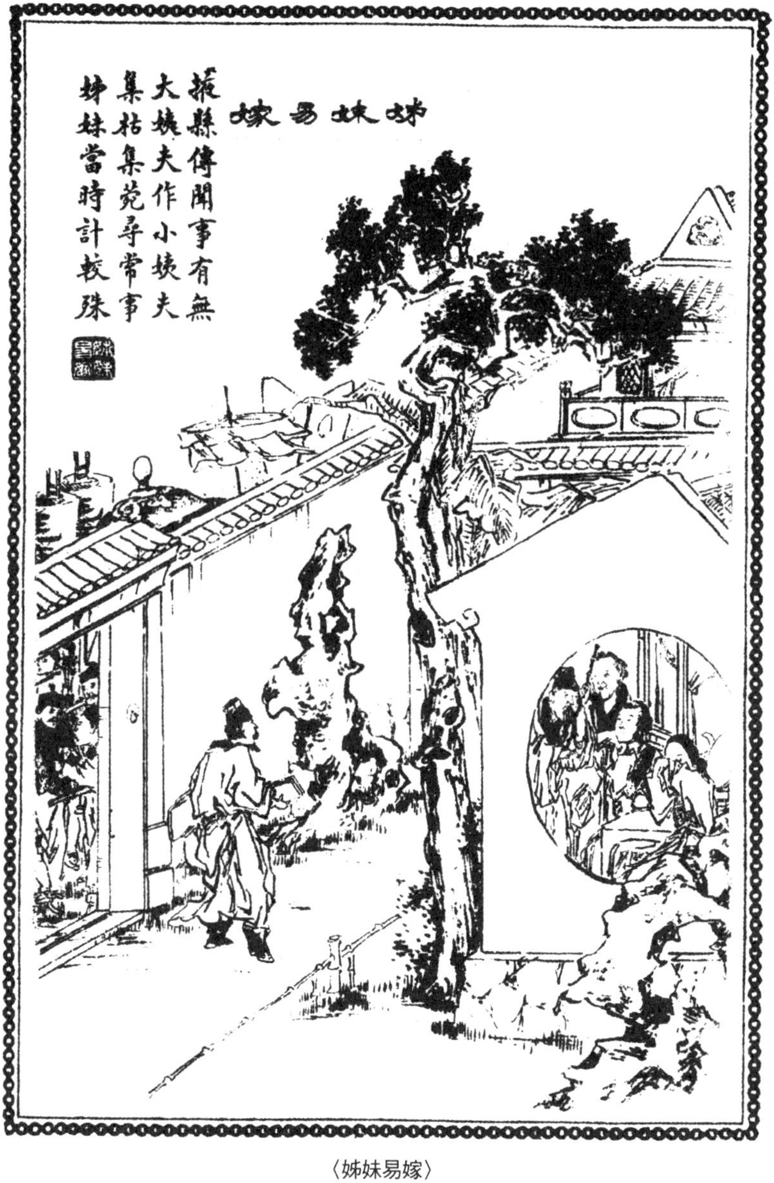
姊妹易嫁
掖縣傳聞事有無
大姨夫作小姨夫
集枯集菀尋常事
姊妹當時計較殊

〈姊妹易嫁〉

來，店主人跟毛紀分手後，又做了個夢，神人將毛紀丟失功名的原因告訴了店主人。毛紀聽了店主人的話，既後悔又害怕，目瞪口呆，像個木偶一樣立在那裡。店主人說：「秀才應當自愛，一定能做上解元。」沒多久，毛紀果然在鄉試中考中第一名，成為解元。他夫人的頭髮不久也長了出來，茂密得如烏雲一般，油光發亮，更加嫵媚秀美。這也是蒲松齡好人好報的思想表現，丈夫是個好人，妻子稀疏的頭髮都變得茂密了。

張家大女兒後來嫁給了一個富貴子弟，一開始她很得意，不料丈夫放蕩懶惰，家產揮霍殆盡，四壁蕭然，漸漸連飯都吃不上了。聽說妹妹做了孝廉夫人，姊姊更加慚愧，躲著妹妹走。不久，她的丈夫死了，家境更加敗落。而不久後毛解元又中了進士，姊姊聽說後，悔恨不已，賭氣剃髮為尼。

等到毛紀以宰相身分還鄉，姊姊派了個尚未剃度的女弟子到毛府問候，希望毛夫人對她有厚贈。女弟子到了毛家，毛夫人送了好幾匹綢緞給姊姊，還把一百多兩銀子悄悄塞在綢緞中。女弟子不知道這回事，抱回綢緞就交給了姊姊。姊姊氣惱地說：「給我點兒錢，還可以買柴買米，送這些東西給我有什麼用！」於是讓女弟子把綢緞原封不動地送了回去。毛紀和夫人很納悶：禮物怎麼退回來了？等打開綢緞一看，銀子一動未動，兩人這才明白：原來姊姊不知道綢緞裡有銀子！毛紀拿出銀子，笑著對女弟子說：「你師父連一百多兩銀子都消受不起，哪兒有福氣跟隨我這老尚書！」他從中拿了五十兩銀子給女弟子，說，「拿這些銀子去給你師父過日子。多了，她這樣福薄的人也承受不起。」女弟子回到尼庵，將在毛府的遭遇如實相告。姊姊無話可說，自我哀歎：我這半輩子究竟是怎麼過的？總是顛倒行事，遇到好事就躲開，遇到壞事就上前，這難道就是天意嗎？

而當年的店主人後來因為命案被逮捕入獄，毛紀極力幫其開脫，終於得以釋放。這裡與前文有所呼應。蒲松齡很清楚自己寫的故事跟原來的事實不一樣。「異史氏曰」中，他說出了自己的創作意圖，就是宣傳天命不可違：

> 張公故墓，毛氏佳城，斯已奇矣。余聞時人有「大姨夫作小姨夫，前解元為後解元」之戲，此豈慧黠者所能較計耶？嗚呼！彼蒼者天，久不可問，何至毛公，其應如響？

用白話來說就是：張家的舊墓，成了毛家的新墳，這已夠稀奇。我聽說時人有「大姨夫成了小姨夫，前解元成了後解元」這樣的玩笑話，這豈是聰明伶俐的人能計較算計的？嗚呼！這個老天爺，你怎麼叫他，他也不答應，為什麼對毛公就能做出如回聲般快速的回應呢？

「大姨夫作小姨夫」是用的宋朝名人的典故。歐陽修和王拱辰都是薛家的女婿。薛家有三個女兒，歐陽修娶了長女，王拱辰娶了次女。後來歐陽修的妻子去世，歐陽修續娶了妻子的小妹妹，歐陽修從大姨夫變成了小姨夫。王拱辰開玩笑說歐陽修是「舊女婿為新女婿，大姨夫作小姨夫」。在〈姊妹易嫁〉裡，「大姨夫作小姨夫」指毛紀本該娶張家的大女兒，卻娶了小女兒，「前解元為後解元」指毛紀本應是前一屆的解元，結果成了後一屆的解元。

我給蒲松齡的這個故事總結出幾個關鍵字：重然諾、父母之命、嫌貧愛富。張家父母重然諾，答應把女兒嫁給毛紀，就一定兌現。姊姊嫌貧愛富，妹妹聽從父母之命，成就兩姐妹完全不同的人生格局。這是個傳統的故事，又是個很現代的具有普適性的故事，是又一個「王子變貧兒、貧兒變王子」的《聊齋》故事。蒲松齡在這個故事裡體現的思想比較複雜，既宣傳了貧賤富貴俱由天定，又宣傳了人必須保存善念，一念之私也會影響到本來天定的富貴。王舍人莊的店主人的參與進一步加重了小說的說教氛圍。姊姊從「**眼零雨而首飛蓬**」的堅決抗爭，到後來向自己拋棄的人乞求金錢，性格似乎有些斷裂。蒲松齡對歷史人物毛紀的故事進行這番脫胎換骨的改造，是錦上添花還是狗尾續貂？留待讀者自行評判。

11 仇大娘

健婦持門戶，勝似一丈夫

〈仇大娘〉篇幅長，出場人物多，情節複雜，具備長篇小說的因素，蒲松齡晚年把它改寫成俚曲《翻魔殃》，用淄川方言描寫平民生活尤其精彩生動。

〈仇大娘〉圍繞著仇家和魏名的恩恩怨怨展開，奸邪小人魏名居心叵測，六次設計陷害仇家，結果一咒十年旺，反而使得仇家越來越興旺，越來越發達，真所謂「災能致福，石可成金」。仇家能夠變禍為福，遇難呈祥，起關鍵作用的是一個普普通通的家庭婦女，卻同時也是一位力挽狂瀾的巾幗英雄。「健婦持門戶，勝似一丈夫」。精明幹練的《聊齋》奇女子仇大娘，是紅樓人物王熙鳳的先聲。仇大娘是在家庭面臨覆滅的情況下出現的，她本來因為細微小事和娘家不和，在娘家危急關頭，仇人魏名將她「調回來」，希望她跟娘家鬧事，仇大娘卻顧全大局，摒棄前嫌，挺身而出，抵禦外侮，盡返家產。在家中三個男子漢或失蹤（父親）或墮落（大弟弟）或年幼（小弟弟）的情況下，她成為家庭的頂樑柱。這樣的陷害和在陷害中成長有著相當深刻的社會意義。

仇大娘是山西人，她沒出場前，娘家的倒楣事一件接一件，父親仇仲在戰亂中被俘，被帶往北方。仇仲續娶的妻子邵氏替他撫育著仇福、仇祿兩個兒子，他們靠著仇仲留下的產業勉強能維持溫飽。後來遇到連年災荒，地方豪強看到仇家沒有支撐門戶的男人，故意欺負仇家，仇家的日子漸漸維持不下去了。仇仲的叔叔仇尚廉想讓邵氏改嫁，這樣他既可以霸占仇仲的家產，又可以拿到賣侄媳婦的錢，但邵氏絲毫不動搖。仇尚廉私自和一個大戶人家簽訂婚約，要把邵氏嫁過去。外邊傳得沸沸揚揚，邵氏卻不知道。仇家的鄰居魏名是個狡猾之徒，與仇仲向來不和。聽說了這事，就故意編造謠言，敗壞邵氏的名譽。那大戶人家認為邵氏守寡不貞，反悔不娶了。仇尚廉的陰謀和外邊的流言蜚語，終於被邵氏知道，她氣得早晚哭泣，病倒在床。

小說一開始就展開了仇家和魏名的矛盾，主要是魏名千方百計陷害仇家。在俚曲《翻魘殃》裡，魏名外號「土條蛇」，即偽裝成土色的蛇，這外號很符合魏名惡毒陰險又隱藏得很深的低劣品性。誰料魏名六次設計害仇家，每一次都走到了他希望的反面。

魏名陷害仇家的第一件事，就是給邵氏造謠，結果仇家反而因禍得福，保住了邵氏，阻止了仇尚廉嫁侄婦、霸占田產的陰謀。

魏名妒忌仇家情況變好，接著第二次使壞——挑撥仇家兄弟分家。仇福這年剛滿十六歲，邵氏因自己病倒，眼見沒人主持家務，只好匆匆忙忙給仇福娶妻。新婦是姜秀才的女兒，十分賢慧。一應家事靠著姜氏打理，仇家家境漸漸富裕起來，邵氏便讓仇祿在學堂跟塾師讀書。魏名假裝和仇福交好，常請仇福喝酒。漸漸地，仇福把他看作心腹之交。魏名趁機對仇福說：「你母親臥病在床，什麼也不能幹；你弟弟則吃閒飯，也是什麼也不幹。

你們夫妻豈不是給他們做牛做馬？將來你弟弟娶媳婦，還得花一大筆錢，還不是靠你吃大苦出大力？你的虧吃大了。不如及早和弟弟分家，這樣，窮的是弟弟，富的是你。」仇福被迷了心竅，回家後跟姜氏商量起和弟弟分家的事。姜氏嗤之以鼻。仇福又跑去跟母親說，邵氏把他臭罵了一頓。仇福更氣憤了，把家裡的財產看成是別人的，大肆揮霍。魏名乘機引誘他賭博，仇家的錢漸漸被他輸光了。姜氏一開始還不敢對婆婆說，後來家裡連糧食都沒了，邵氏追問起來，姜氏只好如實相告。邵氏十分憤怒，卻也沒有辦法，只好同意分家，自己跟小兒子過。幸虧姜氏賢慧，每天繼續給婆婆做飯，像沒分家時那樣照顧她。

仇福與弟弟分了家，越發沒了顧忌，任意胡為，吃喝嫖賭，幾個月的時間，家裡的土地房屋都被他拿去還了賭債，邵氏和姜氏還被蒙在鼓裡。仇福家產蕩盡，沒辦法弄錢還賭債，就想把妻子賣了，只苦於一直找不到買主。同縣有個外號叫「趙閻羅」的，原來是漏網大盜，橫行鄉里，知道仇福拿了錢不敢不把妻子交給他，就給仇福錢打算買下姜氏。仇福拿走這筆錢後，立即進了賭場，想一次翻本，沒想到幾天就把錢全部輸光，又捨不得妻子，想悔約。趙閻羅對他怒目相向，仇福害怕了，只得騙出姜氏，交給趙閻羅。魏名聽說了這事，暗自高興，立即跑到姜秀才家報信，希望姜家和仇家打起來。姜秀才大怒，到官府告仇福，仇福聽說後，逃得無影無蹤。

姜氏到了趙家，知道自己被丈夫賣了，大哭著想尋死。趙閻羅開頭還好言安慰，勸她順從，姜氏不聽；趙閻羅威逼她，姜氏破口大罵；趙閻羅鞭撻姜氏，姜氏拔下髮髻上的簪子刺向自己的咽喉。眾人急忙上去搶救，簪子已刺透食管，鮮血直流。趙閻羅忙派人給姜氏包紮，打算等姜氏傷好後，慢慢逼她就範。第二天，官府拘捕他的命令已下達。趙閻羅卻毫不在意，大搖大擺地來到官府。縣官驗明姜氏是因受趙閻羅逼迫、貞節不從才受的重傷，於是下令鞭打趙閻羅。衙役們你看看我，我看看你，哪個也不敢用刑。縣令早就知道趙閻羅橫行鄉里，看到連衙役都不敢惹他，更加相信趙閻羅不是好東西，大怒，立即叫出自己的親隨，喝命道：「給趙閻羅狠狠用刑！」趙閻羅當場被打死。姜秀才便把女兒抬回了家。

直到姜秀才去衙門告狀，邵氏才知道大兒子的種種劣行，差點兒哭死，病得奄奄一息。十五歲的仇祿沒人照管，煢煢無依。魏名第二次陷害仇家，挑撥仇福兄弟倆的關係，教唆仇福做不肖子弟，賣掉妻子，把仇家置於家破人亡的悲慘境地。而魏名給姜家報信卻導致姜氏從惡霸手中解脫，留下日後夫妻團圓的可能。

魏名第三次使壞，是把仇大娘招回來，想挑起仇家內部紛爭。結果是仇家再次因禍得福。就是在這樣的情況下，小說主角仇大娘出場了。仇大娘是仇仲去世的前妻生的女兒，嫁到了一個離家很遠的地方。仇大娘為人剛直，每次回娘家，總會因為得到的饋贈少而跟父母吵鬧，往往是氣憤地離開娘家。仇仲不喜歡這個女兒，又因她住得遠，好幾年不通音信。邵氏垂危，魏名打算把仇大娘叫回來，引她跟邵氏爭家產，讓仇家更加不得安寧。恰好有商人到仇大娘那邊辦事，魏名就托這個商人捎信給仇大娘，希望看一場仇大娘和繼母、弟弟爭家產的好戲。

過了幾天，仇大娘果然帶著兒子來了。一進仇家門，看到年幼的小弟弟侍奉氣息奄奄的繼母，不覺傷心。仇大娘問：「仇福哪兒去了？」仇祿便把家裡發生的事一一告訴大姐。仇大娘氣憤地說：「家裡沒個支撐門戶的人，叫人欺負到這個樣子！我們仇家的田地房產，憑什麼被這幫惡賊霸占去？」說完，仇大娘走進廚房開始做飯，飯好後先端給繼母吃，再叫弟弟和兒子來吃。大家吃完飯，仇大娘氣呼呼地來到縣衙遞狀子，起訴那幾個賭徒誘惑仇福，惡意霸占仇家家產。那些賭徒聽說後害怕了，湊了些銀子送給仇大娘，希望她不要管娘家的事。仇大娘收下賭徒的錢後，照樣告狀。縣令接到狀紙，把那些賭徒抓來，各打了幾十大板，但對他們詐騙仇家田產的事不聞不問。仇大娘氣憤地帶著兒子到省城告狀。恰好郡守最討厭賭博，仇大娘一一陳述仇家受到的賭博之害，細細敘述賭徒如何設局欺騙仇福，如何將仇家的田產全部騙光，講得慷慨激昂。郡守被她的言辭打動，判令知縣把仇家的田產從賭徒手裡追回來，交給原主，又懲罰仇福以警誡不肖子弟。郡守的命令下達到縣，縣令奉命把那些賭徒抓來打板子。仇家原來的田產都回來了。

這時仇大娘已是寡婦。她叫自己的小兒子先回家，囑咐他跟隨留在家裡的哥哥治理家業，不要再到姥姥家來。她自己在娘家住了下來，奉養繼母，教育幼弟，裡裡外外被她處理得井井有條。邵氏漸漸病癒，家務仍叫仇大娘處理。街坊豪強只要想欺負仇家，仇大娘就手拿鋼刀登門，與豪強滔滔不絕地講理，沒有不屈服於她的。因為仇大娘理家有方，仇家的田產反而一天比一天多了。

招仇大娘來，本是魏名禍害仇家的第三件事，卻成為仇大娘興家的開始。仇家再次因禍得福。在這篇小說裡，女主角在八百餘字後才登場，實為罕見。而在她登場前，可謂山雨欲來風滿樓，娘家風雨飄搖，朝不保夕。賭徒送錢給仇大娘讓她不要管娘家的事，仇大娘收下錢照樣管娘家事，可謂有頭腦、有膽略、有才幹。她安排兒子回家，是為了堵眾人之口，即後邊寫的「**恐人議其私**」，思慮得很周到。

接著，仇大娘開始安排兩個弟弟未來的生活。仇大娘常買些藥品，做些佳餚，拿去送給姜氏，希望他們夫妻將來能破鏡重圓。她眼見仇祿長大了，便托媒人給他說親。魏名到處宣揚說仇家的產業現在都抓在大女兒手裡，恐怕將來也回不到仇家兒子手裡。人們都相信他的說法，沒人肯把女兒嫁給仇祿。魏名這樣做的結果，卻無形中給仇祿留下了娶富貴人家女兒的機會。

接著，魏名騙仇祿遊園，想害他。當地有一位富家公子名叫范子文，他家中的花園堪稱山西第一，是當地著名的風景區。花園內名花夾路，直通內室。曾有不知內情的遊客，觀賞范家花園時誤入內院，被范公子當成小偷抓了起來，送到官府後幾乎被打死。魏名又想出一條陷害仇家的計策。清明節那天，仇祿從私塾讀完書回來，魏名假裝在路上和他偶遇，告訴仇祿：「范家花園可好玩啦，我跟他家園丁相熟，我領你去看看！」天真的仇祿毫無防備，欣然同意了。

范家園丁果然放他們進入了花園。魏名帶著仇祿到處遊玩，到了一座小橋，橋下溪水洶湧，橋對面有座雕樑畫棟的小樓，樓旁邊繁花似錦。這座樓是范公子家眷住的地方。魏名想騙仇祿闖入范公子私宅，叫他被范公子捉住，可能會被打死，打不死也會被送進官府，總之要讓他丟人現眼。魏名騙仇祿說：「那邊更好看，你先過去看，我有點兒內急，找個僻靜的地方方便一下就跟著你進去。」看著仇祿毫無警惕地邁上小橋，走向范公子的內宅，魏名悄悄溜了。

仇祿過橋後漫步來到一個院落，突然聽到有女子的笑聲！仇祿心想：大事不好，我誤入范家內宅了！他急忙停步。恰好院子裡出來一個丫鬟，她看到仇祿後，馬上返回了院子。仇祿更害怕了，拔腳就跑。范公子已趕了出來，喝命家奴道：「哪兒來的狂徒？給我攆上去！拿繩子捆起來！」仇祿驚慌失措，情急之下，跳進了溪水中。沒想到范公子反怒為笑，命令家奴說：「趕快把他撈上來。」家奴把仇祿從溪中救出，范公子一看，是個服裝儒雅、模樣清秀的讀書人，便命令僕人道：「趕快給這位少爺換衣服。」仇祿換好衣服後，范公子把他領進一個小亭子坐下，問他姓甚名誰。越問，范公子的表情越和藹，語言也越溫和，好像很喜歡仇祿的樣子。問完話，范公子跑到內宅說了一會兒話。他回來時笑容滿面，親切地牽了仇祿的手，請他進內宅。仇祿有些丈二和尚摸不著頭腦，只好跟著范公子走。兩人到達內宅，仇祿更加不知道范公子是什麼用意，猶猶豫豫，不敢進門。范公子硬把他拉了進去。仇祿隱隱約約地看見爬滿鮮花綠葉的籬笆後邊有美人窺伺。范公子請仇祿入座，又叫丫鬟們上酒。仇祿推辭，說：「學生無知，誤闖貴府內宅，承蒙您寬恕，已喜出望外，只求您能讓我早點兒回家，我就感激不盡了。」范公子不聽。不一會兒，美酒佳餚擺滿了桌。范公子向仇祿勸酒。仇祿勉強吃了幾杯酒，又起身告辭，說已酒足飯飽。范公子按著仇祿的肩膀使其坐下，笑著說：「我有個樂拍名，如果你能對上，我就放你走。」仇祿說：「好的。請先生賜教。」范公子說：「**拍名『渾不似』**。」仇祿尋思了一會兒，說：「**銀成『沒奈何』**。」范公子高興得大笑，說：「真是『石崇』來了！」仇祿根本不知道范公子說的話是什麼意思。

原來，范公子有個女兒名叫蕙娘，美麗聰慧，知書達禮，一直在挑選佳婿。蕙娘在頭天夜裡夢到神人告訴她說：「『石崇』是你的夫婿。」蕙娘問：「他在哪兒？」神人說：「明天就會落到你家的溪水裡。」蕙娘一早將這個怪夢告訴了父母，他們都覺得奇怪。

「石崇」是晉代著名的大富豪，難道有一個將來像石崇那樣富貴的年輕男子，明天要掉進范家花園的溪水中？這太不可思議了。第二天，仇祿恰好來到范家花園，恰好掉進了范家的溪水中。因為他與蕙娘的夢境完全符合，范公子就邀請他進內宅，讓夫人、蕙娘和丫鬟一起觀察他。范公子聽到仇祿用「沒奈何」對「渾不似」，非常高興，對仇祿說：「『渾不似』的樂拍名是我女兒擬的，怎麼想也想不出如何對出聯的下句。今天得到公子巧對，真是天賜良緣。我樂意把女兒嫁給你。我們家有的是房子，你也不必將我女兒迎娶到你家裡了。」仇祿誠惶誠恐地辭謝，說：「家母有病，我不能入贅您家。」范公子說：「你先回去，跟家人商議商議。」范公子派園丁拿上仇祿的濕衣服，把仇祿扶上馬，將他送回了家。

仇祿回家後，把事情的來龍去脈告訴了母親。邵氏這才知道魏名先後和仇家兩兄弟「交好」，原來都居心叵測，刻意陷害。既然仇祿因禍得福，她也就不跟魏名計較了，只告誡仇

〈仇大娘〉

祿以後對魏名敬而遠之。

過了幾天，范公子又派人把結親的事告訴邵氏。范家是豪富之家，邵氏不敢答應，最後還是仇大娘做主答應了下來，馬上派媒人上門求親、送聘禮。不久，仇祿入贅范家。魏名第四次害仇家，又是偷雞不成蝕把米。他想害死仇祿，結果仇家再次因禍得福，仇祿娶得家世顯赫的美妻，一年後又中了秀才，他的才名被到處傳揚，人們都說仇祿前程無量。蕙娘的弟弟漸漸長大，范家對仇祿漸漸有些怠慢，仇祿索性帶蕙娘回了自己家。這時，邵氏已能拄著拐杖走路。家裡靠仇大娘治理，家產漸豐，蓋起了高房大屋。蕙娘來到仇家，帶來許多僕人丫鬟，仇家儼然成了大戶人家。

魏名因為仇祿拒絕再跟他來往，嫉妒心更深，只恨找不到陷害仇祿的藉口。後來，他引誘一名編入旗籍的人誣告仇祿窩藏錢財。這是魏名第五次害仇家。清朝立國之初，立法最嚴。按照法令，仇祿要被流放到關外。范公子上下行賄求人，僅做到讓蕙娘免於被一同流放。仇祿的田產都被官府沒收。幸虧仇大娘拿著當年分家的文書到官府說理，將仇家新買的良田都掛在仇福的名下，那些田產才沒被沒收，仇家母女才得以安居。仇祿估計自己再也回不來了，於是寫了離婚文書交給岳父，孤苦伶仃、悽悽慘慘地走了。走了幾天，他來到京城以北的一個地方，在一個旅店吃飯。他看到一個乞丐站在門外呆呆地看著自己，樣子很像哥哥仇福。他跑過去詢問，果然是哥哥。兄弟相認，仇祿解下夾襖給仇福穿上，分了幾兩銀子給仇福，囑咐他回家。仇福哭著接受，兄弟二人灑淚分手。

仇祿到了關外，在某將軍帳下為奴。因仇祿一副文弱書生的樣子，將軍讓他分管來往的書信，與其他奴僕同住。僕人們問仇祿：「你為什麼會到這裡來？」仇祿將自己的遭遇訴說了一番。其中有個人驚呼：「你是我兒子啊！」這個人正是仇仲。仇仲把自己輾轉流落到將軍帳下的事告訴了仇祿，父子倆抱頭大哭，仇仲說：「什麼人這樣誣告我兒子？」父子去找將軍哭訴，將全家的遭遇告訴了將軍。將軍立即讓仇祿寫信給京城一位很有勢力的親王，讓仇仲拿著信到京城去見親王。親王過問此事，仇家的冤情昭雪，親王命地方官把仇家被沒收的產業歸還仇家。

仇仲回到將軍身邊，報告了經過。將軍讓仇祿回了故鄉。

仇福跟弟弟分手後，回到家裡，跪在地上向母親、姐姐請罪。仇大娘請母親坐在堂上，自己拿著棍子問仇福：「你願意挨打，還可以留下你；不然，你已經把你的家產全都輸光，家裡沒有你吃飯的地方，趕緊滾蛋！」仇福說：「我情願挨打。」仇大娘把棍子丟在一邊，說：「一個連媳婦都肯賣的人，也不值得我懲罰。你原來賭博賣妻的案子還沒銷，再犯事，我把你直接送到官府就是了。」仇大娘派人把仇福回來的事告訴姜氏，姜氏罵道：「我是你們仇家的什麼人啊，要跑來告訴我?!」仇大娘一遍又一遍地轉述姜氏的話來挖苦仇福，仇福慚愧得大氣也不敢出。

仇福回家住了半年，仇大娘雖然不缺他吃穿，卻像對待僕人一樣，對他呼來喝去。仇福埋頭幹活兒，毫無怨言。仇大娘故意讓他辦理錢財相關的事，他小心翼翼，絲毫不敢亂花。仇大娘覺得他確實悔過了，就和邵氏商量：「咱們請大弟媳婦回來吧。」邵氏說：「她肯定不肯回來。」仇大娘說：「不一定。大弟媳婦如果肯改嫁，怎麼會自殺？她不理睬仇福，是因為她心裡的氣還沒消解。」於是仇大娘親自帶著仇福到姜家負荊請罪。姜秀才老夫婦一見仇福，氣不打一處來，將仇福好一通臭罵。仇大娘對仇福說：「還不老老實實跪下！」然後仇大娘又求見姜氏。姜秀才派丫鬟請了四遍，姜氏還是不露面。仇大娘親自跑進內宅將姜氏拖了出來。姜氏一見仇福，義憤填膺，指著仇福大罵。仇福慚愧得無地自容。仇大娘問：「大弟媳婦什麼時候才肯回家啊？」姜氏說：「一向受大姐恩惠，現在大姐讓我回去，我怎敢不同意？但我擔心這個強盜將來會再賣我。我和他恩義已絕，我還有什麼臉面跟這個黑心賊一起生活？請姐姐另外安排一間房子，讓我專心侍奉婆婆，只要比做尼姑強點兒就行。」

仇大娘代仇福表示堅決懺悔。第二天，仇福駕車迎回姜氏。邵氏迎在門口，跪到地上迎接姜氏。姜氏伏地大哭。仇大娘勸止兩人，命家人擺酒，慶祝姜氏回歸。酒席上，她讓仇福坐在邵氏身邊，舉杯說：「我這些年苦苦爭鬥，不是為自己，是為這個家。現在弟弟悔過，貞節的弟媳婦也回來了，現在請讓我把家裡的錢糧帳本都交還給你們。我一個人來，還一個人回去。」仇福和姜氏離開酒席，跪倒在仇大娘面前，求她不要離開。仇大娘只好留下。

沒多久，仇祿昭雪的文書下來了，被沒收的田宅也全部還給了仇祿。魏名大驚，想不出仇家是如何翻案的，惱恨自己沒有辦法再陷害仇家兄弟。恰好仇家的西鄰失火，魏名借救火之名，悄悄把仇祿的房子點著了。恰好風大，仇祿的房子幾乎被燒光，只有仇福的幾間房保留了下來，全家擠在一起。

又過了幾天，仇祿回來了，全家悲喜交加。當初，他給了范家離婚文書後，蕙娘放聲痛哭，把離婚文書撕了。范公子只好隨她。仇祿興高采烈地來到岳父家迎回妻子。范公子知道仇家發生火災，想留女兒女婿住在范家，仇祿不肯，堅持把蕙娘帶回了家。仇大娘拿出積存的銀子，想在仇祿房子原址上重新蓋房。仇福親自動手整理廢墟，發現了藏有大量銀子的地窖。仇家兄弟大興土木，蓋起一座座樓房，壯麗得像貴族之家。這是魏名第六次害仇家，他燒了仇家的房子，結果是仇家發現了窖藏的銀子，變得更加富裕。

仇祿感激將軍的義氣，準備了一千兩銀子，想去贖回父親。仇福要求前往，仇大娘派了個健壯的僕人陪同前往。仇福迎回姜氏，仇祿迎回蕙娘，仇福又迎回仇仲，全家團圓，歡天喜地。

仇大娘自從住在娘家，一直禁止兒子前來探望，以免有人說她有私心。仇仲回來後，仇大娘堅決要求離開。兄弟倆都不願意讓大姐離開。仇仲做主，把家產分成三份，姐弟三人各得一份。仇大娘堅決推辭，兄弟倆哭著說：「沒有大姐，我們哪裡會有今天？姐姐不能走。」仇大娘這才心安，派人叫兒子把家搬來，與兄弟父母住在一起。

有人問仇大娘：「你對異母兄弟怎麼還這樣關心？」仇大娘說：「只知道有母親不知道有父親，那是禽獸，人還能學禽獸嗎？」仇福、仇祿聽到這話，都感動得哭了，派人給姐姐蓋起與自己同樣的房子。

魏名想：我害了仇家十幾年，我越禍害，他們越興旺。現在他們成了大富豪，我何不與他們交朋友？於是魏名以祝賀仇仲還鄉的名義，到仇家送雞和酒。仇福想要拒絕，仇仲明知魏名多年來壞事幹盡，卻覺得伸手不打笑臉人，只好請魏名進來。魏名送的雞用布條拴著。他放下雞和酒，與仇仲寒暄起來，那隻雞飛到灶窩裡，雞爪上的布條點燃了，雞飛到柴草堆上，僕人、丫鬟都沒發現，直到廚房著火，才發現是魏名的雞「放」的火。全家驚慌不已，幸虧人多，不一會兒就把火撲滅了，只是廚房的東西全部被燒毀了。仇家兄弟說：「這個姓魏的，真是太不吉利了。」不久，仇仲慶壽，魏名又送來了羊。按照習俗，送羊不僅是送禮，還是賠罪。仇家的人不好拒絕，只好把羊拴到院子裡的樹上。沒想到，夜裡有個小童僕被大僕人打了，氣憤地跑到院中，解開拴羊的繩索上吊死了。仇家兄弟歎氣：「這姓魏的，與其對我們友善，還不如對我們不好呢！」

從此不管魏名多殷勤，仇家兄弟都不敢受他寸絲片縷的禮物，寧可送豐厚的禮物給他。魏名老年成了乞丐，仇家兄弟還總會接濟他。

小說主人公仇大娘是蒲松齡按照自己的美學理念塑造的《聊齋》中最有魅力的女性形象之一，《聊齋》點評家馮鎮巒說她「血性人敢作敢為，全無瞻顧，在婦女中尤難」。仇大娘的身上沒有一點兒神異色彩，性格剛猛又柔美，她有膽有識，有能力，有魄力，有氣派，有胸襟。遇事頭腦冷靜，做事思謀周詳。在應對惡鄰、惡霸、惡徒時，她果斷剛猛，敢作敢為，表現出超強的意志和能力。在對待官府時，她又思慮周到，運籌帷幄。在處理複雜的家庭關係上，她細緻入微，敬母教弟，劬勞能幹。她目光長遠，心懷坦蕩，正氣凜然。在處理兩個弟弟的婚事上，范公子要把女兒嫁給仇祿，仇祿的母親不敢接受，仇大娘果斷答應，欣然給同父異母的弟弟創造錦繡前程。對待仇福，她一方面教弟有方，使得浪子真正回頭，一方面對姜氏曲意周旋，讓他們夫妻破鏡重圓，表現出為人的精明和處理複雜事物的超強能力。全家團圓後，仇大娘交出管家的帳本，一身來，一身去，為娘家復興家業，不圖私利，光明磊落，一身正氣。真是疾風知勁草，歲寒然後知松柏之後凋也。封建社會的舊觀念，諸如「女子無才便是德」「嫁出去的女兒潑出去的水」等，都被仇大娘踏在腳下。仇大娘和細柳一樣，都可以算是王熙鳳的先聲。

12 珊瑚

惡婆婆走了華容道[8]

現實生活中的婆媳矛盾，是重要的社會文化現象。《孔雀東南飛》的故事在古代很有代表性。在封建社會，婆婆虐待兒媳幾乎是普遍現象。這源於封建禮法和道德：婦女必須遵守「三從四德」，男家可按「七出之條」隨便休妻。大多數婦女逆來順受，希望多年媳婦熬成婆，也「享受」壓迫兒媳的「幸福」。《孔雀東南飛》中，劉蘭芝遭遇惡婆婆的結果是夫婦殉情而死。《聊齋》人物珊瑚遭遇惡婆婆的結果，是賢慧兒媳珊瑚被休掉，惡婆婆迎來悍潑異常的二兒媳臧姑，「強中更有強中手」，惡婆婆敗走華容道，丟盔卸甲，狼狽不堪。蒲松齡的解釋是：「**不遭跋扈之惡，不知靖獻之忠。**」意思是，就像一個國家的國君，不遭到飛揚跋扈的惡臣的欺凌，就不知道守誠盡責的忠臣的忠心。故事的最後，賢慧的兒媳珊瑚回歸家庭，一孝一悍的兩個兒媳，善有善報，惡有惡報。

一七〇二年，蒲松齡六十二歲時，他在西鋪坐館的東家畢韋仲買了個能唱曲的盲人女

8 編者註：歇後語。取自《三國演義》，赤壁之戰後，曹操敗走華容道，關羽念及舊情，放走了曹操。這個歇後語用來形容事情的發展，完全在預料之中。

僕，蒲松齡特地把〈珊瑚〉改寫為俚曲《姑婦曲》，讓那盲人女僕唱給東家老夫人聽。《姑婦曲》寫底層生活實在有趣，寫起珊瑚的「賢」，比小說〈珊瑚〉中的描寫還要細膩真切：

> 好一個俊媳婦風流不過，穿上件粗布衣就似嫦娥；又孝順又知禮，一點兒不錯。不說他為人好，方且是活路多：爬灰掃地，洗碗刷鍋；大裁小鉸，掃碾打羅；餵雞餵狗，餵鴨餵鵝；冬裡啜豬五口，夏裡養蠶十箔；黑夜紡棉織布，白日刺繡綾羅；五更梳頭淨面，早早伺候婆婆。親戚朋友聽著，鄰舍百家看著，都說道這麼個媳婦，就是那揚州的瓊花，真正是找遍天下無二朵！

因為〈珊瑚〉及後邊的《姑婦曲》將家庭、婆媳矛盾寫得細緻生動，有著濃郁的生活氣息，這兩部作品成了後世各劇種紛紛改編的對象。京劇、川劇、秦腔、山東梆子等都演出過〈珊瑚〉。大名鼎鼎的河北梆子著名演員劉喜奎和京劇表演藝術家汪笑儂就曾登台演出過〈珊瑚〉。一九二二年，中國電影還處在雛形期，就拍攝了《孝婦羹》。這些作品可能都參考了俚曲《姑婦曲》。

故事開頭，重慶人安大成，父親是舉人，去世得很早，弟弟二成年紀小。大成娶陳珊瑚為妻，珊瑚嫻雅賢淑。安大成的母親沈氏蠻不講理，虐待珊瑚，珊瑚也毫無怨色。珊瑚早上打扮得整整齊齊去朝見婆婆，恰好大成生病，沈氏就罵珊瑚故意打扮成狐狸精的樣子，害自己的兒子生病。珊瑚退下來，換上舊衣服，摘掉首飾，再去拜見婆婆，婆婆更生氣了，認為珊瑚故意慪氣，於是拿腦袋撞牆，打自己嘴巴。大成一向孝順，見母親如此，就鞭打珊瑚。沈氏見此稍微舒服了點兒，從此越發討厭這個兒媳婦。珊瑚待婆婆越發恭謹，婆婆卻始終不跟她說一句話。大成知道母親生他媳婦的氣，趕緊搬到書房住，表示不跟媳婦一條心。這樣待了很長時間，沈氏仍不高興，整天挑珊瑚的刺兒。大成說：「娶媳婦是來侍奉公婆的，現在這樣子，還要妻子做什麼？」於是寫了休書交給珊瑚，又派了個老媽子送她回娘家。珊瑚的賢，是無條件的賢，可憐巴巴的賢，奴隸一樣的賢。無奈珊瑚再賢，偏偏遇到蠻不講理、百般挑剔的婆婆。沈氏虐待兒媳，既是大發封建家長的淫威，從心理學的角度看，也有早年守寡加上有戀子情結的原因，她把兒子看作精神支柱，不容兒媳「分享」。安大成是完全按封建禮法行事的愚孝。妻子毫無過錯，只因母親刁難，他竟然就休妻，比起《孔雀東南飛》裡的焦仲卿差遠了。

珊瑚被趕出安家後，剛出街口，就哭著說：「做女人不能為人妻，還有什麼臉面回家見父母？不如死了算了！」說完從袖子裡拿出剪刀刺向自己的喉嚨。老媽子急忙上來搶救，已是鮮血泉湧，沾滿衣襟。老媽子扶珊瑚到大成的族嬸家住下。族嬸姓王，寡居無伴，就把珊瑚留下了。

老媽子回到安家，大成知道後，隱瞞了珊瑚住在族嬸家的事，不讓母親知道。幾天後，大成聽說珊瑚的傷好了，就到族嬸家說：「珊瑚是我休掉的，你讓她回娘家，不要留在你家。」王氏讓他進門，他不進，只是盛氣凌人地說：「趕快把珊瑚轟走！」不一會

〈珊瑚〉

兒，王氏領著珊瑚出來，看到大成還沒走，就問：「珊瑚犯了什麼罪過？」大成責備珊瑚不能好好伺候婆婆。珊瑚一句話不說，只是低頭哭泣，眼淚都是紅色的，把白衣服都染紅了。大成看了也傷心，沒把話說完就走了。

又過了幾天，沈氏知道珊瑚待在王氏那兒，憤怒地找上門，惡言相向。王氏生性高傲，一點兒也不怕她，歷數沈氏惡行，說：「你的兒媳婦已經被你兒子休了，她還算你安家什麼人？我留的是陳家女兒，不是你安家媳婦，哪需要麻煩你來管我家的事？」《姑婦曲》寫到兩個婦人鬥嘴的地方，可以說是精彩無比，生動的老百姓的口語方言隨處都是，例如「我就只是不著他去！莊家老得罪老龍王，只怕怪下來，不上俺那地裡下雨的」、「哎喲，褲襠裡鑽出醜鬼來——你唬著我這腚垂子哩」，這些淄川方言如果翻譯成北方官話，就沒有原來的幽默意味了。

沈氏理屈詞窮，又見王氏不是省油的燈，嘴巴比自己還厲害，又羞又愧，氣急敗壞地大哭著回了家。珊瑚看到自己住在這裡讓婆婆如此尷尬，心裡不安，想到別的地方去。大成的大姨媽嫁到于家，六十多歲，兒子死了，只有兒媳和一個幼孫在。于老太待珊瑚一向很好。於是珊瑚告別族嬸王氏，投奔于老太。于老太聽說妹妹虐待珊瑚的事，說：「這傢伙太殘暴，我得把你送回去，教訓教訓她。」珊瑚極力阻止，還叮囑她不要聲張。

珊瑚從此留在于家，跟于老太像婆媳一樣相處和美。珊瑚的兩個哥哥聽說了妹妹的事後，非常同情她，想要把她接回家改嫁。珊瑚堅決不肯，一直跟著于老太，靠紡線織布維持自己的生活。珊瑚還是嚴格遵守著傳統的婦德，不事二夫，無望地等待婆婆回心轉意。

自從大成休掉珊瑚，沈氏就多方為他謀劃，想讓他再娶。只是沈氏惡婆婆的名聲傳得很遠，遠近的人沒有樂意把女兒送進火炕的。過了三、四年，大成仍然沒再娶。沈氏見二兒子長大了，就先給他娶妻，結果娶進門的不是一個可以幹活兒、可以奴役、可以說打就打說罵就罵的兒媳，反而是一個攪家精，一個虎姑婆。這真是一物降一物，悍婦只能由比她更悍者降服。

二兒媳臧姑對「賢婦」的標準反其道而行之，她的潑悍，是無條件的潑，無奇不有的悍。她的驕蠻、潑悍、暴戾超過沈氏，而且為人非常貪婪。沈氏有時剛露出不悅的臉色，臧姑就已經憤怒地罵出聲了。她不僅不伺候婆婆，還要婆婆和大伯伺候她。二成生性懦弱，不敢在婆媳之間調停。沈氏威風頓減，不敢冒犯二兒媳，反而要賠著笑臉跟她說話。這樣仍然不能得臧姑的歡心。臧姑使喚婆婆像使喚丫鬟。大成也不敢說什麼，只好自己代替母親幹活兒，洗衣、刷碗、掃地，什麼活兒都幹。《姑婦曲》中有這樣的唱詞：

> 兄弟媳婦坐也麼房，大伯親手做菜湯，急忙忙，流水做來給他嘗；但得消消氣，許豬又許羊，一家才把眉頭放。新給他兄弟娶了個娘，遇著太歲又遭殃。

到後來，沈氏這個做婆婆的連洗臉水和尿盆都要給兒媳端，臧姑還罵婆婆是「老科子」（淄博方言，相當於「老王八蛋」），沈氏「這婆婆還得另一做。諸葛初次出茅廬」（《姑婦曲》）。婆媳地位顛倒了過來，沈氏簡直不是娶兒媳，倒像娶進一位虐待自己的婆婆。沈氏和大成常常在沒人的地方，面對面地偷偷哭泣。沒多久，沈氏鬱積於心，病臥在床，大小便都得大成伺候。大成白天黑夜地伺候母親，兩眼都熬紅了。每次喊二成來幹點活兒，二成剛進母親的門，臧姑就大呼小叫，讓二成趕快回去。沈氏這才醒悟到大兒媳珊瑚多麼孝順、多麼可貴，當年自己多麼不講理。大成希望姨媽能來看望母親，於是來到于家，對姨媽邊哭邊說，還沒說完，珊瑚就從裡屋出來了。大成又慚愧又難受，立刻想走。珊瑚用兩隻手叉在門框上擋住他。大成愧悔尷尬極了，從珊瑚肘下鑽了過去，回到家後也不敢告訴母親。

沒多久，于老太來到安家。沈氏高興地留姐姐住下。于老太在這邊住下後，于家天天來人給于老太送好吃的。于老太吃不了多少，就分給沈氏吃。沈氏的病漸漸好了。于老太家裡仍然不斷送來好吃的，沈氏感歎：「你家兒媳婦真賢慧啊，姐姐是怎麼修來的呀！」于老太問：「妹妹覺得被你趕走的兒媳婦怎麼樣？」沈氏說：「唉！確實不至於像臧姑這麼壞，但哪兒比得上外甥媳婦的賢慧。」于老太說：「你兒媳婦在時，你不用勞累；你跟她發脾氣，她一點兒也不抱怨。你怎麼說珊瑚還不如我的兒媳婦？」原文：「**婦在，汝不知勞；汝怒，婦不知怨。惡乎弗如？**」十幾個字，把孝婦、賢婦寫盡。沈氏一聽，哭了，說：「我早就後悔了！」又問：「珊瑚改嫁了沒有？」于老太說：「不知道，我打聽一下。」又過了幾天，沈氏的病完全好了。于老太要走。沈氏哭著說：「姐姐一走，我就活不成了。」于老太跟大成商量，乾脆跟二成分家算了。二成將此事告訴了臧姑。臧姑不高興，說了很多難聽的話，捎帶著罵那位多管閒事的大姨媽。大成表示只要二成同意分家，就可以把家裡的好田好地都分給他。臧姑這才高興地同意了。等兄弟倆簽完分家文書，于老太才離開安家。

第二天，于老太派車來接沈氏。沈氏到了于家，先要求見見外甥媳婦，一個勁兒地誇獎外甥媳婦賢慧。于老太說：「年輕女子有一百樣好，難道就沒一點兒毛病？我當然能夠寬容。不過，就算有像我兒媳婦這樣的媳婦，恐怕你也享受不了。」沈氏說：「冤枉啊！你當我是木頭石頭野鹿蠢豬啊？我也有鼻子有嘴，難道連香和臭都分不清嗎？」

于老太教訓妹妹說：「珊瑚這個人，應該埋怨你卻不埋怨，她的德行可想而知；她被你趕走後應該改嫁卻不改嫁，她對你們的感情也是可想而知。」幾句話把惡婆婆沈氏和孝順媳婦珊瑚寫盡了。接著，于老太對沈氏說：「實話對你說，這段時間往你家送吃的來孝敬你的人，並不是我的兒媳婦，而是你的兒媳婦。」沈氏驚奇地問：「這話怎麼說？」于老太說：「珊瑚在我這兒住了很長時間。給你送的那些好吃的，都是她白天黑夜紡線織布掙的錢買的。」沈氏聽了，眼淚流了下來，說：「我還有什麼臉面見我的兒媳婦啊！」于老太招呼珊瑚。珊瑚含著眼淚出來了，跪到地上拜見婆婆。沈氏又慚愧又悲痛，狠狠地打自己嘴巴。于老太拚命勸她，她才住手。沈氏和珊瑚重新成了婆媳。沈氏在于老太家住了十幾天，帶著珊瑚回了家。

當時家中只有薄田數畝，不足以自給，只好靠大成替人抄抄寫寫，珊瑚幫人做針線度日。二成很富裕，但哥哥不開口求助，二成從不主動照顧哥哥。臧姑因為珊瑚曾被休而鄙視她，珊瑚也因為臧姑潑悍而討厭她。兄弟倆隔院而居，臧姑時常撒潑吵罵，大成一家都捂著耳朵不去聽。臧姑沒法虐待婆婆，就虐待丈夫和丫鬟。有個丫鬟不堪虐待，上吊而死。丫鬟的父親到官府告狀，二成受到杖責，官府要拘捕臧姑。二成千方百計走門路，仍不奏效，於是臧姑被夾十指，受酷刑。縣令貪暴，勒索數目巨大，二成只好賣田借債，才交上贖金。臧姑被釋放後，討債的每天都來催債。二成沒辦法，只好把良田賣給村裡的任老頭兒。

任老頭兒認為這些田產有一半是大成讓給二成的，要求大成簽字。大成到任老頭兒家，任老頭兒忽然自言自語起來，說道：「我是安孝廉。任老頭兒算什麼人，敢買我的產業？」又對大成說：「閻王因為你夫妻倆孝順，讓我暫時回來見你一面。」大成知道是父親附體說話，哭了，說：「父親地下有靈，趕快救弟弟！」附在任老頭兒身上的安孝廉說：「逆子悍婦，死不足惜！快回去準備銀子，贖回我的血汗產業。」大成說：「我們母子只能勉強活命，哪兒來那麼多銀子？」安孝廉說：「咱們家紫薇樹下埋藏著銀子，可以取用。」大成想再問，父親便不再說話了。過了一會兒，任老頭兒醒了，對剛才發生的事一無所知。大成回家後將此事告訴了沈氏，母子倆都不相信樹下有銀子。臧姑已經聽到大成和沈氏說的話，她帶人挖開紫薇樹根，往下挖了四、五尺，只看到些磚頭石塊，沒有什麼銀子，失望地離開了。大成聽說臧姑去掘寶了，告誡母親和妻子不要去看。知道臧姑一無所獲後，沈氏悄悄去看，只看到些磚石雜土。接著珊瑚也跑去看，卻看到黃土裡邊都是白銀。珊瑚叫大成去看，也是如此。這是蒲松齡一向的構思，同樣的東西，在孝子賢婦眼裡是銀子，在逆子悍婦眼裡就是磚頭。

大成想到這是父親的遺產，不能一個人獨吞，就把二成叫來，兩人均分了銀子，各裝到一個口袋裡背回家。二成背著口袋回到家，和臧姑檢查裡面有多少銀子，結果口袋裡全是瓦礫，兩人大驚。臧姑懷疑二成被哥哥騙了，讓二成到哥哥家看看情況。大成正把銀子擺在桌子上，跟母親慶賀。二成把自己口袋裡都是瓦礫的事告訴了大成。大成也很驚奇，可憐弟弟，把桌子上的銀子都交給了弟弟。二成高興地將銀子拿去還了債，心裡很感謝哥哥。臧姑卻說：「我就知道哥哥狡詐。如果他不是心裡有愧，哪個傻瓜肯把分到自己手裡的銀子再讓給別人？」二成半信半疑。

第二天，債主派僕人來告訴二成說：「你的銀子是假的！我要到官府告發你！」二成夫妻嚇得變了臉色。臧姑說：「怎麼樣！我早就說你哥哥不至於對你那麼好。他是要殺你呀！」二成害怕，前去哀求債主，但債主怒氣未消，不肯罷手。二成把田地契約交給債主，聽憑他賣掉，終於換回了原來的銀子。二成回家後仔細看那些銀子，有兩錠已經被敲斷，外邊裹著一層韭菜葉那麼薄的銀子，裡邊都是銅。臧姑告訴二成：「把這兩錠斷了的留下，其他都還給你哥哥，看看他怎麼說。」她還教二成這樣說：「哥哥一次又一次讓著我，我於心不忍。我留兩錠銀子，算接受了哥哥的恩義。我現在的物產和哥哥相等，不需要那麼多田地。反正我已經賣了，贖不贖，哥哥看著辦吧。」由此可見這個潑婦心思縝密。大成不知道這裡邊的奧妙，還跟二成推讓那些銀子。二成堅決要大成留下。大成稱了一下，比原來少了五兩多，就叫珊瑚賣了首飾補足，帶著銀子去找債主，準備把那些田產贖回來。債主懷疑大成拿來的還是原來的假銀子，便用剪刀剪斷了檢驗，發現這次的銀子紋色俱足，便收下銀子，把田地契約交還給了大成。

二成把銀子還給哥哥後，猜想必定會引起爭執，接著，聽說田產被贖回來了，二成夫婦倆大為奇怪。臧姑懷疑上次挖銀子時，大成先把真銀子藏起來了，於是氣憤地闖到大成家，又吵又罵，數落大成。大成這才恍然大悟：原來二成還銀子，是因為銀子是假的！臧姑只顧吵鬧，珊瑚笑著迎上前說：「田產都已經贖回來了，你還生什麼氣啊？」然後她叫大成把田產契約拿出來交給臧姑。

有一天晚上，二成夢到父親責備他說：「你對母親不講孝順，對兄弟不講友愛，閻王爺要懲罰你，一寸土地都不是你該有的，占著它幹什麼？」二成醒了，把這個夢告訴了臧姑，想把地還給大成。臧姑嗤笑他愚蠢。這時，二成有兩個兒子，一個七歲，一個三歲。沒幾天，大兒子因出水痘而死。臧姑害怕了，讓二成把田契退給哥哥，說了好幾次，大成也不肯接受。沒幾天，二成的小兒子也死了。臧姑更害怕了，親自把田契送去給珊瑚。臧姑從此改了脾氣，對婆婆早晚請安問候，對嫂子恭恭敬敬。沒半年，沈氏死了。臧姑哭得吃不下飯，對人說：「婆婆早死，讓我不能孝敬，是上天不許我改正錯誤。」蒲松齡最後安排的結局是珊瑚生了三個兒子，有兩個成了進士。臧姑生了十胎都沒能存活，只好從大成那兒過繼了一個兒子。夫妻倆倒也活到了天年。

〈珊瑚〉非常接地氣，珊瑚賢婦行樂圖和臧姑悍婦撒潑圖，完全是農村老百姓的生活圖景，賢婦和悍婦最後的結局也符合老百姓的道德傾向。珊瑚以「純賢」感動得惡婆婆鐵樹開花，「純悍」的臧姑因為不孝順婆婆，公公留下的銀子到了她手裡變成了銅，兒子也死了……蒲松齡用「善有善報、惡有惡服」對家庭關係做了真情的說教。小說將幾個性格各異的人物寫得分寸恰當，細緻真切。即使次要人物如沈氏和于老太，也給人留下了深刻的印象。

蒲松齡自己如何看待這篇小說呢？我們看看「異史氏曰」：

不遭跋扈之惡，不知靖獻之忠，家與國有同情哉。逆婦化而母死，蓋一堂孝順，無德以戡之也。臧姑自克，謂天不許其自贖，非悟道者何能為此言乎？然應迫死，而以壽終，天固已恕之矣。生於憂患，有以矣夫！

用白話來說就是：不遭受飛揚跋扈的惡臣的欺凌，就不知道守誠盡責的忠臣的忠心，家庭和國家有著相同的情況。兇悍的兒媳變好了，婆婆卻死了，這是因為滿門孝順，沈氏卻沒有應有的德行來享受。臧姑自我譴責說上天不讓她贖罪，不是真正覺悟了的人怎麼可能說出這樣的話來呢？但是臧姑本來應該早死，卻能夠長壽而終，說明上天已經原諒了她。古人說：在憂患中獲得生路，這話很有道理啊。

寫小說，講故事固然重要，但主要還是得寫好人物，〈珊瑚〉這篇小說寫人物最重要的手段是對比：珊瑚的賢慧明理和臧姑的潑悍是對比；珊瑚和大成，一個是賢媳一個是孝子，臧姑和二成，一個是悍婦一個是逆子，這是兩對夫妻的對比；暴虐無理的沈氏和她通情達理的親姐姐于老太也是對比；沈氏對珊瑚前兇殘後和藹是對比；臧姑對沈氏和珊瑚前倨後恭也是對比。在人物和人物的對比中描寫性格，在人物自己的前後對比中描寫命運，合乎生活邏輯，富有藝術魅力。

13 韋公子

花花公子的人生慘劇

《聊齋》是封建社會的風俗畫，在這幅封建社會的「清明上河圖」裡，上層、下層，男人、女人，各色人等的恩恩怨怨、愛恨情仇，都寫得很充分。有純情的香玉，也有只玩弄情欲的韋公子。有錢有勢的男人，可以三妻四妾，可以霸占丫鬟僕婦，可以到青樓尋花問柳，更可以始亂終棄，只漁色，不負責任。蒲松齡對這類花花公子持否定態度。〈韋公子〉應是他晚年創作的著名故事。韋公子出身富家名門，中過進士，做過蘇州令，本是有家產、有文化、有地位的頭面人物。但是這個人放縱好淫，喜歡玩女人，造成了自身極其悲慘的人生困境。他尋花問柳，結果玩弄了絕對不可以玩弄的人——親生子女；他風流快活，結果犯了最令人不齒的罪行——亂倫。

韋公子的人生悲劇到底是怎麼發生的？那得先看看韋公子的人生悲劇產生的背景：封建家長錯誤的教育方式。韋公子是咸陽世家子弟，所謂世家，就是祖上做過官的家庭。因為祖上做過官，積累了大量錢財，後人可以任意揮霍。韋公子生性放蕩，家裡稍有姿色的丫鬟僕婦，一個都不放過。他還發下一個病態的「雄心壯志」：「**載金數千，欲盡覽天下名妓。**」「數千」假定三千，相當於當時一百五十戶普通人家全年的生活費，實在驚人。

所有紅燈區韋公子沒有不去的，如果對妓女不滿意，住兩夜就離開；遇到喜歡的，就同居上百天。韋公子這樣的人，說得好聽點兒叫「紈褲子弟」，說得不好聽點兒，不就是靠幾個臭錢作孽的流氓嗎？

像韋公子這樣的人，在古代和現代都屢見不鮮。《紅樓夢》裡的薛蟠不就是這麼個人物嗎？薛蟠看到甄英蓮美麗，就打死馮公子，搶回英蓮做妾；他到賈府私塾上學，便勾引幾個小男孩兒做他的「契弟」；看到柳湘蓮風流倜儻，也想勾引來做其「契弟」，結果被暴打一頓。不過薛蟠無非是紈褲子弟，在繼承祖業上成不了氣候，也做不了官。但韋公子跟一般的紈褲子弟不同，他有個叔父，是退休的高官，對韋公子抓得很緊，要韋公子讀書做官，還給他請來著名的私塾老師，把韋公子和他的幾個堂弟關起來苦讀。韋公子夜晚趁老師睡著了，爬牆出去嫖妓，黎明再返回。有一天爬牆摔斷手臂，老師才發現他的秘密。老師將此事報告給了他的叔父，他叔父把他狠揍了一頓，打得他起不來床，然後跟他約法三章：「只要你讀書比弟弟們強一倍，晚上隨便你去哪兒，我一概不管；但倘若你讀書成績不好還往外跑，那就像這次一樣，我會打得你下不了床。」

這位叔父對韋公子搞唯功名之馬首是瞻的畸形教育，是只要功名、不要道德的功利主義教育。韋公子偏偏非常聰明，讀書速度常常超過老師規定的進度。按照約法三章，只要他讀書讀得好，他怎麼胡作非為，叔父都不能管。本來韋公子外出嫖妓得爬牆，有了這約法三章，他這下可以放心大膽、名正言順地出去玩了，可以一邊苦讀聖賢書，一邊逛花街柳巷。讀書做人兩張皮，讀的是修身齊家治國平天下的大道理，幹的是尋花問柳、雞鳴狗盜的勾當。讀書嫖妓兩不誤，真是天大的笑話。韋公子一邊嫖妓宿娼玩丫鬟，一邊讀書應試，秀才、舉人、進士，一個台階一個台階地爬上去，功名不斷往上長，道德持續墮落，這個登徒子的登龍過程，是教育史上的天方夜譚。古代小說家還沒人這麼寫過。

韋公子遭遇的第一次人生尷尬，是玩孌童玩出驚心動魄的花樣：韋公子中了進士，本該改邪歸正了吧？不，他繼續尋花問柳，而且越來越隱蔽。他怕叔父知道，也怕社會上的人知道他是進士，「**入曲巷中，輒托姓魏**」，「曲巷」是偏僻的小巷，指妓院所在的地方。進士逛妓院不用真實姓氏，搞了個同音字，看似聰明，但聰明用得不是地方。韋公子是咸陽人，他到西安，以「魏公子」的身分招了個優童叫羅惠卿。所謂「優童」，字面上是指年輕的戲曲演員，實際上是達官貴人的孌童。羅惠卿「**年十六七，秀麗如好女**」，韋公子玩弄了羅惠卿不算，還要連羅惠卿的妻子也搭上：「**聞其新娶婦尤韻妙，私示意惠卿，惠卿無難色，夜果攜婦至，三人共一榻。**」醜惡到令人作嘔的場面。韋公子表面上是道貌岸然的進士，實際上是五毒俱全，在同性和異性間獵豔無數的下流坯子；羅惠卿表面上是戲曲演員，實際上是「午夜牛郎」，只要給錢，什麼都賣，賣自己，賣妻子，還可以一起賣。進士、優童，上層、下層，都寡廉鮮恥。

韋公子非常喜歡羅惠卿，打算帶回家長期取樂。他問羅惠卿的身世，羅惠卿回答說：「我的母親早就死了，父親還在。我原本不該姓羅，母親年輕時在咸陽韋家做丫鬟，後來又被賣到羅家，四個月後生下了我。假如我跟公子回咸陽，正好可以查找親生父親的下落。」韋公子大驚失色，問羅惠卿母親姓什麼。羅惠卿回答：「姓呂。」韋公子一聽，汗流浹背。

原來，羅惠卿的母親正是韋公子玩弄後又喜新厭舊賣掉的丫鬟，羅惠卿正是韋公子的兒子！父子對面不相識，還發生了性關係，這是多麼令人噁心、多麼驚心動魄的場面！韋公子一下子從尋歡作樂的巔頂掉進地獄的深淵。按照封建倫理，亂倫和扒灰[9]，是最不可饒恕的兩宗大罪，他竟然無意中同時犯下了。

亂倫行為在全世界都不被允許。古希臘神話裡，伊底帕斯因命運捉弄，犯下弒父娶母的亂倫大罪。真相大白後，伊底帕斯的母親自殺，伊底帕斯刺瞎雙眼，懲罰自己目不識人。

因為韋公子假託姓「魏」，雖然羅惠卿明明知道咸陽韋公子是生身父親，但他跟改了姓的父親卻對面不相識；韋公子明明知道羅惠卿是親生兒子，卻心懷鬼胎，不敢相認。一個達官貴人怎麼有臉承認自己的兒子認他人作父？一個堂堂進士怎麼好意思承認自己有個做孌童的兒子？又怎麼面對既跟親生兒子亂倫，又跟兒媳扒灰的尷尬？韋公子嚇得屁滾尿流，悄悄溜走。這就是韋公子遭遇的第一次人生尷尬，也可以說是天打五雷轟的人生尷尬。

韋公子遭遇的第二次人生尷尬，是嫖娼嫖出新花樣：韋公子三十幾歲做了蘇州令，遇到美麗的樂伎沈韋娘，所謂樂伎就是既賣藝又賣身的女藝人。沈韋娘「**雅麗絕倫**」，文雅美麗，超凡脫俗。韋公子看上了，「**愛留與狎**」。「狎」有「玩弄」、「狎玩」的意思。

9 指公公和兒媳婦私通。

古代社會把嫖客叫「狎客」，韋公子喜愛小樂伎，留下她過夜。然而在這次尋常獵豔中，不尋常的慘案發生了。韋公子在床上開玩笑地問沈韋娘：「你的名字是不是取自『春風一曲杜韋娘』啊？」

「春風一曲杜韋娘」一句出自唐詩大家劉禹錫贈李紳的《贈李司空妓》，據《本事詩》記載，劉禹錫罷官後，李紳慕名請他到家裡，設宴招待他。酒喝到快醉時，李紳叫歌伎唱歌，劉禹錫當場賦詩一首，第二句便是「春風一曲杜韋娘」，結果李紳便把小歌伎送給了劉禹錫。杜韋娘是唐代著名歌伎，韋公子顯然熟悉這類典故，他賣弄才學，問小樂伎的名字是不是來自唐詩，沒想到小樂伎回答道：「『韋娘』不是我的名字。我的母親是個名妓，十七歲時遇到一位咸陽公子，和大人您同姓，他跟我母親同居了三個月，訂下婚約，公子走後八個月，母親生下了我，給我取名叫『韋娘』，實際上我姓韋。」

世界何等的小啊，韋公子鬼使神差地又跟親生女兒鑽進了亂倫的衾被！這時的韋公子可能既心驚肉跳又心存僥倖，沈韋娘會不會是另一個同姓風流公子的孽種？沒等韋公子追問，伶牙俐齒的沈韋娘主動把鐵一般的證據拿了出來：「公子臨別時，贈給我娘一對黃金鴛鴦，如今尚在。韋公子一去便杳無音訊，我娘悲憤而死。我三歲時，被一個姓沈的老太太收養了，所以跟著她姓沈。」沈韋娘把韋公子對她母親甜言蜜語、始亂終棄，把她跟韋公子的父女關係，說得斬釘截鐵。黃金鴛鴦更是板上釘釘，把他倆的父女關係敲定了。

韋公子聽到小樂伎講的悲慘故事的男主角正是他本人，知道這個躺在懷裡的小尤物原來就是自己的親生女兒，他的笑容僵住了，他愕然了，害怕了，心虛了。沈韋娘的出現，很可能是韋公子當年「載金數千，欲盡覽天下名妓」的結果之一。韋公子對丫鬟也好，妓女也好，都始亂終棄。被他玩弄後拋棄的女性有多少？有沒有更多兒女像羅惠卿、沈韋娘這樣待在社會底層陰暗的角落裡？只有天知道了。知道了沈韋娘的身世後，韋公子「**愧恨無以自容**」。但結果是他並沒有懲罰自己，而是變得更加喪心病狂。「**默移時，頓生一策**」，起床，點燈，喊韋娘喝酒，酒裡暗置劇毒，「**韋娘才下嚥，潰亂呻嘶，眾集視則已斃矣**」。

韋公子為什麼要對親生女兒下毒手？是因為他不忍心眼看親生女兒淪為娼妓嗎？如果是那樣，他完全可以替沈韋娘贖身，替她安排一門好親事，即使父女不相認，也可以略盡父親的職責，或者說洗刷自己的部分罪孽。但韋公子是為了掩蓋自己的罪行，殺害自己的親生女兒來銷贓滅跡。多麼自私、殘忍、毒辣、沒人性！韋公子下毒當然是要親生女兒死，他還特別注意要沈韋娘死前說不出話，沈韋娘一服下毒藥嗓子就先啞了。即使聰明的沈韋娘知道下毒的是親生父親，也不能向圍觀者揭露。十幾歲的沈韋娘，雅麗絕倫的沈韋娘，因為父親的罪惡來到這個世界，又因為父親要掩蓋自己的罪惡離開了這個世界！

韋公子毒殺沈韋娘後，靠金錢逃脫了法律懲罰。他把歌舞班的戲子樂工們叫來，給他們錢，買他們閉嘴。沈韋娘的相好也是些有錢有勢的男人，也用錢買通歌舞班的戲子樂工們，告到了韋公子上司那兒。韋公子「**瀉囊彌縫，卒以浮躁免官**」。「瀉囊」就是用盡所有資財，向上司行賄，「彌縫」就是掩飾不法行為，特別是掩蓋沈韋娘是他女兒的真相。結果，韋公子毒殺沈韋娘，僅僅被免官，原因是輕描淡寫的「浮躁」！不是蓄意殺人，甚至和「殺人」完全不沾邊！韋公子這個蘇州令殺人滅口，韋公子的上司草菅人命！韋公子靠幾個臭錢把一條人命輕輕帶過，把父親殺害親生女兒的罪行徹底抹掉！這，就是當時的吏治；這，就是強權社會的現實。所以，韋公子這樣道德敗壞的達官貴人，有他存在的社會基礎，腐朽崩壞的封建社會就是他的強大背景，金錢就是他的強大後盾。

韋公子對待同樣淪落風塵的兒女採取截然不同的處理方式，也顯示出他的極端自私。對沈韋娘，韋公子痛下狠手殘酷殺害，一個淪落風塵的女兒即使相認，也是父親的恥辱，何況她還成了韋公子亂倫的活證據，一定得讓她徹底消失；對羅惠卿，韋公子逃走前贈送了許多財物，勸他改行，潛意識裡還是把他當成將來說不定可以接續香火的兒子。果然，後來韋公子的妻妾都不能生孩子，他想把羅惠卿接回來，家族的人紛紛勸止，才作罷。

如何看待〈韋公子〉這個故事？

第一，蒲松齡對花花公子持特別嚴厲的批判態度。蒲松齡之前的不少作家也經常讓玩弄女性、始亂終棄的花花公子受懲罰。如唐傳奇《霍小玉傳》，進士李益對妓女霍小玉始亂終棄，霍小玉傷心而死，李益精神分裂。擬話本《杜十娘怒沉百寶箱》中，闊少爺李甲對杜十娘變心，杜十娘投江，李甲受到良心譴責，幾乎患上精神病。韋公子受的懲罰比李益和李甲要嚴重得多，慘烈得多，恐怖得多。蒲松齡用「**自食便液**」概括韋公子的人生。

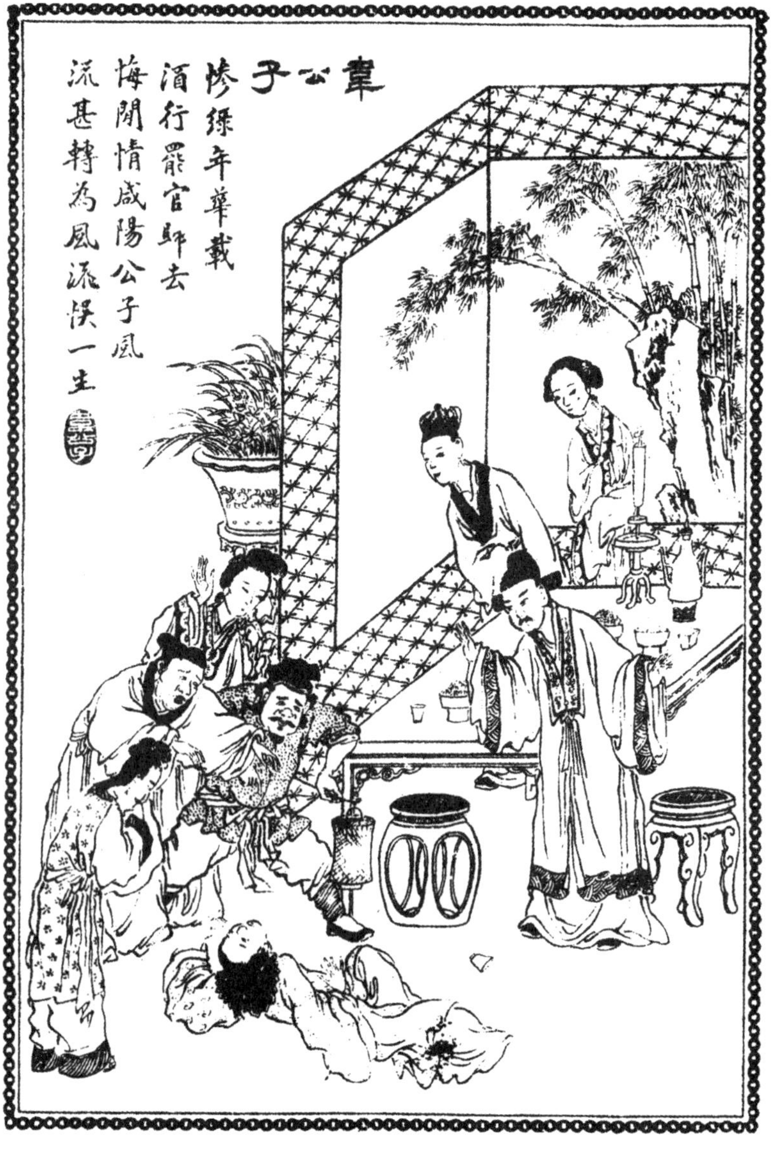

〈韋公子〉

「自食便液」字面含義是把自己的大小便吃進去，深層含義則是父親跟親生子女亂倫。不管按封建倫理還是現代道德，不管是有意還是無意，亂倫都是不可饒恕的罪行。而韋公子既和親生兒子亂倫，又和親生女兒亂倫。世界上怎麼可能有這麼蹊蹺、這麼不可思議的事？韋公子偏偏都遇到了。按照封建倫理觀念，「不孝有三，無後為大」，韋公子受到的最嚴厲的懲罰，是明知羅惠卿是親生兒子，卻不能領回家。兒子管他人叫爹，對自己而言是極度的恥辱，兒子不能認祖歸宗，自己絕後，更是嚴重。

按照蒲松齡的觀念，誰缺了德，現世報就報到誰的子女身上。韋公子尋花問柳，結果就是雖然兒女雙全，卻都落進社會最骯髒的角落，成了他人以及他本人尋花問柳的對象！像韋公子這樣既是高官又是富翁的主兒，他的兒女本該是什麼待遇？那兒子即使不是怡紅公子賈寶玉，珠圍翠繞，鐘鳴鼎食，也應該是呆霸王薛蟠，鬥雞走馬，揮金如土；那女兒，即使不是賈元春，貴為王妃，也該是薛寶釵，嬌花藏在深閨。他們怎麼這麼慘？兒子做孌童，女兒做樂伎，而且都和生身父親亂倫！這就是父親的放蕩導致了兒女的不幸。最後，韋公子在無法排解的悔恨中，得了癲狂病。蒲松齡說韋公子「**人頭而畜鳴**」，是人面獸心的畜生！

第二，寫道德淪喪的父親。「如此父親」是世界上的大文豪喜歡的命題。巴爾札克的名作《貝姨》寫于洛男爵酷愛女色，因為養情婦，盜用公款，把親哥哥法蘭西元帥氣死，害得妻子和兒子傾家蕩產，是《人間喜劇》裡的著名典型。十九世紀法國短篇小說巨匠莫泊桑的《一個兒子》寫道：一位法蘭西文學研究院士和一個議員在花園散步，兩人從滿垂著淺黃穗子的金雀花隨風飄散輕盈的花粉，聯想到他們這些上層男子的亂搞。他們製造孩子像金雀花一樣，幾乎不知不覺。他們估計，從十八歲到四十歲之間，曾經和大約三百個女人臨時交合。「你真能保證自己絕對沒有一個在街道上或者牢獄裡的匪類兒子？一個對我們這些正派人士行使暗殺和竊盜的兒子？或者一個留在妓院裡的女兒？」文學院士回憶起他的一次豔遇：他年輕時外出，在一個偏遠省份的旅店，像鬧著玩一樣強暴了一個年輕女傭，馬上就忘記了這屢見不鮮的冒險行為，若無其事地走開了。三十年後，他故地重遊，驚愕地得知：那個從來不接近任何男人的女傭，在他走後八個月零二十五天，生下一個兒子後就死了。可憐的女傭到死也不透露孩子的父親是誰。現在，高貴的法蘭西院士看到了自己無意中「創造」的兒子，是個被旅店老闆施善心收留的流浪漢，一個跛著腳走路的粗人，他正在吃力地翻著獸糞，長著一頭骯髒不堪、亂七八糟，仔細看卻與院士酷似的黃頭髮。高貴的院士怎麼也不肯相信，眼前這個骯髒、卑賤、酗酒的無賴，竟是他的親生兒子。父親面對親生兒子卻不能相認也不敢相認，院士羞慚至極，悲慟難忍，找不到擺脫的出路，只能讓痛苦和悔恨像千斤重錘一樣，永無休止地錘擊自己的心。莫泊桑還有一篇名作《隱士》，情節跟〈韋公子〉如出一轍：一個喜歡獵豔的男子獵到親生女兒頭上，羞慚得躲到深山藏起來，成了隱士。

人們喜歡說蒲松齡是「世界短篇小說之王」，世界上的小說家沒有也不可能像拳王爭霸一樣來場比賽，看看到底哪個是王，但是，比起公認的世界短篇小說巨匠，《聊齋》的故事數量最多，藝術手法既比較全面獨特，又比較超前，特別是其體現的人文關懷，跟世界短篇小說巨匠一比毫不遜色。十九世紀末、二十世紀初，世界短篇小說三大王國分別是以契訶夫為代表的俄國，以莫泊桑為代表的法國，以歐·亨利、霍桑、馬克·吐溫為代表的美國。而在時間上，蒲松齡比契訶夫、莫泊桑、歐·亨利早了兩個世紀。我們從蒲松齡的〈韋公子〉和莫泊桑的《一個兒子》的對比中，可以看出蒲松齡在世界短篇小說領域的重要性。

第三，〈韋公子〉仍有現實意義。不少作家、研究家注意到〈韋公子〉，注意到蒲松齡和莫泊桑有著相似的人文關懷視角。韋公子的故事似乎過於巧合，過於偶然，但巧合和偶然之中有必然。損害他人，犯下不可饒恕的罪行的人，冥冥之中總會有相應的懲罰等著他。種瓜得瓜，種豆得豆。獵豔者獵到親生子女的頭上，這就是懲罰。蒲松齡嘲諷道：「**風流公子所生子女，即在風塵中，亦皆擅場。**」韋公子玩弄他人，子女替他還孽債，供他人玩弄。一報還一報，上蒼對道德敗壞者安排得如此尷尬，如此難堪，如此慘烈。他們既「不幸」又罪有應得，這對現代人也有啟發和警示作用。

14 促織

皇帝愛小蟲，百姓遭大難

〈促織〉一篇，我研究蒲松齡的手稿發現，有些關鍵情節和高中語文[10]課本裡的不同。高中語文課本用的是蒲松齡去世後出版商修改後的版本，有成名的兒子魂化促織的情節，而這是蒲松齡的手稿裡沒有的。魂化促織既不符合蒲松齡的創作思想，又扭曲了蒲松齡塑造的人物性格。〈促織〉的手稿保存在遼寧省圖書館，我親自查看過，沒有一個字的修改，後邊還附著大文豪王士禛的評語。

我們便按照蒲松齡手稿版本，看看〈促織〉成功在什麼地方，美妙在什麼地方，發人深思在什麼地方。

從思想內容上看，〈促織〉直接把批判矛頭指向封建社會最高統治者，提出「**天子一跬步，皆關民命**」，意思是：皇帝的一舉一動，都關係到老百姓的死活，不可以疏忽。〈促織〉寫主人公成名原本被皇帝玩蟋蟀害得幾乎家破人亡，僥倖滿足了皇帝玩樂的欲望，他功名也有了，田產也有了。成名的遭遇真實地描繪了封建社會的現狀：老百姓的性

10 指中國的高中課本。

命還不如一隻小蟲，皇帝淫威可怕，一層層官吏可恨，老百姓生活在水深火熱之中。從藝術手法上看，〈促織〉對主人公成名的刻畫細緻生動，有分寸感，生活場景精彩別致。關於鬥蟋蟀的描寫，是一幅中國古代描繪動物以及皇宮及民間玩樂的斑斕圖畫，顯示出小說家蒲松齡觀察描寫事物的深厚功底。小說語言既一針見血，又幽默有趣。

小說開頭交代了因為小小的促織，從皇宮到民間發生的一系列不合理的事：第一，明代宣德年間，皇宮中流行鬥蟋蟀，每年向民間徵收蟋蟀。第二，蟋蟀不是陝西地區的特產，華陰縣令為了討好上司，弄了隻非常善鬥的蟋蟀進獻。自此朝廷責成華陰縣每年進貢蟋蟀，皇帝愛好的小蟲竟成了考察官吏的正業。第三，縣令責成里正徵收。里正本是漢代名詞，明代稱「里長」，每一百一十戶為一里，由多糧多丁的十戶輪流擔任里長，負責催糧稅、派徭役，所以叫「富戶役」。因為賦稅越來越多，富戶賄賂官府，讓中、下戶擔任里正。中、下戶因為不敢向富戶攤派，不得不墊交糧稅，導致傾家蕩產。上頭要蟋蟀，鄉里管事的小吏狡猾詭詐，借此按人口攤派費用，每向上頭進貢一次蟋蟀，總會弄得幾戶人家傾家蕩產。開頭短短一段就講清了故事的背景，皇帝玩蟋蟀，縣令投其所好，鄉里小吏借此斂丁口，一隻小蟲，竟然可以導致老百姓傾家蕩產。

在這樣的背景下，小說主人公成名出場了。成名讀書多年卻考不上秀才。他為人拘謹，不善言辭，被狡猾的鄉里小吏派作里正。不到一年，成名微薄的家產就賠光了。恰好上頭要求徵收蟋蟀，他不敢按人攤派，又沒錢可墊，愁得想死。他的妻子說：「你死了有什麼用？

不如去搜尋蟋蟀，萬一碰到一隻可以交差呢？」玩蛐蛐兒、鬥蟋蟀，本來是頑童才會做的事，現在皇帝要玩，就成了官吏們的重要任務。成名書也不能讀了，早出晚歸，提著竹筒、銅絲籠，到破牆下、草叢中，探石挖洞，什麼辦法都用盡了，只捉到兩三隻不合乎標準的。縣令按時查驗，催逼追討，誤了期限就要打板子。為了一隻小蟲，十幾天內，成名挨了上百板子，兩腿鮮血淋漓，化膿不能走路，出門捉蟋蟀都不行了。他趴在床上，左思右想，翻來覆去，實在沒有活路，只想尋死。

成名一出場，已經出來兩次「死」的字眼。第一次是上面要蟋蟀，他不敢攤派，又沒錢賠，「**憂悶欲死**」。第二次是挨了板子，「**惟思自盡**」。一隻小蟲害得成名兩次想死，而後邊真正差點兒死掉的，是他兒子。

村裡來了個駝背的巫婆，能請神問卜。成名的妻子準備了錢去找巫婆請教。只見巫婆門前擠滿了紅裝少女和白髮老太，裡間密不透風地掛著簾子，簾外設有香案。求神問卜的人燒香、磕頭，巫婆從旁向空中替求神者祝禱，聽不清她說什麼，只看到她的嘴巴一張一合。求神的人恭恭敬敬地站著，聽著。一會兒，簾內擲出一張紙，上面寫的正是求神者問的事，沒有絲毫差錯。成名的妻子把錢交到案上，燒香磕頭。一頓飯的工夫，簾子一動，有張紙被拋落在地上。成名的妻子撿起來一看，上面不是字而是畫，畫上繪著殿閣，好像是佛寺，佛寺後邊的小山下，奇形怪狀的石頭零亂地臥在地上，荊棘叢叢，有一隻上品的青麻頭蟋蟀趴在草上邊，旁邊還有隻癩蛤蟆，姿勢好像在跳舞。成名的妻子看到圖上有蟋蟀，暗合求卜的心思，便趕緊跑回家給成名看。成名心裡琢磨道：這張圖莫非是指點我捉蟋蟀的地方？仔細察看圖上所畫的景物，和村東大佛寺極為相似。他硬撐著起來，拄著拐杖，拿著圖，來到佛寺後邊。茂盛的草叢中有幾座高大的墳墓。沿著墳墓邊沿走，亂石像魚鱗一般密集，就像圖裡畫的那樣。成名一邊側著耳朵細聽有沒有蟋蟀叫的聲音，一邊在亂草叢中慢慢搜尋，像尋找繡花針和草芥子那樣用心，直找得心煩意亂、兩眼昏花、頭暈耳鳴，蟋蟀依然無影無蹤。他繼續在邊邊角角的地方細細搜尋。忽然，有一隻癩蛤蟆從草叢中躍出跳走。成名因圖中恰好有隻癩蛤蟆，越發驚愕，連忙追趕過去。蛤蟆跳入亂草叢中，成名跟隨蛤蟆的蹤跡撥開草叢搜求，看到一隻蟋蟀伏在荊棘根下，他急忙去撲，蟋蟀鑽進了石洞中。成名用細草棍兒輕輕撩撥，蟋蟀就是不出來，直到用竹筒灌水進洞中，蟋蟀才跳了出來，成名逮準時機將牠捉住。這蟋蟀長什麼樣？「**巨身修尾，青項金翅。**」個兒大大的，尾巴長長的，青色的脖子，金色的翅膀。宋代奸相賈似道曾寫過一篇〈促織經〉，成了後世研究蟋蟀的重要資料，按照〈促織經〉裡的描寫，這隻蟋蟀是上品。成名高興極了，將牠裝到籠子裡，帶回了家。全家都慶賀不已，覺得價值連城的美玉也比不上這隻蟋蟀。成名小心翼翼地把這隻蟋蟀養在放了土的盆子裡，餵牠蟹肉、栗子仁，呵護備至，打算到了規定的期限拿去向官府交差。

有一天，成名九歲的兒子見父親不在家，偷偷揭開放蟋蟀的盆子想看看那神奇的小蟲。蟋蟀突然跳出盆子，孩子捉不住，等撲到手裡一看，蟋蟀的腿斷了，肚子也破了，不一會兒就死了。孩子怕極了，哭著告訴了母親。成名的妻子聽後，嚇得面如死灰，說：「禍根！你的死期到了，等你爹回來，自會跟你算帳！」孩子哭著跑出門去了。不一會兒，成名回到家，聽妻子說了蟋蟀的事後，渾身像澆了冰水一般。他怒氣沖沖地去找兒子，兒子卻不知到哪兒去了。不久，人們在井裡發現了他兒子的屍體。綿延香火的兒子竟然為一隻小蟲自殺了！成名呼天搶地，不想活了。夫妻對著哭泣，飯也不吃，話也不說，覺得人生一點兒希望都沒有了。天快黑了，成名打算用草席將兒子包起來拿去埋葬。近前摸了摸兒子，發現他還有微弱的呼吸，於是驚喜地把兒子放在榻上。到了半夜，兒子甦醒了。成名夫妻稍覺寬慰，但當看到空空的蟋蟀籠時，又愁得說不出話來。兒子剛為蟋蟀自殺過，成名也不敢再追究兒子的責任，愁得從黃昏到天亮，始終沒合眼。

太陽出來了，成名還躺在床上，他越想越愁。忽然，他聽到門外有蟋蟀的叫聲，驚訝地起來窺視，那隻蟋蟀好像還在！他高興地去捉，蟋蟀叫了一聲就向前躍去，跳得非常快，成名用手掌捂住，覺得手中空若無物，手剛抬起來，蟋蟀又跳到前邊去了。成名一路追著牠，轉過牆角後，突然就找不到了。他來來回回找了好幾遍，到處張望，終於看到有隻蟋蟀伏在牆上，但顯然不是原來那隻，這隻個頭短小，黑紅色。成名看牠小，覺得牠肯定不中用，於是繼續尋找剛才追的那一隻。牆上的小蟋蟀忽然躍起，落在他的衣服上。成名一看，這蟋蟀的模樣有點兒像螻蛄，梅花翅，方頭長腿，看上去很不錯。他高高興興地將牠收了起來，打算送到官府，卻擔心這隻蟋蟀不合上頭的心意，想讓牠和其他蟋蟀鬥一鬥，看看牠的戰鬥力怎麼樣。村裡有個喜歡幹閒事的小伙子養了隻蟋蟀，取名叫「蟹殼青」，天天和其他夥伴的蟋蟀鬥，無往不勝。小伙子打算靠牠發財，要價很高，也沒人買。小伙子到成名家中拜訪，看了成名的蟋蟀後，捂著嘴笑，然後拿出自己的蟋蟀，將牠放到了鬥蟋蟀的罐子裡。成名看小伙子的蟋蟀個頭大，雄健強壯，還沒開始比就先添了幾分愧意，不敢跟他比試。小伙子堅持要比。成名轉而一想：留著不合格的蟋蟀也沒什麼用，不如豁出去，鬥牠一鬥，博得大家一笑，就把自己的蟋蟀跟小伙子的蟋蟀放到了一起。接著，蒲松齡寫了段鬥蟋蟀場面的妙文：

> 小蟲伏不動，蠢若木雞。少年又大笑。試以豬鬣毛撩撥蟲鬚，仍不動。少年又笑。屢撩之，蟲暴怒，直奔，遂相騰擊，振奮作聲。俄見小蟲躍起，張尾伸鬚，直齕敵領。少年大駭，急解令休止。蟲翹然矜鳴，似報主知。成大喜。方共瞻玩，一雞瞥來，徑進以啄。成駭立愕呼。幸啄不中，蟲躍去尺有咫。雞健進，逐逼之，蟲已在爪下矣。成倉猝莫知所救，頓足失色。旋見雞伸頸擺撲；臨視，則蟲集冠上，力叮不釋。

小伙子看到成名的蟋蟀那麼小，先捂著嘴笑，意思是：你這麼個小東西怎麼好意思拿出手？蟋蟀放到鬥盆裡時，一開始小蟋蟀趴著不動，呆若木雞。小伙子又大笑。試著用豬鬣毛撩撥牠的觸鬚，小蟋蟀仍不動。小伙子又笑。一次一次撩撥，小蟋蟀勃然大怒，直奔敵手，兩隻蟋蟀騰躍搏擊，不時發出振奮的鳴叫聲。不一會兒，只見小蟋蟀躍起，張開尾巴，豎起觸鬚，一口咬住敵手的脖子。小伙子怕極了，急忙要求把兩隻蟋蟀分開，停止爭鬥。成名的小蟋蟀振起兩翅得意地鳴叫，似乎在向主人誇耀自己的戰績。成名大喜，正跟小伙子一起賞玩蟋蟀，一隻大公雞突然到來，徑直向前去啄蟋蟀。成名嚇得呆立驚叫，幸

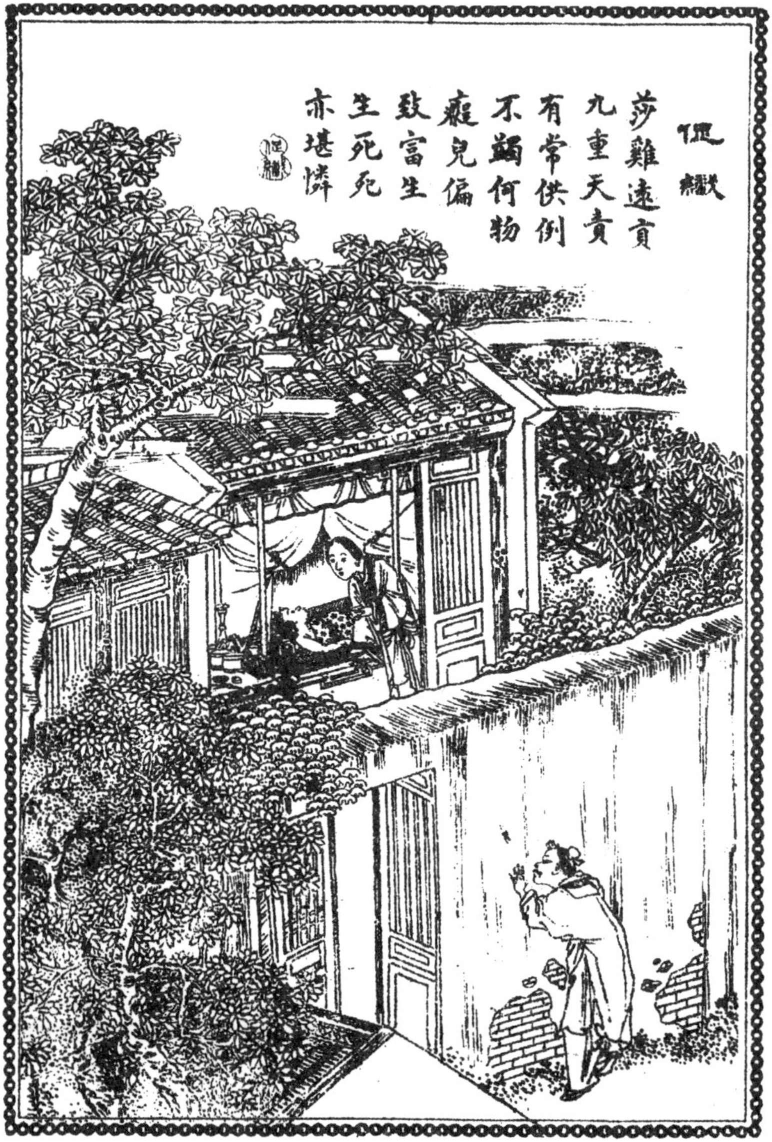
促織
莎雞遠貢
九重天責
有常供例
不蠲何物
癡兒偏
致富生
生死死
亦堪憐
促織

〈促織〉

而雞沒有啄中，蟋蟀跳出去一尺多遠。雞兇猛地上前追逼，蟋蟀已在雞爪之下。成名想不出什麼辦法來救，嚇得面無人色，頓足不已。轉眼間，雞伸著脖子又是擺頭又是掙扎，怎麼回事？近前一看，原來蟋蟀落在了雞冠上，死命咬住雞冠不鬆口。這一段描寫，寫得有聲有色，有張有弛：小蟋蟀像大將臨敵，成名的反應則是驚心動魄，令人屏住呼吸。

一隻小小的蟋蟀如何能夠鬥敗大公雞？這是蒲松齡根據「幻由人生」的藝術構思設置的，是小說家的心靈和意識使得生物產生異化。也就是說，《聊齋》裡的神鬼狐妖會因人的翹盼出現，給人提供關鍵的幫助，尋常生物也會因為人的期盼，表現出非同尋常的能力。《聊齋》故事幻化出綠衣女的綠蜂，幻化出蓮花公主的蜜蜂，幻化出少女素秋的書中蠹魚，都是小蟲化人形，〈促織〉中的常勝蟋蟀則是小說家賦予動物人的思維。成名的不幸感動了上蒼，不起眼的小蟋蟀驀然變得神勇善鬥，甚至打敗了大公雞，化解了成名的倒懸之苦。請注意，蟋蟀就是蟋蟀，只不過有了超凡脫俗的能力，不是成名兒子的靈魂所化。這一點，蒲松齡寫得很清楚，既沒有直接寫善鬥的小蟋蟀是成名兒子的靈魂化成，也沒有暗示小蟋蟀身上附著成名兒子的靈魂，因為成名的兒子在自殺當天已甦醒，成名因為舐犢之情，再也不敢追究他、責打他。成名的兒子投井是寫成名不幸遭遇的一個細節，也僅僅是為了突出成名的不幸。

成名看到蟋蟀戰勝了大公雞，越發驚喜，把蟋蟀捉下來放進了籠子裡。第二天，他把蟋蟀呈獻給了縣令。縣令見蟋蟀個兒小，責罵成名。成名說了蟋蟀的奇異本領，縣令不信，試著讓牠跟其他蟋蟀比鬥，其他蟋蟀都敗下陣來；拿雞來試驗，果然像成名所說的那樣。縣令大喜，獎賞了成名，把蟋蟀獻給巡撫。巡撫非常高興，用金籠子盛著蟋蟀進獻給皇帝，在呈給皇帝的表章上仔細陳述了這隻蟋蟀的神奇之處。

成名的蟋蟀進入宮中，普天下進貢的「蝴蝶」、「螳螂」、「青絲額」等一切奇異品種的蟋蟀都比試過了，沒有能戰勝牠的。每當聽到琴瑟之聲，小蟋蟀就合著節拍跳舞，越發令人感到驚奇。皇帝大為贊許，下詔賜給巡撫名馬和錦緞。巡撫不忘自己的受寵緣於華陰縣的蟋蟀，沒多久，在朝廷對官吏的考核中，華陰縣令被以最高評價「卓異」報送朝廷，很快得到升官。縣令非常高興，免除了成名的徭役，囑咐主考的學使讓成名進入縣學，取得秀才資格。從此成名因為進獻蟋蟀的緣故，屢次得到巡撫重賞。沒幾年，成名家已良田百頃，樓閣星羅棋布，牛羊成群滿圈，一出門，車馬衣服之豪華超過了一般的世族大家。

皇帝愛鬥蟋蟀，官吏橫徵暴斂，人民災難深重。為了一隻小蟲，百姓傾家蕩產，天真兒童投井自殺。皇帝的奢靡玩樂得到滿足，官吏升官得賞，獻蟲者發財致富。一人得道，雞犬升天。〈促織〉的批判矛頭直接指向封建社會至高無上的皇帝。

〈促織〉寫捉蟲、鬥蟲，是中國古代最精彩的動物「素描」之一。一個成年人，為了完成向皇帝進貢的任務，挖空心思，煞有介事，像頑童一樣地捉蟲。捉蟲的過程細膩生動，如聞其聲，如見其人。成名和小伙子鬥蟲一段更是中國古代最精彩的動物比賽描寫。

蒲松齡去世半個世紀後，乾隆三十一年，趙起杲、鮑廷博編刻的青柯亭本《聊齋》問世。青柯亭本是《聊齋》的第一個刻本，對《聊齋》的廣泛流傳起到了重要的推動作用。青柯亭的刻印者對《聊齋》有多處竄改，主要是改換或刪除一些所謂觸犯時諱的詞句，也有編輯者根據自己喜好，竄改蒲松齡原文的。〈促織〉在關鍵的地方改動比較大，對讀者理解蒲松齡的創作特點有影響。尤其是青柯亭刻印本竄改的「魂化促織」，是對古典名著的歪曲，也是對讀者的誤導。

「魂化促織」本來就不是蒲松齡的「作者幻想」，這樣寫導致了《聊齋》神鬼狐妖藝術意蘊的表淺化、直露化。為什麼這樣說？

第一，「魂化促織」使《聊齋》本來具有深刻內涵的藝術構思變得笨拙而缺少意趣。「幻由人生」是《聊齋》藝術構思的基本特點，是蒲松齡賦予尋常生物神奇的力量，不是小說人物變形起到的作用，《聊齋》中的神鬼狐妖因人的翹盼出現，是作者的心靈和意識在生物身上的展開，而非小說人物變形。青柯亭本讓成名之子魂化促織，和蒲松齡的美學理想、構思方式南轅北轍。那麼，《聊齋》裡邊有沒有人化動物的故事呢？有，《向杲》就是小說主人公變成老虎向惡人報仇的故事。蒲松齡要寫人化動物，他會用心巧妙構思，讓小說主人公來完成，不會像青柯亭本這麼簡單，這麼敷衍了事。

第二，「魂化促織」把短篇小說的人物關係本末倒置了。蒲松齡手稿本〈促織〉中成名始終是絕對的主角：成名因捉不到蟋蟀被打；成名這個成年讀書人像頑童般捉蟋蟀，捉到後全家慶賀；成名先因兒子誤殺蟋蟀發怒，後因兒子自殺悲哀；成名跟小伙子鬥蟋蟀，而且在鬥蟋蟀的過程中神情非常投入；成名因為蟋蟀得到巡撫的欣賞，從而一人得道，雞犬升天。成名的兒子起到的作用非常小。青柯亭本將小說原文竄改成了「魂化促織」，讓成名的兒子越俎代庖，這不符合短篇小說要始終圍繞主人公、忌旁枝斜出、忌喧賓奪主的構思要義。

第三，「魂化促織」嚴重扭曲了主人公成名的個性。成名善良忠厚，又有點兒木訥，他不忍心向鄉親催稅，把自己家產墊光。蟋蟀被兒子失手弄死後，成名的妻子說：「**而翁歸，自與汝覆算耳。**」成名跟兒子算帳，頂多打幾下屁股，不會有更嚴重的懲罰。兒子為了一隻小蟋蟀自殺，對成名來說才是塌天之禍。手稿本寫成名在兒子自殺又甦醒後的表現是：「**夫婦心稍慰。但蟋蟀籠虛，顧之則氣斷聲吞，亦不敢復究兒。**」看到兒子甦醒，夫妻感到安慰。成名看到空空的蟋蟀籠，明知自己將會再次受到責打，但是他閉口不言，因為他仍然心疼兒子，不敢再向剛自殺過的兒子發脾氣，也不想再去和兒子追究弄死蟋蟀的事。這樣的舐犢之情，多麼動人啊！這才符合成名篤實的個性基調。而青柯亭本把成名在兒子自殺復甦後的表現竄改為：「夫婦心稍慰，但兒神氣癡木，奄奄思睡。成顧蟋蟀籠虛，則氣斷聲吞，亦不復以兒為念。」為了一隻小蟋蟀，成名竟然不把似乎已變呆、變傻的兒子放在心上，這合乎情理嗎？豈不是歪曲了蒲松齡精心創造的人物個性？

蒲松齡借改寫傳統題材，刺貪刺虐，巧妙地抒寫了人民的苦難。〈促織〉是突出代表。明代宣德皇帝即明宣宗朱瞻基，是歷史上著名的昏君，也是有名的浪蕩公子。明代沈德符在《萬曆野獲編》裡曾記載：「我朝宣宗最嫺此戲，曾密詔蘇州知府況鐘進千個。一時語云：『促織瞿瞿叫，宣德皇帝要。』」

〈促織〉的基本情節早就見於呂毖《明朝小史》：「宣宗酷好促織之戲，遣使取之江南，蟲價貴至數十金。楓橋一糧長，以郡督遣覓，入得一最良者，用所乘駿馬易之，妻謂駿馬所易，必有異，竊視之，蟲躍出，為雞啄食，妻懼，自縊死，夫歸，傷其妻，且畏法，亦自經焉。」因為一隻小蟋蟀，一對夫婦喪命，這種奇聞是小說的絕好材料。《明朝小史》只是簡略記錄了這個故事，蒲松齡在此基礎上做了脫胎換骨的再創造，故事變得更豐富曲折，也更震撼人心。在《聊齋》故事裡，皇帝讓地方上供蟋蟀，而且是不產蟋蟀的華陰縣；不是偶爾要一次，而是要經常供應；皇帝玩蟋蟀的結果不是使得蟋蟀貴到幾十兩銀子，而是民不聊生，官吏借此搜刮民脂民膏，百姓傾家蕩產。讀書人成名因為蟋蟀家產賠盡，自己被打得膿血淋漓。老百姓的性命還不如一隻小蟋蟀。

關於極品蟋蟀的獲得方式，《明朝小史》寫的是用駿馬換得。駿馬雖然金貴，但畢竟還能找到，蒲松齡卻是讓讀書人成名像兒童一樣在野外捉蟋蟀。捉蟋蟀的過程，從巫婆算命，到成名親自到大佛寺後去捉，寫得細緻生動。蟋蟀死則是因為成名的兒子揭盆觀看，這比《明朝小史》裡妻子揭盆觀看更可信，因為好奇是兒童的天性。小孩玩蟋蟀，一天就能捉好幾隻，死一隻有什麼了不起的？現在卻成了性命攸關的大事，何等荒唐！孩子不小心把蟋蟀弄死了，嚇得跳井自殺。

關於故事的結局，《明朝小史》裡是夫婦都死了，這當然很可悲，但《聊齋》寫得更深刻，更有諷刺意味：平時最疼兒子的母親因為兒子不小心弄死了蟋蟀，跟兒子說他的死期到了；天真的兒童為了一隻小蟋蟀投井自殺。《明朝小史》寫蟋蟀被公雞啄食釀成悲劇。蒲松齡筆下的蟋蟀卻能鬥敗大公雞，還能伴隨著音樂跳舞。這是多麼美妙的想像！皇帝一高興，一人得道，雞犬升天。巡撫得到皇帝獎勵，巡撫獎勵縣令，縣令錄取成名做秀才，成名成了一個擅長養蟋蟀的人，沒幾年時間，成家田也有了，樓也有了，「**裘馬過世家**」。蒲松齡這樣編寫〈促織〉的故事，就是為了說明，天子偶用一物，就能造成百姓賣兒貼婦的慘劇，直接把批判矛頭指向只知享樂而不顧百姓死活的皇帝和媚上邀寵、殘民以逞的官吏。

蒲松齡改寫前人的作品，一是出新，二是求異。他將前人的作品點鐵成金，〈勞山道士〉和〈促織〉都是突出的代表。俗話說，讀書破萬卷，下筆如有神。蒲松齡沒有走萬里路的榮幸，卻能讀萬卷書，他站在前人的肩上，妙手創新，對傳統題材重新構築，取得了青出於藍而勝於藍的效果。

15 賈奉雉

金盆玉碗盛狗屎

〈賈奉雉〉是《聊齋》中描寫知識份子命運的巔峰之作。

追求做官還是歸隱山林，求仙慕道還是留戀紅塵，這是封建時代的知識份子可能會面臨的人生選擇，也是古代小說喜歡描寫的內容。〈賈奉雉〉為封建時代的知識份子提供了一個全面、完整、典型的「案例」。賈奉雉才氣出眾卻總是名落孫山，當他迎合了世俗，壓低了自己，把錦繡文章變成狗屁不通的爛文，居然高中榜首！賈奉雉深感困惑，果絕地棄惡濁塵世而去，偏偏忘不了夫妻情緣。再度入世的賈奉雉不得不撿起他討厭的狗屎文章，借此飛黃騰達，又體會到宦海險惡，終於大徹大悟，在深切體味了人生滄桑之後終於跟黑暗社會徹底決裂……

賈奉雉是甘肅平涼有名的才子，文章寫得好，科舉考試卻總是名落孫山。有一天，他遇到了「**風格灑然**」的郎秀才。用「灑然」形容人物，本身就帶著超凡出世的意味。郎秀才說話，一句兩句便能點到要害。賈奉雉覺得這個人可能對自己有幫助，便拿出應考的文章請他看，意在請郎秀才幫助自己尋找落榜的原因。郎秀才看了他的文章，不怎麼讚賞，說：「你的文章，在一般的比試中考個第一名沒什麼問題，但如果用它去考舉人，連最後一名也考不上。」這就是說，賈奉雉的文章在現實生活中是最好的，但到科舉考試中，卻成了最壞的。對同一篇文章有如此矛盾的評價，賈奉雉自然要問個為什麼。郎秀才解釋道：「寫文章，想提高水準很困難，想降低水準卻很容易。」也就是說，賈奉雉考不中的原因，不是因為文章寫得不夠好，而是寫得不夠壞！郎秀才說：「你不需要提高水準，而是得向低劣者學習。只要將自己降低到科舉考試的標準，就能如願以償，金榜題名！」

「**仰而跂之則難，俯而就之甚易**」，真是石破天驚之論！這正是蒲松齡對科舉取士文體的切膚之痛。科舉取士文體，就是一種把寫作變得平庸，變得缺乏創造性，變得缺乏個性的文體。但讀書人想靠科舉求顯達，不得不違心地迎合這種拙劣的文體。這是蒲松齡多年遭受科舉考試折磨後得出的理性思考。功名，實在像是地獄的入口，在這個入口，讀書人得拋棄「人格」、「真才實學」等一切寶貴的東西！

郎秀才舉出一兩個人的文章做標準，叫賈奉雉照著學，他指定的文章作者，都是賈奉雉瞧不起的人。賈奉雉說：「做學問和寫文章，最可貴的就是寫出好文章流傳不朽。這樣就算做高官、享厚祿、吃山珍海味，別人也不認為過分。用你說的這類文章獲取功名，就算做上宰相，也還是讓人覺得卑賤。」郎秀才說：「不是這樣的。你文章寫得再好，身分不高，就沒法傳揚。你如果打定主意以秀才的身分終老，那就算了。不然，考官都是用這種文章考取功名的，恐怕不會因為要看你的文章另換一副眼睛和肚腸。」賈奉雉聽了，沉默不語。郎秀才起身笑著說：「真是少年氣盛啊！」說完就走了。這年鄉試，賈奉雉再次落榜。他想到郎秀才的話，拿出郎秀才指定讓他學習的文章，耐著性子讀，沒讀完一篇，就昏昏欲睡，只覺得這些文章太沒有吸引力了，自己居然得學這樣的文章？他很惶惑。

賈奉雉信奉「**學者立言，貴乎不朽**」，郎秀才卻告訴他「**文章雖美，賤則弗傳**」，讀書人除決心抱卷終老外，都得學習掌握這種速朽的應試文字。郎秀才還告訴賈奉雉：考官都以這類拙劣的文字進身，他們反過來要求考生掌握這類文字，周而復始，積重難返。指望那種愛惜人才、有真才實學的考官出現，比登天還難！所以，求功名者必須「**俯而就之**」，遷就低能考官。但賈奉雉是個理想主義者，不可能降低自己的人格，去迎合他所不齒的文體。如何讓秉性高潔的文章高手賈奉雉寫出拙劣的文字？只能靠陰差陽錯，神差鬼使。

又過了三年，馬上就要鄉試，郎秀才來了，拿出擬定的七個考題，讓賈奉雉試著寫文章。賈奉雉寫了兩次，郎秀才都說不行。賈奉雉乾脆來了次惡作劇，開玩笑地在落榜的試卷中，找出最不成樣子、最不滿意的段落，把蕪雜冗長、混淆不清、不可見人的句子，連綴成文章，等郎秀才再來時交給了他。郎秀才看了，高興地說：「成功了！」讓賈奉雉把這些文章記熟。賈奉雉說：「實話跟你說，這類玩意兒，就算是挨鞭子我也記不住。」郎秀才坐到桌子邊，強迫賈奉雉把那些文章朗誦一遍，又讓他脫掉上衣，露出脊樑，用筆在他背上畫符，那符深入肌肉裡，怎麼洗也洗不掉。鄉試開始，賈奉雉進了考場，發下考卷一看，上面正是郎秀才出的那七道題。他試著回想自己的好文章，卻一個字也記不起來，只有那幾篇糟爛文章，記得清清楚楚。他拿起筆寫，總覺得丟人，想稍微改幾個字，卻顛來倒去一個字也改不了。眼見天色已晚，只好將腦海裡的那些文章謄寫上，交卷出場。

郎秀才已在外面等了他很長時間，一見他就問：「你怎麼出來得這麼晚？」賈奉雉對他實話實說，要求郎秀才把背上的符擦掉。他扭頭看了看，符已消失了，再想想考場裡寫的文章，恍若隔世。他問郎秀才：「你為什麼不替自己謀取功名？」郎秀才笑了，說：「我正因為不想謀取功名，所以才能不讀這類文章。」賈奉雉約定第二天到郎秀才的寓所去。郎秀才離去後，賈奉雉又拿出在考場上作的文章看，全不是發自內心的作品，心裡很不舒服，第二天也沒有去找郎秀才，而是垂頭喪氣地回家了。

鄉試放榜，賈奉雉竟然高中第一名。他再讀自己的文章，羞愧得出了一身汗，七篇文章讀完，幾層衣服都濕透了。他自言自語道：「這樣的狗屁文章傳出去，我還有什麼臉面去見天下人哪？」正在賈奉雉羞愧得無地自容時，郎秀才來了，說：「你從前想中舉人，現在既然已經中了，還煩悶什麼呢？」賈奉雉說：「這樣的文章根本就是用金盆玉碗盛狗屎。寫出這樣的文章，我實在沒臉見人，打算逃進深山隱居，與世隔絕。」郎秀才說：「這也很高明，但只怕你做不到。要是真能做到的話，我給你引薦一個人，可以讓你獲得長生不老術。千古留名都沒什麼可留戀的，何況過眼雲煙般的富貴？」賈奉雉連妻子也不告訴，隨郎秀才飄然而去。

他們進入深山，來到一個洞府。只見一個老頭兒坐在堂上。郎秀才讓賈奉雉拜見老頭兒，喊老頭兒「師父」。老頭兒說：「怎麼來得這樣早？」郎秀才說：「這人修道的志向

〈賈奉雉〉

很堅定，請您收留他。」老頭兒對賈奉雉說：「你既然到這裡來，就得把人生的一切願望置之度外，才能修道。」賈奉雉連連答應。郎秀才把他送到一個院子，給他安排住的、吃的，然後才離開。房間精緻整潔，但門上沒門板，窗上沒窗櫺，房間裡只有一張桌子和一張床。賈奉雉脫掉鞋子上床躺下，月光照進房內，他有點兒餓了，就拿出郎秀才留的東西吃。那食物甜美易飽。他坐了很長時間，覺得整個屋子充滿清香，自己的五臟六腑像透明的一樣，似乎身上的條條脈絡都可以數得出來……

忽然，他聽到一陣尖利的聲響，像貓抓東西。他從窗口往外看了看，只見一隻老虎蹲在屋簷下邊！剛看見老虎時，他非常害怕，但想到師父所說的話，就抑制住害怕的情緒，凝神坐著。老虎似乎知道房間裡有人，邁進房內，嗅了嗅賈奉雉的腿和腳。賈奉雉紋絲不動。不一會兒，老虎跑出去了。

賈奉雉又坐了一小會兒，有個女子走了進來，身上有撲鼻的香氣。她悄悄爬到賈奉雉的床上，附到他耳朵邊說：「我來啦。」賈奉雉閉著眼睛，一動不動。女子低聲說：「你睡著了嗎？」賈奉雉聽她的聲音像妻子，心裡微微一動，轉念一想：這是師父考察我修道的信念呢！於是仍然閉著眼睛不動。女子笑吟吟地說：「小老鼠動了！」當初在家裡，賈奉雉夫婦的臥室有丫鬟伺候，夜裡夫妻想親熱，怕給丫鬟聽到，就私下約定了一個暗號「小老鼠動了」，就可以互相歡好。

賈奉雉聽到這句夫婦間的密語，睜開眼一看，果然是他的妻子，就問：「你怎麼來了？」妻子說：「郎秀才怕你在這兒寂寞，派老媽子引我來的。」接著埋怨賈奉雉不告而別，依偎在賈奉雉懷裡撒嬌。賈奉雉安慰了妻子好久，夫妻盡情歡好，直到天亮。

第二天清早，老仙人的斥責聲遠遠傳來，漸漸接近賈奉雉的院子。賈妻急忙起來，從窗口爬了出去，越過短牆逃走了。不一會兒，郎秀才跟著老仙人進來了，老仙人當著賈奉雉的面，拿拐杖打郎秀才，讓他馬上把客人趕出去。郎秀才領著賈奉雉從短牆出來，對他說：「我對你的期望殷切，不免急躁冒進，沒想到你俗世情緣未斷，讓我受到師父杖責。你先離開這裡，今後還有見面的日子。」他給賈奉雉指示完回家的路徑，拱手告別。

賈奉雉眼見自己家所在村莊就在眼前，猜想妻子腳小走得慢，必然停留在半路，急忙跑了一里多路，卻已經到了自己家門口。但是他發現房子已經塌了，院子也荒廢了，零落凋殘，完全不是離家前的樣子。更奇怪的是，村子裡的老老少少，男男女女，沒有一個是他認識的！他又害怕又詫異，忽然想到：劉晨、阮肇在天台山遇到仙女後返回家鄉，家鄉已歷幾代，我眼前的情景倒跟他們的遭遇很相似。他不敢進自己家門，便到對面人家的門口坐下休息。

有個老人拄著拐杖出來，賈奉雉向他作揖，詢問道：「賈奉雉的家是在這裡嗎？」老人指著賈奉雉的房子，說：「這就是他家。你是不是也是來問那件怪事的？據說賈老先生考中舉人就失蹤了。他失蹤時，兒子才七、八歲。等兒子長到十四、五歲時，他夫人突然大睡不醒。兒子活著時，無論寒暑都還會給她換衣服。等到兒子死了，兩個孫子窮困潦倒，房子也毀了，只用個木架子撐著，用草墊子給她蓋了蓋。一個月前，賈夫人忽然醒了過來，掐指一算，她已經睡了一百多年。遠近的人聽說這件稀罕事，都跑來看。這幾天看怪事的人才稍微少了點兒。」賈奉雉豁然開朗，對老人說：「老人家知道嗎？賈奉雉就是我呀。」老人大驚，跑去告訴賈家的人。賈奉雉的長孫已死了，第二個孫子賈祥已經五十幾歲。因為賈奉雉模樣太年輕，眾人懷疑有詐。等賈奉雉的妻子出來，才認出是賈奉雉。賈夫人眼含淚水，喊賈奉雉回家。年輕的祖父母暫時住在孫子的房子裡。賈家大大小小一齊跑來看，都是賈奉雉的曾孫、玄孫，一概是不讀書、沒知識的粗笨人物。長孫媳吳氏打了酒，端些粗劣的飯菜來，又讓小兒子把房間騰出來讓太公太婆住。

賈奉雉進了曾孫的房間，只覺得到處都是燒柴草的煙火氣和孩子的屎尿味，簡直臭氣熏天。住了幾天，他又懊喪又惋惜，沒法忍耐，心想：我們賈家怎麼能成這個樣子？既沒文化，也沒教養，更沒金錢。兩個孫子輪流給他們供給飲食，都是些很難吃的食物。因賈奉雉隔了百年從神仙洞府回來，村裡天天有人請他喝酒，他的情況稍微好點兒，而不能參加宴會的賈夫人常常吃不飽。賈祥對賈奉雉的供應漸漸減少，對他們也很不客氣。賈奉雉氣憤地帶著妻子離開，迫於生計，在東邊村子教書。他對妻子說：「我後悔這次返回家鄉，但現在已經沒法挽回了。不得已，我還是再撿起八股文吧，只要我不講廉恥，富貴其實不難得到。」這一年，賈奉雉進了縣學讀書。縣令欣賞他寫的文章，送給他許多銀子，賈家日子漸漸寬裕。賈祥也來跟祖父套近乎。賈奉雉把賈祥叫到家裡，算算他回來後在賈祥家的花費，拿出銀子補償賈祥，然後把他轟走，告訴他再也不要來了。

賈奉雉自從從神仙洞府回來，心思愈加明白，對世事看得越發清楚。功名富貴，不就是那麼回事嗎？只要放低身段，還能拿不到手？沒多久，他先中舉人，後中進士。又過了幾年，他以御史的頭銜巡察浙東和浙西，聲名赫赫，家裡歌舞樓台，盛極一時。

研究者常津津樂道賈奉雉考中後的愧悔和撒手而去，特別喜歡引用「金盆玉碗盛狗屎」的精妙譬喻。賈奉雉的極度憤懣表現了正直知識份子的清高、守潔、純良，對於塑造《聊齋》中最有神采的書生形象，毫無疑義是至關重要的一筆。但研究者常常忽略對賈奉雉返回人間後再求功名的剖析。賈奉雉重新寫「金盆玉碗盛狗屎」的文章，而且做上大官，才是蒲松齡對「書生主體」的完滿建構，是他對知識份子命運更深入的思考，也是他對科舉考試這一現實秩序的荒謬性的更深刻、更耐人尋味的描寫。

為什麼這樣說？從仙境回來後的賈奉雉親眼看到了賈家的徹底敗落：兩孫窮困，房舍毀壞，後輩個個陋劣少文。想住，苦無房舍；想吃，粗糧野菜。入山前賈奉雉尚可溫飽，歸來後無立錐之地，只能吃孫輩的嗟來之食。微賤是理想的敵人，窮困是意志的磨床。心高氣傲的賈奉雉「**不得已，復理舊業**」。所謂「舊業」，不言而喻，就是「金盆玉碗盛狗屎」的科舉之路。為什麼賈奉雉入山前以寫狗屎文章為羞，歸家後卻自動撿起「舊業」？源於封建時代讀書人既定的價值觀念和不可救藥的家族使命感。讀書人以光宗耀祖為不可推卸的使命，而想要光宗耀祖，只有靠金榜題名。

賈奉雉堅持高潔的追求，給家族帶來了什麼？窮困和微賤，還有因為窮困和微賤導致的親人間的疏遠和勢利。秉性高潔的賈奉雉終於說出了這樣的話：「**若心無愧恥，富貴不**

難致也。」多麼深刻！這是過來人的椎心之論。為了光宗耀祖，必得求富貴求功名，而求功名就不得不放棄做人的基本原則，放棄寫文章的基本章法。小說原文寫道：「**賈自山中歸，心思益明澈。**」「明澈」是何含義？看得更明白，想得更徹底，看透了，看穿了，世事洞明瞭。賈奉雉大徹大悟，學會了「智慧地生存」，更確切地說是「取巧式生存」，他違心地向「功名」這個地獄進發，很快取得成功，做上大官。《聊齋》點評家馮鎮巒調侃道：「捷進士第者仍前不可對人之文耶？抑百年來文風大變，另換主司盡不愧科名之文耶？我欲問之。」賈奉雉再次撿起狗屎之文求功名，說明正直的知識份子不得不降低自己，不得不適應社會要求，說明科舉制度對知識份子靈魂的戕害何等觸目驚心！

賈奉雉還得再次歸隱，他受不了官場黑暗。賈奉雉為人耿直，不買權貴的賬，達官貴人想中傷他，他幾次給皇帝上表懇求退休，都沒得到皇帝恩准。不久，果真出事了。賈祥的六個兒子都是無賴之輩，賈奉雉瞧不上他們，也從來不跟他們來往。但這幾個曾孫借著賈奉雉的名聲在家鄉作威作福，霸占百姓的田地、房屋，家鄉的人都把賈家子弟看成禍害。某乙剛娶了個新媳婦，賈祥的二兒子竟將其強搶來做妾，某乙本是狡詐之徒，鄉里人一起湊錢幫他打官司，他告到了京城。朝廷大臣紛紛向皇帝奏本彈劾賈奉雉。賈奉雉沒辦法洗清自己，被抓到監獄裡關了一年。賈祥和他的二兒子死在監獄裡，賈奉雉被皇帝下令充軍遼陽。賈奉雉說：「十幾年富貴，還不如一個夢長久。現在才知道，富貴榮華，都無異於地獄的境界，我真後悔比劉晨、阮肇多造了一重冤孽。」

賈奉雉夫妻被衙役押解，在路上走了幾天，到達海岸邊，遠遠看到有艘巨船駛了過來，船上鼓樂大作，隨從像天神一般威嚴。船靠近後，有個人從船艙走了出來，笑著請賈奉雉到船上休息片刻。賈奉雉一看來人，又驚又喜，縱身跳到那條船上，押解他的衙役也不敢制止。賈夫人急忙跑上前，想跟他一起走，船已開遠了。賈夫人氣憤地跳到海裡，船上有人放下一條白練，把她拉到了船上。押解賈奉雉的衙役讓自己的船趕緊追趕，一邊追一邊叫，只聽到那條船上鼓樂聲響如雷，跟大海的波濤相呼應，瞬息之間，就已無影無蹤。跟隨賈奉雉的僕人認出來，那條船上的人，就是郎秀才。

賈奉雉兩次尋仙，第一次去了深山洞府，第二次上了鼓樂大作的巨船。按照傳統說法，六根俱淨的人才能羽化登仙，那麼可以說，登入仙界實際也像進入地獄一樣，進入這個入口必須放棄一切紅塵享受，一切紅塵感情。《紅樓夢》中的《好了歌》道：「世人都曉神仙好，只有嬌妻忘不了。」賈奉雉恰好是看重夫婦感情的人。當他進入仙境後，美人登榻，他「**瞑然不少動**」，警示自己「**此皆師相試之幻術也**」，說明他是個慎獨的正人君子。一旦知道來人是心愛的妻子，賈奉雉就義無反顧地變回了紅塵中人。小說裡的「**鼠子動矣**」情節是賈奉雉夫婦歡好的暗語，也是富有諧趣的生活化細節。這個極微小的細節刻畫出賈奉雉夫婦的恩愛和諧。有人喜歡把男女情愛感受形容為「欲仙欲死」，而在賈奉雉身上，虛無縹緲的「仙」在塵世實實在在的「仙」面前，不堪一擊，瞬間土崩瓦解。他被判為「**情緣未斷**」而復返人世。賈奉雉再次尋仙，仙人卻主動幫助夫婦團聚，這令人難以理解，難道仙境又接受夫婦恩愛的凡俗感情了嗎？

進山或下海成仙是古代小說人物遁離現實的常用方式。仙境是蒲松齡對人間的再造，是蒲松齡精神的烏托邦，逃避現實的桃花源，自欺欺人的法寶，難題面前的遁詞。法國大哲學家盧梭有個名句叫「生活在他方」，捷克作家米蘭・昆德拉用來作為自己的小說名。有人解釋「生活在他方」是生活在別人的話語裡，生活在別人的問題裡。其實，「生活在他方」對中國作家來說，是一個非常古老的命題。作家喜歡探討並希望解決這個難題。當作家們遇到難題又不能解決時，當他們夢醒了沒有出路時，他們就「生活在他方」，生活在仙界，生活在鬼界，生活在妖界。

和〈葉生〉、〈王子安〉、〈司文郎〉、〈于去惡〉相比，〈賈奉雉〉是蒲松齡筆下科舉題材的巔峰之作。〈賈奉雉〉描繪了在出、處、仙、凡間徘徊掙扎的讀書人，寫出了在科舉取士制度下正直的知識份子無路可走的痛苦。賈奉雉是現實人物，是負荷著蒲松齡式書生的理想、追求、困惑、失意的人物，是歧路亡羊、荷戟彷徨、上下求索的人物。而郎秀才是幻想中的人物，是指點迷津的角色，是智慧的象徵。賈奉雉和郎秀才代表著蒲松齡矛盾思想的兩個方面，蒲松齡將現實生活中的苦悶衍化為文學形象賈奉雉，把對生活的了悟昇華幻化為郎秀才。法國作家福樓拜曾說：「包法利夫人就是我。」蒲松齡則可以說：「賈奉雉和郎秀才都是我。」

16 王成

懶漢靠誠信致富

在商品經濟漸漸占據重要地位的社會，人怎樣擺脫貧困、發財致富，怎樣把人生潛能發揮到最大限度，是蒲松齡關注的重要議題。

〈王成〉寫一個既沒資本又沒經商能力的懶漢，福星高照，一舉致富。在當時，維持一個普通之家的生活，一年大約需要二十兩銀子，王成竟然靠一次不可思議的交易賺到六百兩銀子，相當於全家三十年的生活費。他是怎麼發財致富的？他有著怎樣的際遇？他為什麼能有這樣的際遇？

蒲松齡在給人物命名的時候就埋下玄機，王成，表面上是「成功」的「成」，實際上是「誠信」的「誠」。王成比較懶，也沒多少能力，但是他講誠信。他第一次講誠信是在食不果腹、衣不蔽體的情況下撿到金首飾，卻肯主動還給首飾的主人，因此結識了他人生中的第一個福星——他祖父的狐狸精情人。狐狸精老太太不僅給王成提供做買賣的本錢，她還是個嚴厲、精明、世事洞明的家長。她諄諄教導王成為人處世的道理，她說的十六個字，可以看成是至理名言：「**宜勤勿懶，宜急勿緩；遲之一日，悔之已晚！**」意思是：經商也好，做其他事也好，都要勤奮，不要懶惰，要敢於吃苦，要眼疾手快地抓住時機，誰肯吃苦，誰能抓住時機，誰就能改變自己的命運。這十六個字，是從事商業活動的寶貴經驗，也是人在社會上生存發展的寶貴經驗。蒲松齡用一個不可思議的故事，生動形象地說明了這個道理。

蒲松齡是個窮書生，沒有經商經歷，但他父親棄儒經商後，使蒲家變成了富裕之家。父親的經歷給蒲松齡提供了感受商品經濟的機會。蒲松齡所處的齊魯大地，商品經濟率先繁榮，大運河穿境而過，京城數日可至。蒲松齡周圍有不少人致富，蒲松齡從他們身上感觸到經商中最重要的東西，然後創作出了幾乎不帶神異色彩的王成致富的故事。

小說開頭就說王成習性最懶，他為什麼懶？因為他是世家子弟。像阿Q所說的，他們家先前闊氣，可以衣來伸手飯來張口，所以王成特別懶。他的日子越過越窮，只剩下幾間破房子，連被子都沒有，睡覺時蓋著給牛蓋的草席。妻子經常埋怨他沒本事，搞得他狼狽不堪。但是王成好像還懶得改變自己的境遇。天氣炎熱，村外有家園子，圍牆和房屋都倒了，還剩一個涼亭，村裡人成群結隊地到那裡納涼，王成也在人群裡邊。天一亮，人們都早早起來，各自忙活，沒事可幹的王成繼續睡懶覺，日上三竿才爬起來，無所事事地繞著亭子閒逛。忽然，他看到亂草中有一股金釵，拾起來看，上邊刻著「儀賓府造」四個字。「儀賓」是明代對親王或郡王女婿的稱呼。王成的祖父恰好是青州衡王府的女婿。王成很懶，但他不貪財。家裡窮得揭不開鍋，他撿到金釵卻並不據為己有。這耿直的品格冥冥之中給他帶來了好運。王成拿著金釵，呆呆地站在那兒琢磨怎麼回事。突然，有個老太太來找金釵。王成馬上拿出金釵還給她。老太太高興了，說：「一股金釵值多少錢？但上邊留著先夫的氣息。」王成有一搭沒一搭地問了句：「您的夫君是哪位？」沒想到問出了他祖父的奇遇，也進而成了他的奇遇。老太太說：「我的丈夫就是已故的衡王府女婿王柬之啊。」王成說：「那是我祖父啊！您怎麼跟他相遇的？」老太太說：「我是狐仙，一百年前，跟你祖父情意深厚。你祖父去世後，我就隱居了，路過這個地方時丟了金釵，恰好被你拾到，這不是天意嗎？」王成早就聽說祖父有位狐狸精妻子，明知老太太是狐狸精，他卻把她當成嫡親祖母一般恭恭敬敬地對待。他邀請老太太回家，把妻子喊出來拜見祖母。王成的妻子破衣爛衫、面有菜色地出來了。老太太看到家裡這個情況，感歎說：「王柬之的孫子，怎麼窮到這份兒上了？」她看了看破鍋灶，裡邊沒有一星火點，老太太說：「這個樣子，怎麼維持生活？」

王成的妻子對老太太說起家庭的困難，一邊說一邊哭。老太太將金釵交給王成的妻子，讓她把金釵賣掉換米，又說：「三天後我再來。」王成挽留老太太住下，老太太說：「你連妻子都不能養活，留下我一起仰著頭瞅著屋頂發愁嗎？」說完老太太就走了。

王成對妻子說明老太太的身分。妻子聽說老太太是狐狸精，很害怕。王成說老太太很講義氣，告訴妻子要用對待太婆婆的規矩對待老太太，妻子答應了。

過了三天，老太太果然來了。她拿出幾兩銀子，買來一石小麥、一石小米。晚上老太太跟王成的妻子睡在一張短床上，立即擔負起老家長教誨兒孫的職責，她對王成說：「孫兒啊，你不要懶惰，你應該做點兒小生意維持生活。怎麼可以坐吃山空呢？」狐狸精老太太給王成上了人生第一堂課：不要懶惰，可以做點兒小買賣。這很有哲理。經商跟其他事情一樣，不可能一蹴而就，要從小買賣做起，積少成多，變小為大。不管買賣多麼小，都比坐吃山空強。王成說：「我是想做小生意，可是沒本錢。」老太太說：「你祖父在的時候，金銀綢緞，隨便我拿，但我是世外人，不需要，從來不多拿。你祖父給我買脂粉的錢，我積攢下四十兩銀子，你拿去買成葛布，馬上動身運到京城，可以得些薄利。」

懶漢王成靠誠信遇到了人生的第一個福星——狐狸精老太太，從遊手好閒的懶漢，進入小本經營的商販行列。他買了葛布，狐狸精老太太叫他馬上打點行裝，儘快趕到京城。她囑咐王成：「要勤快不要懶惰，要抓緊時機不要懈怠，晚到一天，後悔也來不及。」狐狸精老太太指點王成販運葛布，是因為她能未卜先知，知道其中有利可圖。而王成沒有經商經驗，不知道商場就是戰場，時間就是金錢。

他裝車上路，從山東到京城要走好幾天，中途遇到下雨，衣服鞋襪都濕透了。王成從沒經歷過奔波勞碌，沒有受過風霜之苦，於是他找了個旅店休息下來。大雨如注，下到晚上還沒停。到了第二天，道路更加泥濘，王成看到過往的行人在爛泥裡趕路，半截小腿都糊滿了泥巴，王成怕吃苦，不敢上路。中午，地面剛剛乾燥了點兒，他正準備動身，大雨又瓢潑而至。王成只好又住了一夜才慢騰騰地上路。他快要到京城時，聽說葛布價格飛漲，心裡高興極了。等進了京城，住進旅店，店主人惋惜地對他說：「你來晚了。」原來，前些日子，南方的道路剛能通行時，商人運來的葛布很少，偏偏貝勒府急著用葛布，葛布的價格一下子就升了上去，相當於平常的三倍。而就在前一天，貝勒府需要的葛布已經買足了，現在運來葛布的商人都非常失望。王成一聽，因為自己犯懶，錯失良機，悶悶不樂起來。看到葛布的價格很低，他還不捨得賣，等再過一天，市場上運來的葛布更多，價格跌得更慘。王成還是不肯賣，拖了十天，算算光是住旅店和吃飯的費用，就多用了許多錢，更加鬱悶了。店主人勸他賤價賣出，王成聽從了店主人的意見，將葛布低價賣掉，虧損了十幾兩銀子。

王成因為不肯吃苦，貽誤商機，賠了錢。如果他冒雨提前趕到，可以小賺一筆。王成受到啟發：不抓住時機，機會就會稍縱即逝。而要抓住時機，就得能吃苦。這恰好印證了狐狸精老太太的十六字箴言。《聊齋》評論家但明倫說：「十六個字可作傳家格言，自學問以至於經濟，皆當本此意以力為推行。」這話很對。狐狸精老太太的話可以作為治家格言，不管做學問還是搞經濟，都應該這樣做：寧勤勿懶，寧急勿緩，要抓緊時間往前邊跑。你如果優哉游哉、懶懶散散、做一天和尚撞一天鐘，當然很舒服，就怕一步跟不上，步步跟不上，一把眼淚一把鼻涕事還在後頭呢。

第二天早上起來，王成打算回山東，打開口袋一看，銀子沒了！這又是沒有社會經驗導致的挫折。王成沒有防賊意識，不會保護自己的財產安全。他驚慌失措地跑去告訴店主人，店主人也無法可想。有人勸王成到官府告狀，責令店主人賠償。王成卻說：「這是我運氣不好，跟店主有什麼相干？」

王成這段經歷很不幸，賠了錢又遭小偷光顧，真是喝涼水都塞牙，倒楣透了。但王成為人寬厚，不像我們青州那句俏皮話：跑了老婆怨四鄰。王成丟了銀子，如果追究店主人的責任，真告到官府，官府即使判店主人賠，頂多也就是十幾兩銀子，王成再灰溜溜回家，怎麼可能結交到店主人這樣一個富有生活經驗和商戰經驗的朋友？而這位店主人最終竟成為他生命中的第二個福星！王成丟銀子是塞翁失馬，焉知非福。丟錢不丟份兒，丟錢不丟人格。金錢有價，友情無價。王成靠自己的寬厚和誠信遇到命中的第二個福星，絕處逢生。

店主人感激王成為人忠厚，送了五兩銀子給他，讓他回家。王成覺得這個樣子沒臉回去，進退兩難。這時，他看到有人在鬥鵪鶉，一賭就是幾千文錢，而買一隻鵪鶉則要花費幾百文錢。他算了算，五兩銀子剛好夠買一擔鵪鶉。他跟店主人商量，店主人支持他，說：「你住我這兒，飯錢和住宿費都不要你的。」王成買了一擔鵪鶉，沒想到買回來後，又遇到連陰雨，沒法出去賣，鵪鶉放在旅店裡，漸漸都死了，最後只剩下幾隻。王成將剩下的幾隻合到一個籠子裡養，到了第二天早上一看，死得只剩下一隻。王成難過得想尋死。店主人勸慰他，跟他一起去看怎麼回事。店主人仔細察看碩果僅存的小鵪鶉，說：「這隻鳥兒是上品，那些死了的鵪鶉，未必不是被牠鬥敗啄死的。反正你也沒事可做，不妨花時間好好馴養牠，用牠來賭鬥維持生活。」王成按照店主人的建議，用心調教這隻鵪鶉。店主人帶他到街頭鬥鵪鶉的地方，王成的鵪鶉每鬥必勝。店主人又給王成銀子，叫他去和世家公子鬥鵪鶉，三戰三勝。半年多時間，王成靠鬥鵪鶉，存下來二十幾兩銀子，他把小鵪鶉看成命根子一樣。

現在該來看看王成精彩的一夜致富了。店主人對王成說：「現在有個發大財的機會，就是不知道你有沒有這運氣。」原來，大親王喜歡鬥鵪鶉。每到正月十五，大親王就會放民間擅長玩鵪鶉的人進王府，參加鬥鵪鶉比賽。店主人囑咐王成：「鬥敗了就自認倒楣，萬一鬥勝了，親王一定會買你的鵪鶉，你不要答應。如果他非要你賣，等我點頭才可以賣。」店主人給王成訂下了鬥鵪鶉、賣鵪鶉的「方針」，這是老謀深算的商人給初出茅廬的商人拿主意，教給他怎麼樣用最小的代價換取最大的利益。

古代小說中最成功的戰爭描寫出自《三國演義》，例如，關雲長溫酒斬華雄，兩軍對壘，山呼海嘯，「鸞鈴響處，馬到中軍，雲長提華雄之頭擲於地上，其酒尚溫」。蒲松齡寫鬥鵪鶉，一點兒也不比《三國演義》的戰爭場面寫得差。店主像搖著羽毛扇的軍師諸葛亮，小鵪鶉像衝鋒陷陣的關雲長，真是好看極了。

王成和店主人進了大親王的宮殿。大親王出來後，侍從們說：「有願意鬥鵪鶉的，上前來。」這時，店主人按兵不動。接連上場的幾個老百姓的鵪鶉都敗了。店主人說：「現在可以上了。」於是王成登場。這是絕妙的戰術。就像過去唱京劇，名角都是壓軸的。一開鑼就登場，是給紅角兒墊場。其他鵪鶉是給王成的鵪鶉墊場，做烘托，當陪襯。沒有這些敗將，顯不出王成鵪鶉的金貴。大親王是大玩家，他看了看王成的鵪鶉，說：「**睛有怒脈，此健羽也，不可輕敵**。」鵪鶉已經夠小，鵪鶉的眼睛更小，大親王卻一眼就看出王成鵪鶉的眼睛裡邊有一條怒脈，那是驍勇好鬥的脈絡，只能說這位大親王太厲害了，太識貨了。大親王下令：「把我的鐵嘴鵪鶉拿來。」兩隻鵪鶉騰跳交鋒了幾個回合，親王的鐵嘴鵪鶉被啄得羽毛紛紛掉落。大親王不服氣，換了更好的鵪鶉來，結果再換再敗。大親王急了，「**急命取宮中玉鶉**」。不一會兒，侍衛請出一隻神奇的鵪鶉，長的什麼樣子？「**素羽如鷺，神駿不凡**」，白鷺是鷺鷥的一種，是一種高大的水鳥，長著又尖又長又鋒利的嘴。大親王的玉鶉，全身羽毛雪白，個頭像鷺鷥，神氣極了，雄駿極了。王成一看，到底是大親王，養隻鳥都跟老百姓不一樣，這麼個大傢伙，我這小鵪鶉哪裡是牠的對手？王成馬上跪地求饒：「大親王，我不鬥了。您的鵪鶉是個神物，恐怕會傷害到我的小鵪鶉，那我就失業了。」大親王興致很高，認為玉鶉鬥這隻小鵪鶉是小菜一碟，笑嘻嘻地說：「快把你的鵪鶉放出來，如果牠死了，我重重賠償！」王成忐忑不安地放出自己的鳥，一場鵪鶉惡戰開始了：大親王的玉鶉直奔王成的鵪鶉而來，王成的鵪鶉面對玉鶉的兇惡攻擊，像好鬥的大公雞沉著伏地以待。玉鶉飛過來一啄再啄，王成的鵪鶉來了個仙鶴亮翅，飛到空中撲下來啄玉鶉。兩隻鳥兒忽上忽下，忽高忽低，你進我退，你退我進，相持了好一陣子，玉鶉漸漸鬆懈下來，王成的鵪鶉卻怒氣更盛，鬥志更強，攻勢更猛。沒多久，大親王的玉鶉身上的白羽毛被紛紛啄落，耷拉著翅膀逃走了。

〈王成〉中鬥鵪鶉的情節是中國文學史上最膾炙人口的動物比賽描寫之一，原文寥寥幾筆，就將現場的情形刻畫得活靈活現：「**玉鶉方來，則伏如怒雞以待之；玉鶉健啄，則起如翔鶴以擊之。**」多麼精彩、多麼優美的語言！這哪兒是鬥鵪鶉，簡直是大將對壘。有進有退，有攻有守。養在宮裡的玉鶉最後「**雪毛摧落，垂翅而逃**」，像曹操丟盔卸甲，敗走華容道。王成和大親王鬥鵪鶉，圍觀者上千，看到這麼精彩的一幕，紛紛稱讚王成有隻神鳥。這時，關鍵時刻到了，大親王對王成的鵪鶉感興趣了，把王成的鵪鶉要來，親自捧在手上，從嘴到爪子，細細觀察，愛不釋手。他問王成：「你這鵪鶉賣嗎？」大親王玩鵪鶉上癮，他喜歡的東西一定要弄到手，但他不搶，而是拿錢買，當然啦，人家有的是錢。王成進宮的目的就是賣鵪鶉，現在買主來了，王成偏偏回答說：「我沒有固定財產，和這隻鳥相依為命，不願意賣。」說得可憐巴巴的。相依為命，誰能把命賣了？

大親王說：「我給你很多錢，給你相當於中產家庭的財產，這下你應該願意了吧？」王成早就惦記著把鳥高價賣給大親王，大親王準備出的價已經大大超出他的想像，王成故意低頭想了很久，似乎不情願、不捨得，最後說：「我本來不樂意，既然大親王這麼喜歡，只要您能讓我豐衣足食，我還有什麼要求呢？」話說得很委婉，但是話裡有話：您得給我足夠的錢，我才賣。大親王問：「你要多少錢？」王成說：「一千兩銀子。」大親王笑了：「傻小子，這是個什麼稀世珍寶嗎，能值一千兩銀子？」王成的回答特別妙，他這樣說：「大王，您不覺得牠是個寶，我卻覺得連城美玉也比不過牠。我每天拿著這隻鳥到市面上鬥，僅僅靠這隻小鳥，每天可以得到幾兩銀子，我用這銀子買糧食，一家十幾口人，就能既凍不著也餓不著。什麼寶貝能這樣啊？」

店主人進宮之前就交代他，如果親王要買，先不要答應，但店主人沒教給王成怎麼拒絕。這就靠王成臨場發揮了。王成有悟性，發揮得非常好，符合商戰欲擒故縱的原則。他講小鵪鶉的作用，其實是誇大，他半年靠小鵪鶉才賺了二十幾兩銀子，一個月也就是賺四、五兩，但是他對大親王說一天就能賺幾兩；他明明一個人在外邊混，飯錢還在店主人那兒賒著，他偏偏說家裡十幾口人都靠小鵪鶉養活。這都是為了抬高鵪鶉的身價。大親王哪有閒心管普通小老百姓怎麼活，他只想把他喜歡的玩物弄到手。王成吊大親王的胃口，像天才演員一般。大親王出價三百兩，王成來了個一口價：九百兩。而且他還裝起鵪鶉來假裝要走。親王像個眼睜睜看著別人把自己喜歡的玩具拿跑了的小朋友，急眼了，說：「**鶉人來！鶉人**

來！」把王成叫了回來，說：「我出六百兩銀子，賣就賣，不賣我就真不要了。」王成這次同意了。

薑還是老的辣，一隻小鵪鶉賣六百兩紋銀，主要是靠店主人的計謀。大親王出價三百兩時，王成已經動心，「**成目視主人，主人色不動**」，親王出價六百兩，王成急不可耐，「**成又目主人，主人仍自若**」，還是讓他別賣。缺乏經驗的王成怕弄丟了這難得的發財機會，答應賣了。

這就是懶漢王成一夜致富的離奇故事。像蒲松齡那樣的家庭教師，一年的工錢也不過二十兩銀子，一隻小鵪鶉的賣價相當於蒲松齡工作三十年的工錢。這就是商品經濟的奇跡：一隻小鵪鶉和六百兩銀子的「**中人之產**」絕對不成比例，卻就是變成兩相情願的交易。

〈王成〉寫的鬥鵪鶉、賣鵪鶉，好像是在詼諧談笑，卻蘊藏著不少商業經營的章法和經商心理，例如不同的人採取不同的對策，揣摩經營對手的心理等。給王成出謀劃策的店主人顯示了出眾的商業才能。他見多識廣，富有商場經驗，他對社會和人性有著深刻的觀察。他叫王成一定要沉住氣，吊足親王的胃口。王成缺乏商戰經驗，得到六百兩銀子已喜出望外，店主人卻埋怨他說：「你急什麼？再僵持一會兒，八百兩銀子到手是沒問題的！」店主人是傑出的商戰心理學家，他深知大親王酷愛鵪鶉又揮金如土，就奇貨可居，投其所好。稍一遲延，大親王肯定願意掏那八百兩銀子。像王成這樣雖然懶卻誠實善良、僥倖致富的人物，像店主人這樣審時度勢、思維敏銳、有經營頭腦的人物，透過蒲松齡的筆，堂而皇之地登上了《聊齋》舞台。這實際是時代風雲的反映。

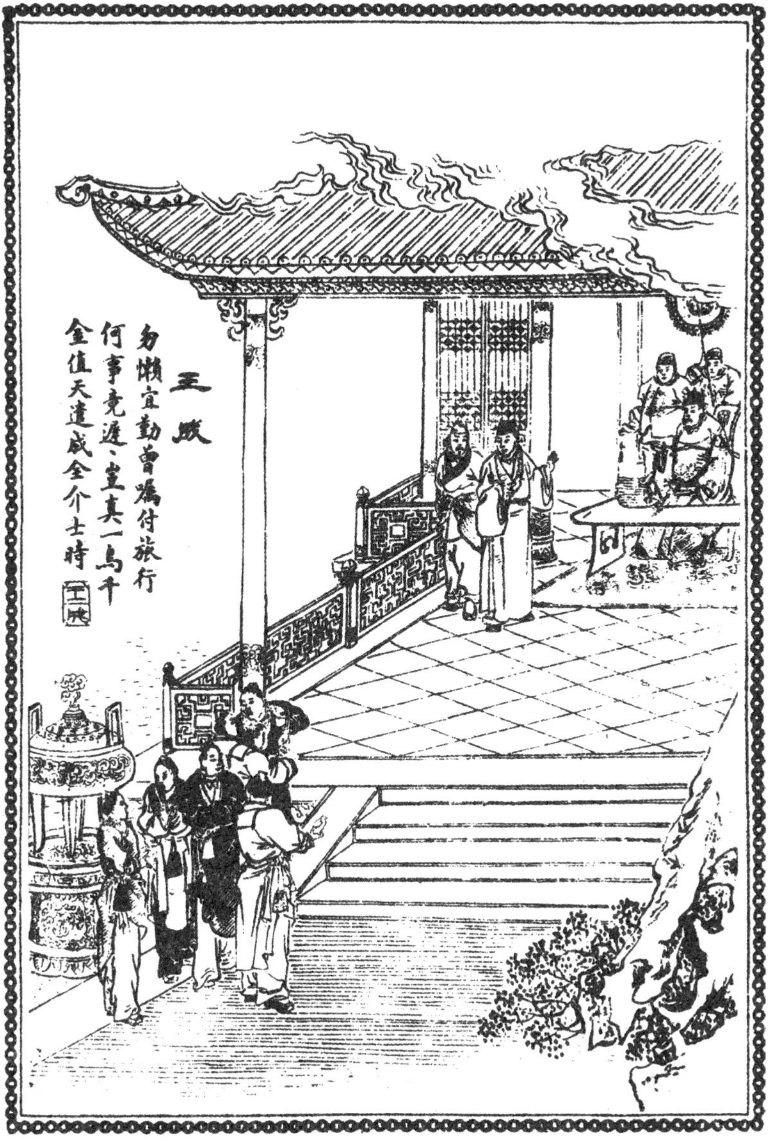

〈王成〉

王成回到店中，把六百兩銀子丟到桌子上，請店主人隨便拿。店主人不肯，王成再三懇求，店主人才拿出算盤，計算出王成應交的住宿錢和飯錢，按數收下。

王成回到家，向狐狸精老太太詳細報告了他這番經歷，一家人歡歡喜喜地慶祝了一番。狐狸精老太太叫王成買下三百畝良田，蓋上新房子，買上新傢俱。王成家儼然成了富貴人家。老太太還是每天早起，同時叫王成早起，督促下人耕田種地，叫王成的妻子督促僕婦紡棉織布，夫妻兩個稍有偷懶，老太太就大聲呵斥。王成夫婦聽從老太太的教導，不敢有絲毫怨言。過了三年，王成家更加富足，老太太要告辭，王成夫婦痛哭哀求，極力挽留，老太太才不再說離開的話。第二天清早，王成夫婦前去給老太太請安，她已經不見了。蒲松齡最後以「異史氏」的口吻說了一段話：富裕來自勤勞。這裡王成偏偏因為懶惰致富，這可是從沒聽說過的新鮮事！王成雖然一貧如洗，他耿直清正的本色卻不變，這就是上天開始時拋棄他，最終又憐憫他的緣故。懶惰裡邊豈能真的有富貴呢！

蒲松齡把大量的精力放在了關注知識份子的命運和諷刺官場上，他專門描繪商業經濟的小說不算很多，〈王成〉是一篇難得的自始至終完整描繪了商業經濟的作品。蒲松齡敘述了一個懶漢僥倖致富的故事，為我們提供了一幅真實、生動、豐富的清代初年商業經濟畫卷，強調做人要忠厚、誠信。王成如果不誠信，遇不到人生中的第一個福星；如果不寬厚，遇不到人生中的第二個福星。〈王成〉好看，好玩，又有很高的史料價值和思想價值，既是認識當時社會風貌的極好材料，也是我們思考現實人生的重要參考。

17 宮夢弼

顛顛倒倒錢做主

〈宮夢弼〉是個發人深省、對當代人仍有啟示意義的故事。《聊齋》多用主角的名字作為篇名，一般會在故事開頭說明主角叫什麼名字，有什麼品性。這個《聊齋》故事不一樣，小說男主角叫「柳和」，篇名卻叫〈宮夢弼〉，宮夢弼只在小說開頭出現過，很快就消失得無影無蹤。為什麼蒲松齡要用〈宮夢弼〉作為篇名？因為宮夢弼代表著操縱人物命運的力量，那就是如何對待「市道交」。

所謂「市道交」，就是指一種人際關係，像市場交易一樣，金錢至上，像股票交易一樣，追漲殺跌，你有錢有勢力，我就接近你，恭維你，利用你，等你沒錢沒地位了，我就疏遠你，蔑視你，甚至像踩爛泥一樣踩你。社會顛顛倒倒錢做主，老老少少向錢看，面對這樣的世道，怎麼辦？小說男主角柳和，有錢時有朋友和岳父，沒錢時沒朋友，還要被岳父驅趕。柳和怎樣才能徹底改變命運？父親的朋友宮夢弼曾經告訴他：「**男子患不自立，何患貧？**」柳和在宮夢弼神奇力量的幫助下，先是一夜暴富，後又取得功名。他建立龐大家業後，對曾羞辱過自己的岳父母百般羞辱，地位被金錢顛倒過來。柳和的岳父對他前倨而後恭，柳和對岳父前恭而後倨，從另一個角度說明了市道交，仍然是顛顛倒倒錢做主。

既然我們說，宮夢弼代表著如何對待「市道交」的道德力量，那先得弄清楚什麼叫「市道交」。「市道交」是司馬遷在《史記．廉頗藺相如列傳》裡提出來的。趙國大將廉頗在不得勢時，本來寄居在他門下的食客紛紛離去，等他重新做了大將，這些人又都回來了。廉頗不想接受他們，說：「客退矣！」食客卻說：「君何見之晚也？夫天下以市道交，君有勢，我則從君，君無勢則去，此固其理也，有何怨乎？」食客坦率地告訴廉頗：你太落後，對社會的認識太跟不上形勢了，社會已經把市場交易法則運用到人際交往上，你有勢力，我們就跟著你，你沒勢力，我們就離開你，這是社會通用的道理，你有什麼可埋怨的？

《史記》歸納的「市道交」是對社會現象的經典總結。後世小說家按照「市道交」的思路寫了多少生動小說！「三言二拍」中寫人情冷暖、世態炎涼的故事比比皆是，長篇小說《金瓶梅》更是典型。西門慶有錢有勢時，第六個小老婆李瓶兒死了，車馬簇簇，一路風光，朝廷大員都來送葬，幫閒應伯爵鞍前馬後地忙活。等到西門慶縱欲而死，幫他經營投機生意的下人先捲款而逃，葬禮也非常冷清，一個官員都沒來，幫閒早就跑到西門慶過去的對頭那裡去了。在《聊齋》中，這種市道交的情況也屢見不鮮。

我們先來具體看看柳家經歷的盛衰。

保定的柳芳華是地方上最有錢的人，他慷慨好客，家裡常有上百客人。他急人之所急，即使花掉上千兩銀子也不在乎。親戚朋友常借他的錢，不寫借據也不還。只有陝西人宮夢弼，從不找柳芳華要一文錢。宮夢弼言談瀟灑，柳芳華跟他很投緣，跟他住在一起的時間最多。柳芳華的兒子柳和，當時還是紮著兩個牛角髻的孩子，他喊宮夢弼「叔叔」。

宮夢弼喜歡跟柳和一塊兒玩耍。每次柳和從學堂回來，宮夢弼總跟他把鋪地的地板掀開，往裡邊埋石子玩兒，一邊埋還一邊開玩笑說：「這就是我給你藏下的銀子。」柳家的五棟房子，宮夢弼埋了個遍。大家笑他太幼稚，而柳和就喜歡和宮叔叔玩兒，跟他最親密。

過了十幾年，柳家漸漸沒錢了，不能供應那麼多客人，客人也來得少了，但家裡總還有十幾個人徹夜宴飲談笑。柳芳華年老後，家庭更加敗落了，他把田地賣了，換錢給客人準備酒飯。柳和也向父親學習，交了許多小友，錢財隨手揮霍，柳芳華也不去管他。

沒多久，柳芳華死了。柳家窮得連棺材都買不起。宮夢弼拿出銀子給柳芳華治喪。柳和感激宮叔叔，此後家裡不管大事小事都去請教宮夢弼的意見。宮夢弼每次從外邊回來，袖子裡總裝著瓦礫，進房間後就丟到牆角，柳和也不知道他是什麼意思。柳和對宮夢弼說起自己的困難，宮夢弼說：「你不知道勞苦之難。不要說你現在沒錢，就是給你一千兩銀子，你也會馬上把它花光。男子漢大丈夫就怕不自立，怎麼會怕一時的貧窮？」宮夢弼和勢利眼的食客形成了鮮明的對比，他教導柳和「男子患不自立，何患貧」的人生哲理，可謂千金一字，這樣的父輩好友只能從神仙中找。

有一天，宮夢弼向柳和告辭，表示要回家一趟，柳和囑咐他早點兒回來。宮夢弼答應著走了。柳和越過越貧困，不能自給，天天盼望宮夢弼回來給自己管理家業，宮夢弼卻杳如黃鶴，無影無蹤。

柳芳華在世時，給柳和訂下了無極縣黃家的女兒為妻。黃家是財主，聽說柳家窮了，黃老頭兒想悔婚。柳芳華去世時，柳和派人通知黃家，黃家也不來弔唁，柳和還一廂情願以為是路途遠，不方便。柳和服孝期滿後，母親派他到岳父家確定娶親的日子，還希望岳父能幫助女婿一把。柳和到了無極縣的黃家門口，黃老頭兒聽說未來女婿柳和穿得破破爛爛，就告訴守門人不要讓他進門，並告訴柳和：「回去弄一百兩銀子，可以再來，不然的話，這門親事一刀兩斷。」柳和一聽，痛哭起來。黃家對門姓劉的孤老太可憐他，讓他進家吃飯，還送給他三百文銅錢，耐心地安慰他，讓他回家。

柳母聽說了這事，又悲傷又氣憤，卻拿不出辦法。想到過去有些客人欠柳家的錢，十個有九個沒還，就選擇一家富裕的，叫柳和前去求助。柳和對母親說：「他們過去跟我們有交情，是因為我們家有錢。如果兒子現在坐著豪華的馬車去見他們，就是借一千兩銀子也不是什麼難事。以我現在這個模樣，誰還能想到咱們過去的好處？何況，父親借錢給他們，從來不要他們寫借據。我就是去討債也沒憑據啊。」貧窮之後，柳和這位紈褲公子對世態的看法越來越深刻冷峻。柳母堅持讓他去試試。柳和在二十幾天內一連跑了好多家，但沒要到一文錢，只有唱戲的李四曾受柳芳華恩惠，聽說了這事後，送了一兩銀子給柳和。柳家上百食客不如一個伶人，真是耐人尋味。柳家母子抱頭痛哭，陷入了絕望的情緒之中。這個社會，真是少了什麼也不能少了錢！

這就是嫌貧愛富的「市道交」，不僅蒲松齡寫過，巴爾札克、莎士比亞都寫過。巴爾札克的著名小說《貝姨》（*La Cousine Bette*。此處用翻譯家傅雷的譯名）中就有一個講「市道交」的情節：風流倜儻的老美男子于洛男爵喜歡尋花問柳，把家裡的錢都送給外邊的野

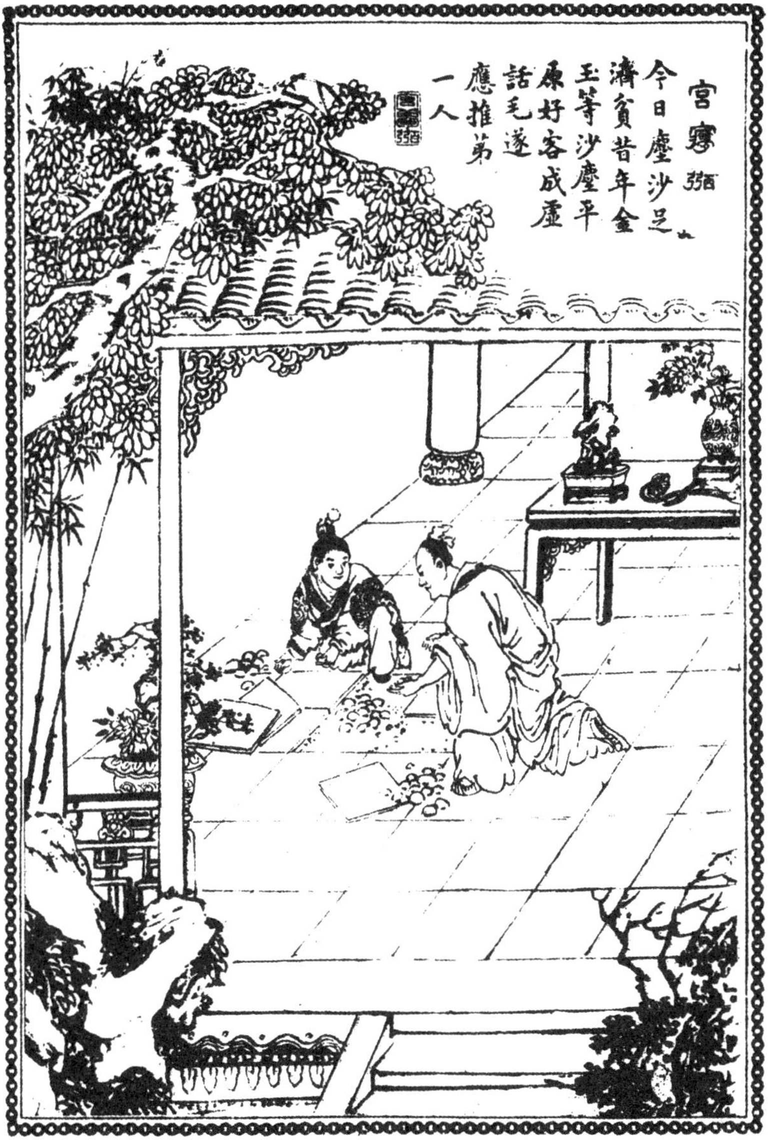
宮㝱弼
今日塵沙足
濟貧昔年金
玉等沙塵平
原好客成虛
話毛遂
應推第
一人

〈宮夢弼〉

女人，甚至挪用公款討好那些女人。他包養的情婦是歌女約瑟法，有一天于洛男爵忽然發現他包養的歌女不見了，原來她有了新豪宅，于洛男爵找到她，約瑟法公開告訴男爵：「你可以走開了，我現在是外號叫『矮冬瓜』的公爵大人的情婦。」于洛男爵想跟她談往日的情分，歌女說：「你跟我講愛情，你有這本事嗎？你能像矮冬瓜公爵一樣，把十萬金法郎的票據放到一個化妝包裡然後遞到我手上嗎？」于洛男爵很氣憤，說：「你這不是無恥嗎？」約瑟法坦然地說：「無恥是我們的本行！」我一直記著巴爾札克筆下這位歌女的話，我覺得巴爾札克這位偉大的歷史學家、小說家，對社會的認識比好多思想家都還要深刻。巴爾札克筆下的約瑟法說的這些話，跟《史記》裡邊廉頗的食客說的「夫天下以市道交」，實際是同一個道理——你有錢有勢我就跟著你，你沒錢沒勢我就離開你。

如果社會上全部是像柳和岳父這樣的「市道交」，這個社會豈不是太黑暗、太沒有希望了嗎？跟中國古代很多戲劇小說類似，嫌貧愛富的父母偏偏有個重情重義的女兒，似乎只有這樣人生才有希望，小說家也才有故事可寫。

黃家女兒已到了結婚年齡，她聽說了父親的做法後，很不以為然。黃老頭兒要退婚給女兒另找婆家，黃家女兒哭著說：「柳郎不是生下來就窮的。假如他比過去還富幾倍，你怎會讓我另嫁他人？現在因為柳郎窮了，就不讓我嫁給他，這太不仁義了！」黃老頭兒不高興，百般勸女兒聽自己的話。黃家女兒堅定不移。黃家老夫婦一齊罵她，黃家女兒也不聽。無巧不成書，沒多久，黃家遭到強盜搶劫，黃家老夫婦還被強盜施以炮烙之刑，差點兒死掉，家中錢財被洗劫一空。蒲松齡用「善有善報，惡有惡報」的構思安排了黃家的結局。

世界上偉大的小說家，如歐美短篇小說名家歐·亨利，喜歡採用「王子變貧兒，貧兒變王子」的換位構思法，現在，嫌貧愛富的黃家變貧窮了，過了三年，黃家越來越困難。有個商人聽說黃家女兒長得美，樂意花五十兩銀子娶她。黃老頭兒認為合適，就同意了，想強迫女兒嫁過去。黃家女兒聽說後，用煤灰塗面，穿上破舊衣服，乘著夜色逃走了。她一路討飯，兩個月後來到了保定，打聽到柳和的住處，來到了柳家。柳母以為來了個討飯的女人，自己還沒飯吃呢，就呵斥黃家女兒快走。黃家女兒邊哭邊對柳母說明來龍去脈。柳母拉住她的手說：「我的兒，你怎麼弄成這副模樣了？」黃家女兒神色慘然地告訴她：「我是違抗父命離家外逃的，走了兩個多月才到了這兒。」柳家母子都哭了。柳母馬上給黃家女兒梳洗。梳洗完後，黃家女兒立即容光煥發，美麗動人。只是柳家窮得揭不開鍋，一家三口，一天只能吃一頓飯。柳母哭著對黃家女兒說：「我們母子受窮是應該的，可憐的是你啊！讓我賢慧的兒媳婦受苦了。」黃家女兒笑著安慰婆婆：「我在要飯的人堆裡生活過，很熟悉挨餓的滋味，相比之下，這裡已經是天堂了。」柳母聽了這話才寬慰地笑了。

宮夢弼不是對柳和說過「**男子患不自立，何患貧**」的話嗎？作為讀者，我一直在等著看柳和如何披荊斬棘、自強自立，可是這情節一直沒有出現，倒是意外之財透過黃家女兒出現了，這也許就是命運對堅貞的黃家女兒的報答吧。有一天，黃家女兒到柳家空閒著的舊房子裡去。她走進內室一看，到處都積滿了厚厚的塵埃，牆角好像堆著什麼東西，她拿腳一踹，碰得腳生疼。她拾起來一看，是一塊成色很好的白銀。黃家女兒驚奇地跑去告訴了柳和。柳和跟她一起來看，發現當年宮夢弼丟的瓦礫都變成了白銀。柳和心想：當年宮叔叔跟我玩遊戲，往家裡的地板下埋石塊，還說是給我藏的銀子，它們會不會也變成了銀子？但是柳家的老房子早就典當給了債主。於是柳和急忙拿現有的錢把老房子贖了回來。他發現老房子地磚殘缺的地方露出的都是當年埋藏的石子，感到很失望，等到掀開完整的地磚，卻看到底下光閃閃的全部是白銀。看來，神人宮夢弼會保守機密，凡是外人能看到的地方，石子就是石子，外人看不到的地方，石子都變成了白銀。頃刻之間，柳和就上萬兩銀子到手，他贖回了田產，買了奴僕，宅院的豪華程度超過了柳芳華在世的時候。在經歷了這些坎坷後，柳和自我激勵道：「我如果不能自立，就辜負了宮叔叔的一片心意！」從此，他再也不像他爹在世時那樣縱情歡飲，而是刻苦讀書，三年後考中了舉人。柳和成了既有家財又有功名的人。

柳和富貴後，沒有忘記當年的恩人。他親自帶著禮品和銀子來到無極縣，去酬謝當年對他有一飯之恩的劉老太。柳和的陣仗很大：「鮮衣射目，僕十餘輩，皆騎怒馬如龍。」當初穿著破破爛爛的衣服來拜見岳父的柳和，現在穿著光鮮亮麗的新衣服，後邊跟著十幾個僕人，都騎著高頭駿馬。劉老太僅有一間屋子，柳和就坐在劉老太的榻上。人聲喧譁，馬聲嘶鳴，夾雜著歡聲笑語，充滿了整條街巷。柳和既是來報恩，也是來報仇，他這是在故意造輿論給黃老頭兒看。黃老頭兒找不著女兒，商人逼他退還聘禮，他卻已花掉一半，只好把房子賣了還錢，現在已窮得像柳和當年來拜見他時一樣。聽說原來窮困的女婿現今如此煊赫，他只能關上門黯然傷神，後悔當初看走了眼。

劉老太買了酒菜招待柳和，一個勁兒地稱讚黃家女兒賢慧，惋惜地說可惜她不見了，又問柳和：「你娶媳婦了嗎？」柳和說娶了。吃完飯，柳和再三邀請劉老太跟自己回保定，劉老太同意了。他們到了柳家，黃家女兒身穿華服出來迎接，一大群衣飾鮮亮的丫鬟像簇擁著仙女一樣簇擁著黃家女兒。劉老太一見，大吃一驚。黃家女兒對劉老太說明了自己私自逃出後嫁給柳和的經歷，殷切地問父母的情況。劉老太在柳家住了幾天，黃家女兒給她縫製了幾套好衣服，將她打扮得上下一新，這才派人送劉老太返回。

劉老太到黃家報告黃家女兒的消息，給他們帶來女兒的問候。黃家老夫婦很吃驚。劉老太勸他們投奔女兒，黃老頭兒面露難色，但實在凍餓不堪，不得已，只好來到保定。黃老頭兒到了柳家門口，看到柳宅的門樓高大華麗。守門人一看黃老頭兒破衣爛衫，便怒目圓睜，不給通報。黃老頭兒在門外等了一天，這時裡邊出來一個婦人，黃老頭兒賠著笑臉用謙卑的語氣告訴婦人自己是誰，請婦人偷偷捎個話給自己女兒。等了一會兒，婦人出來了，把黃老頭兒領到耳房，說：「我家娘子很想見你一面，但怕柳郎知道，所以得等機會。你是什麼時候來的，餓嗎？」黃老頭兒說快餓死了。婦人便拿來一壺酒、兩盤菜給他吃，又給了他五兩銀子，說：「柳郎在家裡擺宴，娘子恐怕來不了了。你明天早點兒走，千萬不要被柳郎知道。」黃老頭兒答應了。

蒲松齡設置了一個前後對比的情節：當初有錢的黃老頭兒下令看門人不讓名正言順的未來女婿進門，只有街上孤苦的劉老太憐惜柳和；現在黃老頭兒到了女婿門上，看門人對他怒目而視，黃老頭兒進不了門，直到女兒身邊的僕婦替他帶信，他才得以進門。

第二天一早，黃老頭兒準備走，柳家的大門還沒開，於是在二門內等候。忽然，他聽到許多人吵嚷著說「主人出來了」。黃老頭兒想藏起來，但是柳和已經看到了他。柳和驚奇地問這是誰，沒人能回答得上來。柳和生氣地說：「這一定是歹徒，把他抓起來送去官府。」眾人答應著，用繩子把黃老頭兒拴到了樹下。黃老頭兒又慚愧又害怕，不知道說什麼好。不一會兒，昨天接待他的婦人出來了，她跪在柳和的面前，說：「他是我舅舅，因為昨天到得太晚了，就沒來得及告訴主人。」柳和這才下令把老頭兒放了。婦人送黃老頭兒出門，說：「都怪我忘了囑咐看門的一聲，結果出了這樣的差錯。娘子說了，想她的時候，可以讓老夫人假裝是賣花的，跟劉老太一起來。」黃老頭兒連聲答應著走了，

回到家後將這次的經歷告訴了黃老太。黃老太想女兒想得厲害，劉老太便帶她一起去了保定。黃老太和劉老太一起到了柳和家，經過十多道門，才到了黃家女兒住的地方。黃家女兒身著霞帔，頭挽高髻，滿頭珠翠地出來了。黃老太只覺得香氣襲人。黃家女兒嬌滴滴地發一聲話，老老少少的僕婦丫鬟紛紛跑來站在她身邊，給她搬來金漆靠背椅，放上消暑的竹夫人。聰慧的丫鬟連忙給兩位老太太倒上茶來。黃家女兒和黃老太不能在僕婦丫鬟們面前暴露母女關係，就用只有她們倆聽得懂的話互道寒暄，你看著我，我看著你，眼裡淚光點點。到了晚上，黃家女兒把兩位老太太安排在客房休息。房裡的被褥柔軟暖和，黃老太有錢時也沒享用過。她們在柳家住了五天，黃家女兒待她們情意深厚。黃老太於是把女兒領到沒人的地方，哭著說自己過去錯了。女兒說：「我們是親生母女，有什麼過錯不

能忘？但柳郎氣不過，不敢讓他知道。」每當聽說柳和要來，黃老太就趕快躲開。

有一天，母女倆正促膝而談，柳和突然進來了。他看到黃老太，氣憤地罵道：「哪兒來的鄉村老太婆，竟敢和娘子坐在一起！應該把鬢毛都拔光！」劉老太急忙進來說：「這位是我的親戚，是賣花的王嫂，請不要怪罪。」柳和聽了拱手向所謂的「賣花王嫂」致歉。他坐下對劉老太說：「老太太來了好幾天，我太忙了，也沒抽出時間跟您好好聊聊。黃家那兩個老畜生還在嗎？」劉老太笑道：「都挺好的，就是窮得沒法過日子。官人如今大富大貴，怎麼不顧念一下翁婿的情分？」柳和聽了拍著桌子罵道：「當年如果不是老太太您給我一碗粥喝，我就回不了家啦。直到現在我還想剝下他的皮當墊子，還有什麼情分可談？」他越說越氣，跺著腳大罵。黃家女兒氣憤地說：「他們即使不仁義，也還是我父母。我千里迢迢來尋你，手凍裂，腳磨穿，我自認為對得起郎君。為什麼你要對著女兒罵她的父母，故意令人難堪呢？」柳和這才收斂了一點兒，起身離開了。

黃老太慚愧懊喪，面無人色，打算告辭回家。黃家女兒悄悄給了她二十兩銀子。自從黃老太回家後，就再也沒有黃家老夫婦的任何消息。黃家女兒很惦念自己的父母。柳和心疼妻子，就派人把黃家老夫婦接來。黃家老夫婦見到女婿，慚愧得無地自容。柳和發現，原來岳父母都已來過，而且都被自己當面罵過，便向他們道歉：「去年承蒙光臨，卻沒人告訴我說你們來了，實在是多有得罪。」黃老頭兒唯唯諾諾地應承著。柳和給他們換上了新衣服和新鞋子。住了一個多月，黃老頭兒總是心裡不安，幾次要求回家。臨走時，柳和送給他一百兩銀子，說：「商人花五十兩買您的女兒，今天我加倍給您。」黃老頭兒滿面通紅地接了銀子。柳和用車馬把黃家老夫婦送回無極縣。他們晚年倒也算小康了。

我一直懷疑，柳和是故意把黃家女兒嫁給自己的事透過劉老太轉告給勢利眼的黃家老夫婦的。這樣，黃家老夫婦必定會來找女兒，而柳和就可以大出一口胸中惡氣。有《聊齋》點評家認為，黃老頭兒來探望時，柳和已知來人是岳父，故意裝腔作勢地羞辱他。估計柳和大罵「**何物村嫗，敢引身與娘子接坐**」時，也知道和妻子促膝交談的是岳母。小說家一概沒寫明，讓讀者自己去琢磨。

〈宮夢弼〉寫盡了世態炎涼和人情冷暖。神人宮夢弼的出現，體現了作者懲惡揚善的理想。行善的柳家得到善報，嫌貧愛富的黃老頭兒則家產冰消，受盡女婿揶揄。蒲松齡寫世態可謂入木三分。柳和大肆張揚報答劉老太的場面，黃家女兒故意擺譜接見母親的場面，柳和當著岳父岳母的面大罵的場面，都特別精彩熱鬧。不過，設想一下，如果宮夢弼不是神人，情況會怎樣？即使黃家女兒千辛萬苦地尋來柳家，也只能跟柳家母子一起過苦日子。蒲松齡構思化石為金的故事，是用幻想的形式來報答慷慨好客的柳芳華，也是用幻想的形式來安慰像黃家女兒這樣堅貞的女性。

18 胡四娘
勢利社會風俗圖畫

〈胡四娘〉是一幅世態炎涼的絕妙畫卷，也是一幅生動的封建社會世俗畫。這是一篇以家庭為描寫中心的小說，小說中一點兒怪異的情節都沒有，一切都圍繞著科舉功名，主要情節是家庭的兩次宴會。在兄弟姐妹眾多的家庭裡，丈夫的功名是妻子的一切，功名是「價值」也是「親情」。程孝思沒有功名時，胡家人都瞧不起他和他的妻子胡四娘，挖苦他們，欺負他們。一旦程孝思做了高官，胡家人都來巴結討好胡四娘。古代沒有任何作品把科舉制度下親屬間的世態炎涼寫得這樣深刻生動，觸目驚心，即便是《儒林外史》，也沒有這麼精彩的集中寫一家人的經典場面。

四川劍南的程孝思，從小父母雙亡，貧無立錐之地，卻寫得一手好文章。他請求給俗稱「胡銀台」的通政史胡公做文書。胡銀台讓他試著寫一篇文章，看完他的文章後，胡銀台大加讚賞，說：「這樣的人不會長久貧困，我可以把女兒嫁給他！」胡銀台有三子四女，大多在幼年時就跟官宦或富貴人家定了親，只有最小的女兒胡四娘是妾室所生，其母早死，胡四娘到了結婚年齡也還沒有許配人家，胡銀台讓程孝思做了入贅女婿。有人說胡銀台純粹是亂點鴛鴦譜，胡銀台不聽，還撥了套房子給程孝思住，對他的生活供應非常優厚。胡銀台在兒女婚姻上打破門當戶對的傳統觀念，以才學和人品為選擇標準，是有眼光的長者，將來他會受到他選的女婿厚報。

胡銀台的其他子女卻都是勢利眼，幾個兒子都瞧不起程孝思，不屑跟他同桌吃飯，丫鬟老媽子也都嘲笑挖苦程孝思。程孝思對這一切默默不語，不跟這些人計較短長，更加刻苦攻讀。他讀書，胡家公子在一旁諷刺，在他身邊敲鑼喊叫，干擾他讀書。程孝思乾脆抱著書本到四娘閨房讀。窮人入贅富家，處境尷尬。如果缺乏堅強的意志，不要說好好讀書，連生存都很困難。程孝思有著非同尋常的毅力，有著刻苦攻讀的志向，因為他懂得，他只有走千軍萬馬都想過的獨木橋——科舉考試，才能出人頭地，徹底改變自己的處境。

胡四娘沒定親時，有個相面術士來到胡家，他看遍了胡家的公子小姐，一句恭維的話都沒有，只有在看到四娘時，才欣喜地說：「這是真正的貴人哪！」胡四娘嫁給程孝思後，胡家姐妹故意諷刺她，叫她「貴人」，四娘端莊穩重，沉默寡言，將她們的話置若罔聞。漸漸地，連丫鬟和老媽子也敢用「貴人」稱呼胡四娘。胡四娘的丫鬟桂兒憤憤不平，說：「你們怎麼就知道我家程郎做不了高官？」胡二姐一聽，嗤之以鼻，說：「若是姓程的都能做高官，就挖了我的眼睛去！」桂兒憤怒地說：「到時候，只怕您捨不得您的眼睛！」胡二娘的丫鬟春香說：「二娘到時若是食言，就用我的眼睛代替！」桂兒更氣憤了，跟春香擊掌為誓，說：「到時候肯定讓你兩眼變瞎！」這段生動的家庭口角，是小說後邊的重要伏線。

胡二娘覺得桂兒太目無尊卑，立即打了桂兒一耳光。桂兒又喊又叫，胡夫人聽說後，只是笑笑，不置可否。胡銀台的夫人顯然跟胡銀台不一樣，作為嫡妻，本應該善待庶女胡四娘，何況胡四娘的生母已死，嫡母更應多照顧點兒，但這位嫡母顯然是個勢利眼，沒在胡四娘最需要關照時關照一下她。桂兒哭鬧著告訴了胡四娘，胡四娘正在紡線，聽了桂兒的哭訴後，既不生氣也不說話，不動聲色地繼續紡線。胡四娘端莊、凝重、大方，父親把她許給沒有後台的孤兒程孝思，她既能遵守父命，又眼力不凡，相信父親的眼光，知道丈夫的價值。雖然貧賤，但她一點兒也不自暴自棄，不跟勢利眼的兄弟姐妹論一時短長。在胡家子女中，她出類拔萃。

接著小說出現了第一個精彩場面。胡銀台慶壽，幾個貴家女婿都到了，賀禮擺滿了院子。大兒媳嘲笑四娘，說：「你們家送了什麼賀禮？」二兒媳立即接上說：「兩個肩膀扛著張吃白食的嘴！」胡四娘聽了，坦然處之，一點兒也沒有表現出慚愧、失意或惱怒的樣子。胡家人看到胡四娘處事像個傻子，於是變本加厲地欺負她，拿她尋開心，只有胡銀台的愛妾李氏對胡四娘十分禮遇，格外關照她。李氏還常對自己生的女兒胡三娘說：「四娘內心靈慧，外表質樸，聰明藏而不露，這些丫頭們都在她的包羅中，自己還不知道呢。何況程孝思日夜刻苦讀書，怎麼可能長久居於人下？你不要學那些勢利眼，記得好好對待四娘，將來才好相處。」於是胡三娘每次回娘家總對胡四娘特別友好。胡銀台的愛妾李氏也是有眼光的。

這一年，程孝思因為胡銀台的力量做了秀才，入了縣學讀書。第二年，學使來考察秀才時，恰好胡銀台去世，程孝思以兒子的禮數守孝，沒參加考試。等他終於除掉喪服時，胡四娘給他銀子，讓他補考，囑咐他說：「過去長期在我家住著，之所以沒被轟走，只是因為有老爹爹在。往後是不可能的了。若你能揚眉吐氣，回來時還能有個家。」程孝思臨走時，李氏和胡三娘資助了他一些銀錢。程孝思參加鄉試，名落孫山，十分沮喪，沒臉返回故鄉，幸虧腰包裡還有點兒銀子，就進了京城。當時胡家的親戚朋友有許多人擔任京官，程孝思怕他們笑話，便易名改姓，假造籍貫。東海縣李御史欣賞他，讓他做自己的幕賓，資助他攻讀，還替他捐了監生，讓他參加順天府的鄉試。程孝思先後考中舉人、進士，被任命為翰林院庶吉士，這時，程孝思才向李御史說明了易名改姓的緣故。李御史借了一千兩銀子給他，讓他先派僕人到劍南蓋房子。才能僅是才能，才能和權貴結合才能大放光彩。

當時，胡家大公子因為父親亡故後家庭經濟虧空，把一座大別墅賣了，被程孝思的僕人買了下來。等事情全部辦妥，程孝思才借了車馬到胡家迎接胡四娘。最初，程孝思考中進士後，有知道內情的人到胡家報信。胡家人一看名字不對，便把報信的人轟走了。

接著小說出現了第二個精彩場面。胡三郎要結婚了，親戚家眷都來到胡家，按習俗給新娘送食物。胡家姐妹都來了，就是沒邀請胡四娘。忽然，有人到胡府送程孝思給胡四娘的信，胡家兄弟拆開一看，知道程孝思做了大官，要衣錦還鄉。胡家兄弟你看看我，我看看你，大驚失色。酒席上的親戚朋友這才要求見胡四娘。幾個姐姐惴惴不安，擔心胡四娘對她們懷恨在心，不肯來，誰知，不一會兒，胡四娘神態悠然地來了。酒席上，有向她祝賀的，有給她讓座的，有跟她寒暄的，滿屋人的關注點都在胡四娘身上。耳朵聽什麼？聽胡四娘；眼睛看什麼？看胡四娘；嘴裡說什麼？說胡四娘。而胡四娘還是原來那樣。小說原文是這麼寫的：「**申賀者，捉坐者，寒暄者，喧雜滿屋。耳有聽，聽四娘；目有視，視四娘；口有道，道四娘也。**」短短數語，簡練地描寫出了一幅勢利世界的經典畫面。

眾人正在說說笑笑，門外卻響起又哭又叫的聲音，而且越來越急，眾人奇怪地問發生了什麼事。不一會兒，只見春香從門外跑了進來，臉上鮮血淋淋，大家問她怎麼了，她只哭不說話。胡二娘訓斥她，她才說：「桂兒逼著我，要挖我的眼睛，如果不是我跑得快，就被她挖去了！」胡二娘一聽，慚愧極了，滿頭大汗，把香粉和胭脂都沖掉了。因為當初是她打的賭，程孝思如果能做官，就挖她的眼睛。胡四娘就像沒看到似的，整個酒席上的人也都無話可說。客人們紛紛尷尬地告別。胡四娘換上盛裝，只去拜別了李氏和胡三娘，連嫡母那兒都沒去拜別，就出門登上前來迎接她的車走了。大家這才知道，買下胡家別墅的，不是別人，正是程孝思。

在胡家這幫勢利眼面前，已經得志的胡四娘大度能容。貧賤時受到嘲笑，不怒亦不言；富貴時受到趨奉，不喜亦不言。沉穩莊重，不膚淺，不外露，其實是對勢利眼極大的蔑視。

胡四娘剛到別墅，日常用具都還缺乏，幾位夫人和幾個哥哥都送了丫鬟僕人和生活用具來，胡四娘一概不接受，只收下了李氏送來的一個小丫鬟。住了沒多久，程孝思回來掃墓，車馬隨從一大群，到了岳父家，他先去向胡銀台的靈柩行禮，然後再去參拜李氏，胡四娘的幾個哥哥穿戴整齊想拜見他，他已經坐轎子走了。他也沒有去拜見胡四娘的嫡母。

胡銀台去世幾年後，胡家那幾個兒子天天揮霍家產，把父親的靈柩放那兒不管，放靈柩的房子漏雨，幾乎要變成埋葬棺材的荒丘。程孝思看了，很傷心，不跟胡家幾個兒子商量，就選定吉日把胡銀台下葬了，喪事辦得風光周到，合乎禮法。發喪那天，高官貴宦紛紛前來送葬，街坊鄰里沒有不對程孝思極力讚歎的。胡銀台當年挑了個窮女婿，現在窮女婿為他風光大葬。

程孝思做了十幾年清貴的官，凡是遇到家鄉的急難，沒有不盡力的。胡二郎因為人命官司被抓起來，受命為巡按御史的官員是程孝思的同宗，執法嚴明公正。胡大郎請了岳父王觀察寫信求情，御史連回信都沒有。胡大郎越發害怕，打算到京城求妹妹，又自覺沒臉見胡四娘，就求李氏寫了信帶去。到了京城，他不敢馬上進程家，算準程孝思入朝後再去拜訪，希望胡四娘看在同胞兄妹的份兒上，忘掉過去的那些怨仇。

看門人通報後，過去在胡家伺候過的一個老媽子出來了，她把胡大郎領進客廳，用幾道十分簡單的酒菜招待他。胡大郎吃完後，胡四娘出來見他，態度十分和藹，問：「大哥這麼忙，怎麼還有空跑這麼遠的路來看我？」胡大郎立即跪到地上磕頭，哭著說明來的原因。胡四娘扶他起來，說：「大哥是堂堂男子漢，這又不是什麼大事，用得著這樣嗎？妹子是女流之輩，幾曾見妹子這樣嗚嗚地對著人？」胡大郎拿出李氏的信，胡四娘說：「幾位哥哥的娘子都是人上人，各自求求自己的父兄，這事不就結了？何至於奔波到這裡？」胡大郎無話可說，只是一個勁地苦苦哀求。胡四娘變了臉，說：「我以為你跑了這麼遠的路是特地來看妹妹的，原來是因為碰到官司，來求『貴人』哪！」說完，一甩袖子，徑直

〈胡四娘〉

進了內室。胡四娘在丈夫不得志時，被家裡人諷刺叫「貴人」，現在終於當著大哥的面把「貴人」說了出來，既報了當年的一箭之仇，也諷刺了大哥眼裡只有貴人，沒有妹妹。胡四娘還是有點兒鋒芒的。

胡大郎又慚愧又氣憤，回家講述了胡四娘的所作所為，一家上下沒有不罵胡四娘的，連李氏也認為胡四娘太過分了。過了幾天，胡二郎被放了回來。大家都很高興，笑胡四娘不知做順水人情，豈不是白白得罪人，受埋怨？不一會兒，僕人稟報說胡四娘派僕人來問候李氏。李氏把僕人叫進來，僕人拿出許多銀子，說：「夫人為了二舅的事，派我趕快過來，來不及寫信，先把這些薄禮送來，代替書信。」大家這才知道，胡二郎之所以能被放回，是胡四娘出的力。

後來胡三娘家漸漸貧窮，程孝思給胡三娘的報答遠遠超出常情。又因為李氏沒兒子，程孝思還把她接到家中，以母親的待遇將她奉養起來。

中國古代家庭中的人情冷暖、世態炎涼，早在《戰國策》中就有描寫：蘇秦遊說秦王失敗，慘然回鄉。妻子在織布，並不停下來看他，嫂子不給他做飯，父母也不跟他說話。當他以合縱之策取得六國國君的信任後，再回家時，父母敲鑼打鼓地迎出去三十里，妻子對他恭恭敬敬的，不敢正視他，嫂子匍匐叩頭，跪拜謝罪。蘇秦感歎說：「貧窮則父母不子，富貴則親戚畏懼，人生世上，勢位富貴，蓋可忽乎哉！」意思是：人生在世，必須得到富貴，要不然親人都不理你。

〈胡四娘〉裡所有人物的共同特點，便是唯功名之馬首是瞻，胡銀台打破門第觀念將女兒許給貧窮的程孝思，是料到程孝思可能金榜題名，他的遠見卓識是出於功名考慮，將女兒的前途做了一次賭博式拍板；李氏囑咐女兒善待胡四娘，是看到程孝思日夜攻苦，料想其不會久居人下，她這是為將來做感情「投資」；胡家兄弟姐妹因程孝思當前的貧賤，百般羞辱，是因為他們目光如豆；程孝思忍辱負重，刻苦讀書，百般營謀，也只是為了功名。

這篇小說中最精彩的人物是胡四娘。丈夫貧賤時她自尊自愛，激勵丈夫；丈夫得勢後，她雖在口頭上對勢利的胡家人反唇相譏，終究還是選擇了原諒他們。小說既要把人物寫好，更要把場面寫好，因為場面可以全面地描繪人物，可以凸顯人與人之間的關係。胡家的兩次宴會是勢利世界的經典畫面。第一次宴會，胡家人因為程孝思不得志，對胡四娘極盡嘲笑挖苦之能事。第二次宴會，胡家人開頭連請胡四娘參加宴會都不肯，一聽說程孝思做了高官，胡家人又爭相巴結恭維胡四娘。兩相對比，寫盡了名利場中眾生的庸俗醜態。桂兒開始跟胡二娘的丫鬟春香打賭，後來向春香逼索眼睛，寫出了鶯歌燕舞之中的腥風血雨，可謂畫龍點睛，描寫盡致。三言兩語，便將場景刻畫得栩栩如生。

19 張誠
感動中國兄弟情

在封建社會，兄弟之間，特別是同父異母的兄弟之間，經常會發生財產利益之爭，有時會兄弟鬩牆，甚至打得頭破血流。但是張誠卻嚴格遵守儒家所推崇的仁德，恭友於兄弟，千方百計幫助並保護受到母親迫害的哥哥。他因為幫助哥哥砍柴，不幸被老虎叼走。他的哥哥下決心「**穿雲入海往尋弟**」，最後不僅找到了弟弟，還意外找回了在戰亂當中失散多年、早已頂門立戶的長兄。兄弟倆至性至情，特別符合儒家「悌」的倫理觀念。蒲松齡把小說主人公命名為「誠」，「誠實」的「誠」；給他哥哥命名為「訥」，符合人物老實本分又有點兒軟弱木訥的本性。

小說開頭交代：「**豫人張氏者，其先齊人，明末齊大亂，妻為北兵掠去。張常客豫，遂家焉。娶於豫，生子訥。無何，妻卒，又娶繼室，生子誠。**」簡練的幾句話，就把一個家庭在社會巨變中遭受的不幸寫了出來，還埋下兩個伏筆。一個伏筆是關於張氏叫什麼，蒲松齡沒寫，只寫了他姓張，他的名會在小說發展到關鍵時刻出現，成為扭轉人物關係的決定性因素。另一個伏筆是他的原配妻子在戰亂中被清兵搶走，但從後邊的情節可以知道，她當時是孕婦。這兩個伏筆非常重要。短篇小說巨匠的小說布局有講究，有章法。

張氏的繼室牛氏為人兇悍，嫉妒張訥，把這位前妻生的兒子當奴隸看待，讓他吃最差的食物，還每天讓他打柴，要求每天打滿一擔，打不滿就鞭打責罵。牛氏私下藏起糖果點心給親生兒子張誠吃，讓張誠進私塾跟老師讀書。繼母讓前妻生的兒子上山砍柴，是小說發展的重要條件，張訥、張誠兄弟倆友愛的體現和他們的不幸遭遇，都和砍柴有關。像張家那樣的家庭，根本不需要每天砍一擔柴，牛氏偏偏這樣要求，這是繼母之惡，也是小說家的精心安排。

張誠漸漸長大，他孝順父母，友愛兄弟，不忍心看著兄長受苦，背地勸母親，可是牛氏不聽。有一天，張訥進山砍柴，還沒砍完，就來了大風大雨，他只好到岩下避雨，雨停時天已經黑了。張訥餓著肚子背著木柴回了家。牛氏檢查木柴時發現量比平日少，於是不讓張訥吃飯。張訥只好回到自己住的屋子，他餓得渾身無力，躺在床上。張誠從私塾放學回來，看見哥哥神情沮喪，問他：「你病了嗎？」張訥說：「是餓了。」張誠問：「為什麼不吃飯？」張訥把砍柴少、牛氏不讓吃飯的事說了。張誠難過地走了。過了一會兒，他懷裡揣了一張餅送給張訥吃。張訥問：「哪兒弄來的餅？」張誠說：「我偷了點兒麵，請鄰居大娘做的。你只管吃，不要告訴別人。」小小年紀如此友愛、細心，不讓哥哥說，是怕傳到母親耳朵裡，母親變本加厲地迫害兄長。

張訥吃了餅，囑咐弟弟：「以後不要再這樣做了，事情洩露出去恐怕會連累你。何況一天吃一頓飯，也餓不死。」張誠說：「哥哥身子這麼虛弱，哪能砍那麼多柴?!」

第二天飯後，張誠偷偷跑到山上，來到哥哥砍柴的地方。張訥看到弟弟來了，驚奇地問：「你來這兒幹什麼？」張誠回答說：「我來幫哥哥砍柴。」張訥又問：「誰派你來的？」張誠說：「我自己來的。」張訥說：「不要說你不會砍柴，就是會也不成。」張訥一個勁兒地催促張誠趕快回家。張誠不聽，手腳並用地折斷樹枝幫哥哥砍柴，說：「明天我帶把斧頭來。」張訥上前制止，看見弟弟的手已弄破，鞋底也被刺穿，悲痛地說：「你再不回去，我就用這斧頭自殺！」張誠這才走了。張訥送弟弟到半路，才回到山上繼續砍柴。

晚上擔柴回來，他到私塾對老師說：「我弟弟年紀小，不懂事，請您對他嚴加管教，不要讓他到處跑。山裡虎狼多。」哥哥友愛弟弟，細心地呵護他。老師說：「午飯前他不知到什麼地方去了，我已責打了他。」回到家後，張訥對張誠說：「不聽我的話，挨老師的戒尺了吧？」張誠笑道：「沒有的事。」第二天，張誠懷揣斧頭上了山。張訥驚訝地說：「我早就告訴你不要來，你怎麼還是來了？」張誠不答話，一個勁兒地砍柴，汗流滿面都還不肯休息。砍夠一捆柴後，他不跟哥哥告別就走了。老師又責打他，他只好如實相告。老師感歎張誠的賢良，不再禁止他上山幫哥哥砍柴。哥哥屢次制止，張誠總是不聽。

有一天，兄弟倆和其他人正在山上砍柴，忽然跳出來一隻斑斕猛虎，大家都嚇得趴在地上。老虎竟把張誠叼走了。老虎嘴裡叼著人跑不快。張訥奮力追上，拿斧頭用力砍向老虎，砍中了老虎的胯骨。老虎吃疼，開始瘋狂地奔跑。張訥追不上老虎，大哭著回到原處。大家紛紛勸慰他，他哭得更悲傷了，說：「我弟弟和別人的弟弟不同，我弟弟非常善良，何況弟弟是為我而死的，我還活著幹什麼？」說完，一斧頭砍在自己的脖子上！大家急忙搶上來救他，撕下衣服替他包紮傷口，把他扶回了家。繼母瞭解了前因後果，邊哭邊罵：「你害死了我的兒子，打算抹一下脖子就混過去嗎？」張訥呻吟著說道：「母親不要煩惱，弟弟如果真死了，我也不活了。」張訥被放到榻上，傷口疼痛，不能入睡，白天黑夜倚著牆壁痛哭。父親怕他也死了，常到榻前看望，餵給他東西吃，牛氏知道後就謾罵指責不已。這個繼母實在太可惡了。

張訥乾脆不吃飯，三天就死了。村裡有個巫師，可以在陰陽之間來往，張訥在去陰世的路上遇到了他，向他說起自己生前受的苦，又問他：「能不能幫我找到弟弟死後待的地方？」巫師說：「我沒聽說張誠在陰世啊。」巫師領了張訥來到陰曹地府，進入一個大都市，見到一個穿黑衣服的人從城裡出來。巫師攔住他，向他詢問張誠的事。黑衣人從隨身佩帶的袋子裡取出公文簿查看，上邊列了一百多個名字。黑衣人搜索了一遍後，說：「沒有叫張誠的。」巫師問：「張誠會不會在其他人的公文簿裡？」黑衣人說：「這一路都歸我管，哪能錯抓到別人手裡？」張訥不相信，硬拉著黑衣人進城查看。城中新鬼、舊鬼來來往往，張訥看到認識的就上前詢問，都說不知道。忽然間一片譁然，都說：「菩薩來啦！」張訥抬頭一看，雲端身軀高大的菩薩光芒四射，照耀得陰曹地府一片光明。巫師祝賀張訥說：「大郎真是有福之人。菩薩幾十年才來一次地府，超拔苦難，正好給你碰到了。」巫師拉著張訥跪倒在地，群鬼紛紛擾擾，齊聲高誦：「大慈大悲，救苦救難！」聲浪轟鳴，震天動地。菩薩用楊柳枝遍灑甘露，甘露細如塵霧。不一會兒，塵霧散去，菩薩不見了。張訥覺得脖子上沾到了菩薩灑的甘露，斧頭砍過的地方不疼了。巫師把他領出陰世，讓他回家。直到看到張家家門，巫師才告別離去。

〈張誠〉

《西遊記》裡孫悟空遇到妖魔，動不動就去請觀音菩薩。《聊齋》裡好人遇難時，觀音菩薩也常出現。〈張誠〉中觀音菩薩的出現，一方面，說明張訥好人有好報，不應該就這樣死了；另一方面，也是小說情節的發展需要：一個已死的人，怎能上天入地去尋找仍然活在人間的弟弟？只能叫他復活，於是觀音菩薩就來灑甘露了。灑甘露的結果是張訥不僅復活，脖子上的傷也好了。

張訥死了三天，突然甦醒過來，他對父母說了自己在陰世的遭遇，說：「弟弟沒死。」繼母以為他在胡亂捏造，將他臭罵一通。張訥受了委屈，又沒辦法說服繼母，摸摸脖子，傷口完全好了，於是從床上爬起來，向父親磕頭告別，說：「我要穿雲入海去尋找弟弟，如果找不到，我一輩子都不回來了。爹爹權當我這個兒子也死了。」張老頭兒把張訥領到沒人的地方，父子倆抱頭大哭。張老頭兒不敢再留下他，張訥離家找弟弟去了。

弟弟在山上被叼走，但是老虎沒吃掉他，所以張訥在陰世沒有找到張誠，那就在人世間大海撈針地尋找吧。張訥到交通要道打聽弟弟的消息，途中盤纏花光，就一邊討飯一邊尋找弟弟。過了一年，張訥到了南京，破衣襤褸，彎腰駝背地走在路上。他偶然看到有十幾個人騎馬過來，於是趕緊躲到路邊。騎馬的人裡有個人像是長官，四十多歲的樣子。健壯的士兵騎著駿馬護衛在他前前後後。隊伍裡有個少年，騎著小駿馬，少年一次次頻頻看向張訥。因為他是貴公子，張訥不敢抬頭仔細看。少年停鞭勒馬站了一會兒，忽然跳下馬，喊道：「這不是我哥哥嗎？」張訥這才抬起頭來，仔細一看，原來是張誠！張訥拉住弟弟的手，失聲大哭起來。張誠也哭了，說：「哥哥怎麼淪落到這種地步？」張訥將前事述說了一番，張誠悲傷不已。騎馬的人都下馬詢問緣故，以報告長官。長官命人騰出一匹馬讓張訥騎上，兄弟倆並排騎著馬回到長官的家中，張訥這才詳細問起張誠的經歷。

原來，老虎將張誠叼去後，不知什麼時候把他放到了路邊。張誠睡了整整一宿，恰好州官副手張別駕從京城回來，經過此地，看到倒在路邊的張誠相貌文雅，十分可憐他，於是上前拍了拍他。張誠漸漸醒來，說出家鄉所在，已離此地很遠。張別駕把張誠放到車上將他帶回了家，又拿藥給張誠敷上，幾天後，張誠的傷好了。張別駕沒有兒子，就把張誠認為義子。剛才張誠是隨張別駕外出遊玩。張訥上天入地尋弟弟，弟弟突然從天而降！真是踏破鐵鞋無覓處，得來全不費功夫。

把張誠叼走的獸中之王是菩薩派的嗎？老虎銜了人不吃，還放到張別駕經過的路上，人間寧有此善解人意之虎？當然啦，老虎是小說家派的。

張誠把事情的前前後後講給張訥聽，正說著，張別駕進來了。張訥一再拜謝張別駕。張誠進入內宅，捧來綢緞衣服給哥哥換上。張別駕命人擺上酒席，和張訥邊吃酒邊敘話。

張別駕問：「你們這個家族在河南還有多少人？」

張訥說：「沒什麼人啦。家父是山東人，是後來流落到河南的。」張別駕說：「我也是山東人。貴里屬於哪個州府？」

張訥回答：「曾聽父親說起過，屬於東昌府管轄。」

張別駕吃驚地說：「是我的同鄉啊！你父親是為什麼遷到河南的？」

張訥說：「明朝末年清兵入境，將父親的前妻搶走了，父親遭遇了兵災，家產蕩然無存。他過去曾經去河南做過買賣，往來很熟悉，就搬到了河南。」

張別駕又吃驚地問：「請問令尊名諱是？」

張訥將父親的名字告訴了他。張別駕瞪大眼睛看看張訥，低下頭，像是產生了懷疑，急忙跑進了內室。不一會兒，太夫人出來了。張訥和張誠一起下拜，行完禮，太夫人問張訥：「你是張炳之的兒子嗎？」張訥說：「是的。」太夫人頓時大哭起來，對張別駕說：「他們倆都是你的弟弟呀。」張訥兄弟倆莫名其妙。太夫人說：「我嫁給你們的父親三年，就流離失散，到了北方，跟了八旗的黑旗旗主，半年後，生了你們的哥哥，又過了半年，黑旗旗主死了。你們的哥哥長大後繼承了他在八旗的官職，後來又升了別駕，現在不做官了。我們每時每刻都想著家鄉，你們的哥哥脫了旗籍，恢復張姓。我們一次一次派人去山東，就是找不到你們的父親，哪知道你們的父親搬到西邊去了。」太夫人又對張別駕說：「你把親弟弟當成兒子，太折福啦！」張別駕說：「我問過張誠，他並沒有說是山東人，想來他年紀太小，什麼也不知道。」

小說開頭稱張老頭兒為「張氏」，直到此時他的名字才終於浮出水面，還是從他的原配妻子嘴裡邊說出來的，他的名字成了張家人劫後相逢的關鍵。天才小說家安排得太巧妙也太合理了。如果張誠早就把家世講清，哪有張別駕陰差陽錯以弟為子的有趣情節？年幼的張誠不知道父親原來的背景，因為他是張老頭兒第三個妻子生的，這個妻子是在河南娶的。小說的構思可謂周密巧妙。

張家兄弟按年齡排序，張別駕四十一，是大哥；張訥二十二，從大哥變成二哥；張誠十六，是最小的弟弟。張別駕得到兩個弟弟，非常喜歡，日夜和弟弟們聚在一起，把一家人離散的始末都弄清楚了。張別駕打算將全家都遷去河南。太夫人擔心張誠的母親牛氏不接受，張別駕說：「能容忍，就住在一起，不能容忍，就分開，各自過各自的，天下難道能有無父親的國度？」

張別駕賣掉房產，收拾行裝，定好日子，全家向河南進發。他們到家後，張訥和張誠先跑回去向父親報告。自從張訥離去，牛氏不久就死了，張老頭兒成了孤苦伶仃的老鰥夫，形影相弔，沒著沒落。忽然看到張訥回來了，他心花怒放，精神恍惚，患得患失。再看到張誠，他高興極了，一句話也說不出來，只是嘩嘩地流淚。等到聽說張別駕母子來了，張老頭兒停止了哭泣，他完全驚呆了，既不笑，也不哭，傻呵呵地站在那裡。不一會兒，張別駕進來了，拜見自己的親生父親。等他拜完了，太夫人拉著張老頭兒相對大哭。張老頭兒見丫鬟奴僕成群，裡裡外外都站滿了，坐也不是，站也不是。張誠見母親不在，問起來，才知道母親已經去世。張誠號啕痛哭，直哭得昏死過去，一頓飯的工夫才醒過來。

整篇小說寫兄弟友愛，是從兩兄弟的角度來寫，前段寫張誠如何善待同父異母的哥哥，後段寫張訥如何上天入地找弟弟。全家團聚的情節，卻從張老頭兒的角度來描寫，這是個最適合的敘事角度。對張老頭兒來說，這是個巨大的轉變。他一開始是一個孤苦伶仃的可憐老頭兒，突然，原來丟了的兩個兒子一起回來了，還帶回來從來沒見過面，現在已然頂門立戶的長子，甚至還有自己的原配妻子。蒲松齡把張老頭兒的神情寫得極有層次感，先是見到張訥後非常歡喜，後是見到張誠歡喜得說不出話來，最後是見到壓根兒不知其存在的長子後的目瞪口呆。文筆出神入化，真是語經百煉，筆有化工。張氏的悍妻牛氏去世也安排得好，不然的話，天上飛來結髮妻，牛氏肯定會打翻醋甕，喜事豈不變成憂事？而牛氏去世使得張誠哭暈在地，這也說明，儘管母親為人潑悍，張誠還是對她有孝心的。

張別駕出錢修建樓閣，請了老師來教兩個弟弟讀書。張家現在是什麼情況？「**馬騰於槽，人喧於室**」，駿馬在槽頭撒歡兒，眾人在房內喧鬧，張家居然成了大戶人家。

蒲松齡在「異史氏曰」中闡述了他搜集到這個故事的感想。他先提到古代一個著名的兄弟友愛的故事。《晉書．王祥傳》中記載：王祥對繼母非常孝順，繼母卻虐待他，繼母生的弟弟王覽看到母親打哥哥，就痛哭流涕地勸止母親，幫助王祥完成繼母布置的繁重勞作任務，繼母想毒害王祥，每次繼母給王祥吃東西，王覽都得先嘗一下，才讓哥哥吃，王祥終於被保全下來，還成為歷史上著名的「二十四孝」之一——王祥臥冰為繼母求鯉魚。

蒲松齡在「異史氏曰」中說：我聽到張誠這個故事，從頭到尾幾次落淚。十幾歲的孩子，竟也知道拿著斧頭去幫哥哥砍柴。我不禁感慨：「這不是又一個王覽出現了嗎？」於是落淚。到張誠被老虎銜去，我忍不住狂呼：「老天怎能這樣昏庸啊！」又一次落淚。看到兄弟突然相逢，我高興得流淚。見兄弟倆多了一個哥哥，我又為張別駕的遭遇而落淚。張家全家團圓，是意外驚喜，無緣由的淚水又為張老頭兒流下來。不知道後世還有人像我這樣愛流淚嗎？

蒲松齡對他聽來的這個故事特別感興趣，晚年又將〈張誠〉改編成俚曲《慈悲曲》。

〈張誠〉是個催人淚下的動人故事。張氏兄弟都是講究「孝悌」的人，即珍視兄弟、親人情誼者。張誠以一片赤子之心對異母兄長，偷餅給哥哥吃，手足斷柴助兄；張訥不辭萬苦，上天入地尋找幼弟。蒲松齡所處的時代，世風日下，人心不古，兄弟鬩牆，同室操戈，亦不鮮見。蒲松齡精心創作〈張誠〉這樣一篇大力弘揚「孝悌」精神的小說，意在以善規人。小說情節起伏跌宕，曲曲折折。猛虎銜弟，他鄉遇兄，無依無靠的老鰥夫突然間三個兒子一起回拜，且有結髮妻回歸，真是出人意料，喜出望外，大起大落，大悲大喜。作者對人情世故的描繪生動真切，栩栩如生。大文學家王士禛評〈張誠〉說：「一本絕妙傳奇，敘次文筆亦工。」確實，這篇小說既可以感人性情，又可以化人文筆。

20 大力將軍

俠義施捨豪爽報答

〈大力將軍〉帶有現代短篇小說的構思特點，小說寫的是真人真事。查伊璜，即查繼佐，海寧人，博學多才，明代崇禎六年（一六三三）舉人，清軍南下時，擔任抗清領袖魯王的監軍御史，兵敗還鄉，後陷入明史之案，解脫後，講學著述善終。

將軍吳六奇，廣東豐順人，原本家資富饒，因賭博敗家，做過驛卒，一度流落浙江，得查伊璜幫助，從軍後擔任南明永曆帝總兵，順治七年（一六五〇）降清，官至上將，印掛總兵，做到了太子太傅。

查伊璜和吳六奇之間的厚施豪報，是明末清初的文人們非常感興趣的話題，除《潮州府志》中有記載外，至少還見於三部書：王士禛的《香祖筆記》、鈕琇的《觚剩・雪遘》以及昭槤的《嘯亭雜錄》。其中，《觚剩・雪遘》最為詳盡。大體情節是：浙江海寧的孝廉查伊璜兩次幫助「鐵丐」：第一次邀請他喝酒，送給他絮袍；第二次重遇，查伊璜問他姓名，酒飯相待，稱他「海內奇傑」，贈銀讓他還鄉。吳六奇回潮州後，用查伊璜送的銀子買了書來讀，後來從軍，成為儒將，因用奇計平定廣東，數年內就官至水陸提督。吳將軍數次重金贈給查伊璜，邀請查伊璜來到官衙，盛情款待他，並把查伊璜從「明史之案」中拯救出來。有人認為《觚剩．雪遘》是最好的傳記作品，勝過司馬遷的《史記．淮陰侯列傳》。吳六奇形象的塑造相當成功，如吳將軍款待孝廉，親自出迎，八馬前驅，千兵後擁，導從儀衛，似接待王侯。作為小說又兼傳記文學，《觚剩．雪遘》已經做得相當好了。而蒲松齡的〈大力將軍〉是典型的小說，寫查伊璜對寒微時的吳六奇「厚施而不問名」，以構思奇譎取勝，文筆簡約，懸念叢生，散發著獨特的藝術魅力。

下面，我們來看《聊齋》故事。

浙江舉人查伊璜清明時在野外寺廟飲酒，看到寺廟殿前有座古鐘，比兩個石甕還大。古鐘上下土痕光滑，有手摸的痕跡。他很感興趣，俯身觀察，隱約看到古鐘下有個竹筐，大約能裝八升糧食。他心想：不知道是什麼人把竹筐放在這裡？裡邊放了什麼東西？他讓幾個隨從搬起古鐘看看。幾個人用力搬，古鐘紋絲不動。查伊璜更驚異了，便坐在那裡，一邊飲酒，一邊等著看是什麼人用古鐘扣住了竹筐。不一會兒，有個乞丐來了，還帶著些乾糧。他將乾糧放到古鐘旁邊，然後用一隻手輕輕掀起古鐘，一隻手拿起乾糧放到筐裡，來回三、四次，才把乾糧放完，若無其事地走了。又過了一會兒，乞丐回來了，一隻手掀開古鐘，一隻手伸到筐裡拿吃的，吃完再拿。他用一隻手掀古鐘，輕鬆得像打開一個小盒子。查伊璜和他的僕人們都驚訝極了。

查伊璜把乞丐叫過來，問：「你這麼個大力士，為什麼還要去討飯？」乞丐回答道：「我吃得太多，沒人雇我幹活兒。」查伊璜說：「你這麼強健，可以參軍，為朝廷效力。」乞丐傷心地表示：「我想過投軍，苦於沒有門路。」查伊璜便把乞丐帶回了家，給他飯吃。

乞丐吃的飯大概相當於五、六個人的飯量。查伊璜又給他換上了新衣服、新鞋子，還送給他五十兩銀子，讓他參軍。

和鈕琇《觚賸．雪遘》這種傳記文學詳盡的寫法不同，蒲松齡寫查伊璜對吳六奇的幫助，不像《觚賸．雪遘》那樣寫兩次，而是只寫一次，查伊璜對大力乞丐厚施，卻沒有問他的身世，也沒有乞丐自白的橋段，只有對其大力掀起鐘的渲染。乞丐從此消失，沒有任何交代。

然後，文筆一轉，來到十幾年後。查伊璜的侄子在福建做縣令。忽然，有位將軍登門拜訪，自稱吳六奇。交談之間，吳六奇問起縣令和查伊璜的關係。縣令說：「他是我的叔父。他跟將軍什麼時候有過交往嗎？」吳六奇回答說：「他是我的老師。我們分手十幾年了，我總是想著他，希望您能把老先生請來。」縣令順口答應，心想：我叔叔是有名的文人賢士，他怎麼會有個武將弟子？恰好查伊璜來看他，他就把這事告訴了叔叔。查伊璜想不起來自己怎麼成了武將的老師，又因為將軍一再派人到縣衙詢問，查伊璜就讓僕人駕車載著自己來到將軍府，把名帖送了進去。

不一會兒，將軍急忙出來迎接。查伊璜一看，眼前的武將他根本不認識。他認為將軍認錯人了，而將軍對他非常恭敬，像見到長輩一般躬背彎腰，鄭重其事地把查伊璜請進大門。連進了幾道門，查伊璜看到裡邊有女子往來，知道這是將軍的內宅，就停住了腳步。將軍又朝他作揖，請他進去。查伊璜只好跟著將軍進了堂屋。在一旁捲簾的和移座的，都是美女。

查伊璜坐下，剛想詢問是怎麼一回事，將軍就擺了擺頭，接著一個侍女捧來朝見皇帝的禮服，將軍立即站起來換上。查伊璜不知道將軍想做什麼。幾個侍女服侍將軍換好衣服，將軍先讓幾個人把查伊璜按在座位上不讓他動，然後自己跪倒在地，像朝見皇帝一樣，行三叩九拜的大禮。查伊璜如墮五里霧中，讀者也莫名其妙，突然，雲開日出，真相大白。將軍拜完後換上便服，恭敬地陪著查伊璜坐下，笑著說：「先生不記得舉古鐘的乞丐啦？」查伊璜這才恍然大悟。

這個地方，蒲松齡顯然是故意設置懸念，以增強小說的藝術感染力和喜劇效果。其實，查伊璜當年帶乞丐回家，商議讓他從軍，怎麼可能不問他的姓名？蒲松齡為了驚奇的藝術效果，故意不讓他問姓名，從而達到「異史氏曰」中「**厚施而不問其名，真俠烈古丈夫哉**」的效果。小說開頭極力誇張乞丐舉鐘的神力，十幾年後，兩人對面不相識，用「**舉鐘之乞人**」引起回憶，筆墨經濟，更顯出短篇小說尤其是現代短篇小說的特點。

用「**先生不憶舉鐘之乞人耶**」引起回憶，是學的《左傳》。《左傳．宣公二年》記載：春秋時，晉國的靈輒於桑樹底下挨餓，三天沒有吃飯，趙盾給他食物並讓他把食物帶給他的母親。後來，晉靈公被屠岸賈迷惑，欲殺趙盾，趙盾得到一甲士相助，倖免於難。他問甲士為什麼幫自己，甲士對曰：「翳桑之餓人也。」一句話串聯起數十年的光陰，尺幅千里。

將軍如何報答查伊璜，是〈大力將軍〉中最引人入勝的文字。蒲松齡沒有像《觚剩．雪遘》那樣寫將軍屢次向孝廉贈金，而是寫他報恩之誠之豪，在報恩的細節上大加渲染。

〈大力將軍〉

兩人相認後，將軍命人擺上豐盛的宴席，樂師奏起樂曲。宴會結束，成群的美女陪著查伊璜進入客房。將軍進來親自安排查伊璜睡下。查伊璜因為喝醉了，第二天起床晚了點兒，將軍已在他的臥室前問候了三次。查伊璜很過意不去，向將軍告辭。將軍關上門，掛上鎖，似乎是想把他禁閉起來，不知道將軍想做什麼。查伊璜發現，將軍每天不做別的事，只一心一意清點歌伎、丫鬟、僕人、小廝，清點騾馬牲口、傢俱古玩，親自監督手下人登記造冊，還告誡手下人一樣也不要遺漏。查伊璜認為這些都是將軍的家事，便沒有過多打聽。

幾天後，將軍手拿登記冊對查伊璜說：「我能有今天，完全是因為先生的恩賜。一個丫鬟、一件物品，我都不敢私自享有。如今，我把全部財產分出一半，奉送給先生。」查伊璜驚愕得說不出話來，堅決不肯接受。將軍不聽，又拿出家裡收藏的幾萬兩銀子，分成對等的兩份；又按照登記冊查點對照，古玩、床、几，幾乎擺滿了大堂。查伊璜一再制止，將軍也不去理會。等點完了丫鬟僕人的名字，他就下令男僕整理行裝，女僕收拾器具，還囑咐道：「你們要恭恭敬敬地侍奉查先生。」眾人異口同聲地高聲答應。然後，將軍親自看著侍女丫鬟們上車。馬夫拉著馬騾，轟隆隆地出發了，將軍這才走回來送別查伊璜。這段原文得欣賞一下：

一日，執籍謂查曰：「不才得有今日，悉出高厚之賜。一婢一物，所不敢私，敢以半奉先生。」查愕然不受，將軍不聽。出藏鏹數萬，亦兩置之。按籍點照，古玩床几，堂內外羅列幾滿。查固止之，將軍不顧。稽婢僕姓名已，即令男為治裝，女為斂器，且囑敬事先生，百聲悚應。又親視姬婢登輿，廄卒捉馬騾，闐咽併發，乃返別查。

後來，查伊璜因為牽涉到浙江一樁「文字獄」案子中，被抓進了監獄，最後得以倖免，完全是靠吳六奇將軍的救助。

舉人查伊璜和將軍吳六奇的厚施慨報是真實的事件，有多部書記載，或實錄或演繹，而《聊齋》寫的是立意新穎的短篇小說。乞丐舉鐘和將軍厚報，兩個看似互不相關的片段，像電影手法蒙太奇，用一句「先生不憶舉鐘之乞人耶」銜接起來。構思精妙，文筆簡練，產生了強烈的藝術效果。

一個作家如何對已被世人熟知的公眾人物事蹟進行重新構築，往往和作家自己的身世和處境有著千絲萬縷的聯繫。蒲松齡是不得志的讀書人，他用了一輩子時間寫的是世人不看重的鬼狐野史，他特別渴望能得到知音，渴望能有什麼人對自己有知遇之恩。他在極度困苦的情況下堅持寫《聊齋》，受到世人嘲笑，連最好的朋友張篤慶都勸他「聊齋且莫競談空」。沒想到在康熙二十六年（一六八七），有了和翰林院侍講學士、詩壇盟主王士禛花辰把酒一論詩的機會，這一年，蒲松齡已經四十八歲了。當時，王士禛到西鋪看望從姑母，蒲松齡的東家畢際有是王士禛的姑父，他請蒲松齡擔任禮賓接待王士禛，沒想到官居刑部尚書的文壇盟主王士禛竟非常欣賞《聊齋》。蒲松齡為此寫下詩歌《偶感》：「潦倒年年愧不才，春風披拂凍雲開。窮途已盡行焉往？青眼忽逢涕欲來。一字褒疑華袞賜，千秋業付後人猜。此生所恨無知己，縱不成名未足哀。」范寧在《春秋穀梁傳序》中說過：

「一字之褒，寵逾華袞之贈。」蒲松齡意想不到能得到王士禛的賞識，他激動得眼淚都要流下來了。蒲松齡能把查伊璜和吳六奇的故事寫成精神和物質兩方面的知遇之恩，看來和他自己渴望知音有關係。

21 王者
紅線金盒儆貪腐

〈王者〉講的是「紅線金盒儆貪腐」式的故事。紅線是唐傳奇中著名的俠女，也成為後世對俠女的代稱。唐袁郊《甘澤謠．紅線》及《劍俠傳》描寫：潞州節度使薛嵩擔心魏城節度使田承嗣進犯，薛嵩婢女紅線黑夜潛入田府，盜走田承嗣枕邊金盒，薛嵩派人給田承嗣送信，並封納金盒。田承嗣害怕，派人回覆薛嵩：「我的腦袋都繫在您手裡，我一定知過改過，聽您驅使。」

〈王者〉是裝在「俠客」這一傳統酒瓶裡的刺貪刺虐的新酒。小說裡出現了兩個官職：一個是巡撫，是省最高行政長官，封疆大吏；一個是州佐，知州的副手。

湖南某巡撫派州佐押送餉銀前往京城。途中遇雨，耽誤了行程，找不到地方住宿，於是住在了古廟。天亮時，眾人驚懼地發現押解的六十萬兩銀子不翼而飛，卻找不出元兇。於是州佐就回到衙門，將此事報告給了巡撫。巡撫以為州佐在造謠，要把他繩之以法，可是分別詢問隨行的衙役後，發現他們異口同聲，跟州佐說的一點兒不差。巡撫只好責令州佐回到丟銀的地方尋訪，細細追查。州佐回到廟裡，看到一個形貌奇特的盲人，他旁邊還掛著一面布幡，上面寫著「**能知心事**」。州佐求他給自己起一卦。那盲人說：「你是在找失去的銀子吧。」州佐說：「是的。」於是盲人引路，帶他去找丟失的餉銀。這段描寫有幽默諷刺的意味。不過可以肯定的是，這盲人肯定是劫銀行動的參與者。

盲人要州佐租一頂轎子給他坐，說：「你只管跟著我走，就能知道怎麼回事了。」州佐給盲人租了頂轎子，衙役們都在轎子後邊跟著。盲人說往東，大家就往東；盲人說往北，大家就往北。走了五天，眾人進入一座深山。眼前忽然出現一座城郭，人煙稠密，車馬來來往往。眾人進入城中，走了一會兒，盲人說：「停下！」盲人下了轎，用手向南指了指，說：「那裡有個向西的高門大戶，你去敲門問問。」說完，盲人向州佐拱了拱手，走了。州佐按照盲人所說的繼續往前走，果然看到一個高大的門戶，他悄悄地走了進去。有個人從裡邊出來，穿的依然是漢族的服飾。州佐向他說明了尋餉銀的來意。那人說：「請你留在這兒待幾天，我可以讓你會見當事人。」說完把州佐領到一個地方，讓他住下來，還供給他飲食。為什麼還要再等幾天？說明劫銀子的人處理這類事件甚多。

州佐閒來無事，信步走到屋後，看到有個花園亭閣，便走了進去。一開始看到的景物很好，古老的松樹遮天蔽日，細嫩的草坪像綠色毛毯。轉過一重一重的迴廊台榭，他看到一個高高的亭子。可不得了啦，亭子裡掛著幾張人皮！人的五官俱全，散發著濃烈的血腥味。州佐看了，毛骨悚然，急忙退回住所。他估計自己也會被剝皮，又轉念一想：回去是死，留在這兒也是死，怎麼著都難免一死，不如由他去吧。第二天，州佐接到通知說可以見當事人了。他來到一個高大轅門前，這裡好像總督、巡撫的衙門。穿黑衣的衙役分列兩邊，氣勢莊嚴肅穆。州佐看到堂上坐著一個王者模樣的人，頭戴珠冠，身穿繡服，面朝南坐著。州佐急忙趕上前，跪下行禮。王者問：「你是湖南的押銀官嗎？」州佐說：「是。」王者說：「你的銀子都在這裡。這麼點兒銀子，你們巡撫就該痛痛快快地送給我，沒什麼不可以的。」（「**銀俱在此。是區區者，汝撫軍即慨然見贈，未為不可。**」）數十萬兩銀子只是「區區者」，真是好大的口氣，這說明更大的貪官貪污得更多。州佐一邊哭，一邊向王者申訴：「巡撫讓我交還銀子的期限已經到了，我回去必定會被殺頭。您說巡撫該把銀子送您，有什麼憑證？」王者說：「這倒不難。」說完把一個大信封交給州佐，說：「拿這個回去覆命，我保證你會沒事。」說完就派武士把州佐送了出來。州佐嚇得大氣也不敢出，更不敢向王者辯解，接過信封就回去了。回來的路並不是來時經過的路。他走出深山後，護送他的人就回去了。州佐走了幾天才抵達長沙，恭敬地向巡撫稟報了事情的始末。巡撫懷疑他在胡編亂造，憤怒地命令左右立即把州佐捆起來。州佐解開包袱，拿出王者的信遞了上去。巡撫拆開信封，還沒看完，已嚇得面色如土，立即命令左右給州佐鬆綁，說：「銀子是小事，你先出去吧。」（「**銀亦細事，汝姑出。**」）劫銀的王者說六十萬兩銀子是「區區者」，巡撫則說「銀亦細事」。在貪官眼裡，六十萬兩不過是區區小事。

巡撫馬上發公文，讓下屬把銀子補上，押送到京城了事。過了幾天，巡撫得病身亡，嗚呼哀哉。原來，在這以前，巡撫跟愛妾同床共寢，醒來時，發現愛妾的頭髮被剪掉了。整個衙門的人都非常奇怪，沒人猜得出是什麼原因。而州佐交回的信封裡，裝的就是巡撫愛妾的頭髮。此外，信封裡還有一封信。巡撫死後，他家裡的人才把這封信的內容傳了出來，用白話來說就是：「你從做縣令起家，現在位極人臣，貪贓枉法的事不可勝數。先前這六十萬兩銀子，我已驗收入庫。你應該用貪污來的錢補足舊額。押銀官沒有什麼錯，你不可以懲罰他。我在這之前取來你愛妾的頭髮，就是略微給你一點兒警告。如果不遵守我的教誨和命令，早晚會取你項上人頭！你愛妾的頭髮現在附在信裡還給你，以作證明。」

後來下屬官員派人尋找王者的所在，那一帶都是崇山峻嶺、懸崖峭壁，再也找不到原先的道路。

〈王者〉其實有原型。王士禛的《池北偶談．劍俠》、趙吉士的《寄園寄所寄》都有記載：俠客取某巡撫數十萬兩銀子後，巡撫接到押銀官帶回的姬妾的頭髮。巡撫偃旗息鼓，不敢追查。蒲松齡把這個故事寫成由王者懲罰貪官，不僅劫取巨額餉銀，還大義凜然地斥責巡撫貪贓枉法。盲人為什麼能知道失金之事？王者花園裡的人皮是怎麼回事？故事充滿懸念，布滿詭異。蒲松齡怎麼看待這件事？異史氏曰：紅線盜金盒，藉以警告貪婪的人，確實大快人心。然而，住在桃源的仙人，不會做搶劫的事，即便是劍客雲集的地方，也不應該有城池和官衙。唉！州佐遇到的是什麼神仙呢？如果能找到他所在的地方，恐怕天下趕去向他申訴的人一定會絡繹不絕了。

蒲松齡塑造了一個理想化的懲治貪官的王者，王者和他所在的城郭衙署則完全是虛構

〈王者〉

的，是克里空[11]嗎？未必。州佐找劫走銀子的人，走了五天才到目的地，說明這個地方離湖南很遠。出來接待的人「衣冠漢制」，說明這個地方跟清廷分庭抗禮。英國漢學家白亞仁教授認為，〈王者〉的故事在康熙皇帝平三藩之亂後開始流傳，丟銀子的湖南巡撫原型是韓世琦，他最終因為貪贓枉法被康熙皇帝革職。

而劫走他銀子的地方很像吳三桂控制的地區。白亞仁說：「故事裡的遙遠的王國和吳三桂想成立的周朝會不會有一點兒隱約的聯繫？在吳三桂控制的地區，人人恢復了明朝的風俗，留長髮。曾經揭露韓世琦貪婪行為的前任御史李棠也為吳三桂效力。」如果白亞仁的考證有道理，那麼，要想深入理解這篇小說，還得從蒲松齡的民族情緒角度加以分析了。

權力導致貪腐，權力越大，可能貪腐的數目就越大。在湖南巡撫的眼裡，六十萬兩銀子不過是區區細事，而對教一年書只掙二十兩銀子的蒲松齡來說，六十萬兩銀子是他教三萬年書的酬金。蒲松齡站在普通老百姓的立場上，希望貪腐者受到嚴懲，在傳統的「紅線金盒」故事裡，注入了刺貪刺虐的新內容。

11　原是蘇聯劇作家柯涅楚克的話劇《前線》中的一個角色，意為「喜歡亂嚷的人」、「好吹噓的人」，後引申為虛假、耍花招。

22 田七郎

他為何獻出生命

田七郎是蒲松齡筆下少有的普通勞苦大眾形象。窮苦獵人田七郎結交富家公子武承休做朋友，最終為朋友獻出寶貴的生命。〈田七郎〉是我和國內外大多數《聊齋》研究者有明顯分歧並產生過激烈爭論的一篇《聊齋》名作。美國狄肯森大學東亞系主任楊瑞教授曾打越洋電話對我說：「我得跟你好好辯論一下〈田七郎〉。」她贊許田七郎疾惡如仇，能為朋友獻出寶貴的生命。以研究《聊齋》在劍橋大學拿到博士學位的英國學者白亞仁跟楊瑞教授持同樣的觀點。國內大部分《聊齋》研究者也都說田七郎貧而有志、知恩必報、捨己為人，體現了中華民族的優秀品質。蒲松齡本人也對田七郎極盡頌揚之能事。田七郎確實可歌可泣，我卻懷疑田七郎被人利用、愚弄了。我是從仔細推敲文本出發，分析武承休和田七郎交友的過程，看一貧一富之間有沒有真正的友情。

中國古代重視朋友，志同道合是交友的根本，朋友之間心靈相通，親如兄弟。武承休找田七郎交朋友，有明確的私利企圖，他和田七郎不是聲氣相投、志趣相投，而是想在關鍵時刻用田七郎給自己擋刀槍。武承休聯絡朋友的紐帶始終是金錢。他的所謂交友，是富人用錢交換窮人的命。這一點，田七郎的母親看得清清楚楚，對兒子講得明明白白，但田七郎仍然身不由己地掉進了武承休設下的所謂「友情」陷阱。

下面，我們來看《聊齋》故事。

遼陽有位富紳名叫武承休，喜歡交朋友，結交的都是知名人士。有天夜裡，他夢到一個人告訴他：「你的朋友到處都是，但都是不經選擇結交的朋友。只有一個人可以跟你共患難，你為什麼不跟他結交？」武承休問：「是誰？」那人說：「不就是田七郎嗎？」武承休睡醒後感到很奇怪。第二天，他就四處打聽田七郎。有朋友說，田七郎是東村的獵戶。本來總是跟名士交往的武承休，因為夢中神人的提示，就屈尊來到貧窮的田家，用馬鞭子敲門。沒多長時間，有人出來了，二十多歲，豹子似的圓圓的大眼睛炯炯有神，黃蜂般的細腰，戴著一頂油漬麻花便帽，圍著黑色的圍裙，圍裙上補了好多白布補丁，一副貧窮壯士的樣子。他拱手在額前行禮，問：「客人從哪兒來？」武承休自報姓名，藉口說在路上突然身體不太舒服，想借個地方稍微休息一下，又打聽起田七郎，那人回答說：「我就是田七郎。」隨即請武承休進門休息。

武承休進門後，就看到幾間破房子，牆快要倒了，用樹樁支撐著。進入一個小房間，虎皮、狼皮懸掛在柱子上，沒有凳子、椅子可坐。田七郎拉了張虎皮鋪在地上，請武承休坐下。武承休跟田七郎說了幾句話，發現田七郎言語樸實，為人直爽，非常高興。武承休按照「錢能通神」、「人窮志短」的思維，送錢給田七郎，遭到田七郎的斷然拒絕。他死乞白賴地硬塞給田七郎，田七郎說得報告母親。一會兒工夫，田七郎又把銀子送了回來，堅決不要。接著老態龍鍾的田母走了出來，疾言厲色地把武承休拒於千里之外：「我老太婆只有這一個兒子，不想讓他侍奉貴客！」武承休聽後，滿懷愧意地走了。

回家路上，武承休想來想去，怎麼也搞不懂田家母子是怎麼回事，這麼窮還不愛錢？恰好他的隨從在屋後聽到了田家母子的對話，就把他們的話複述給了武承休。原來，田七郎捧著銀子去稟告母親時，田母囑咐了田七郎一番話。從這番話裡可以看出，田母不僅人窮志不短，而且社會經驗豐富，她還懂一點兒相面術，能從一個人的臉色判斷他可能會遇到什麼事。

相面術是舊時迷信，據說能從人臉上的皺紋和氣色，判斷這人可能遇到的吉凶。一個人臉上如果有晦紋，即晦氣的皺紋，就是不吉的徵兆。田母只跟武承休見了一面，就判斷這是個一臉晦氣的倒楣蛋，跟他結交肯定會遭殃。她教育兒子對這個人敬而遠之：「我剛才看見武公子了，他的臉上有晦氣的皺紋，必然會遇到奇禍。我聽說，『受人知遇的人，就要分擔人家的憂愁；受人恩惠的人，就有責任幫助人家擺脫困境。富人可以用財物報答，窮人只能用義氣報答』。無緣無故得到這麼多錢，可不是好事，只怕要讓你用性命報答。」原文：

> 母曰：「我適睹公子，有晦紋，必罹奇禍，聞之：『受人知者分人憂，受人恩者急人難。富人報人以財，貧人報人以義。』無故而得重賂，不祥，恐將取死報於子矣。」

田母的話一針見血！真是智者在民間！幾句話戳破了「貧富交友」的本質，即富人就是用「錢」來交換窮人的「義」，很可能就是窮人的生命，田七郎如果無緣無故接受武承休的金錢，就得拿命報償。閱歷豐富的田母一眼看穿武承休不懷好意，警覺地保護兒子。田母這段精彩的話得到《聊齋》點評家大加讚揚，但明倫說：「彌綸天地，包羅經史之言，大識見、大議論，此等學問，從何處得有？」

武承休第一次登田七郎之門，碰了一鼻子灰。小說寫他「**深歎母賢**」、「**益傾慕七郎**」，這兩句話可以解釋為武承休喜歡上田七郎忠厚的為人，並敬佩田母，也可以解釋為是作家皮裡陽秋的描寫。頗有心計的武承休不是歎田母賢，而是感歎一個貧窮的老太婆竟看出他滿臉晦氣，看出他是黃鼠狼給雞拜年！他斷定田家母子講信義。田母既然說「**受人知者分人憂，受人恩者急人難**」，那麼，田七郎只要接受了他武承休的恩，就一定會急他的難！既然神人提醒他必須跟田七郎做朋友，既然田母看出他必定要倒楣，那麼，自己倒楣時，把厄運轉嫁到田七郎頭上，不是很划算的一件事嗎？武承休越發堅定要跟田七郎「交友」，實際是堅定了用金錢收買替罪羊的決心。這就是小說裡寫武承休「**益傾慕七郎**」的真實動機吧。

武承休為了編織「人情」之網，網住天真單純的田七郎，殫精竭慮，無所不用其極。第二天，武承休就「**設筵招之**」，請田七郎喝酒，七郎「**辭不至**」。敬鬼神而遠之，肯定是田家母子的共識。武承休不達目的不甘休，你不來我這兒，我就到你家去，死皮賴臉地「**登其堂，坐而索飲**」，跑到田家要酒喝。田七郎坦然接待，「**自行酒，設鹿脯，殊盡情禮**」，親自給武承休倒酒，用鹿肉乾招待，有情有義，很有禮貌。這樣一來，按禮尚往來，武承休有了回請田七郎的藉口，邀請田七郎，說要還席。田七郎來了。二人喝酒，氣氛融洽，感情親切。武承休在酒席上再次想送給田七郎很多錢，田七郎仍不接受。

武承休想出保持和田七郎交往的高招兒：我不是送你錢，我用這錢訂購虎皮。這是聰明的一招兒。富公子跟窮獵人長期交往的概率幾乎等於零，而買虎皮卻可以保持長久的聯繫，因為老虎不是一天兩天就打得到的。這樣，武承休就有了和田七郎長久來往的理由。質樸的田七郎認為武承休是喜歡虎皮才要花錢買。他回到家後認真察看家裡收藏的虎皮，不足以償還武承休的銀子，就想再打隻老虎給武承休。他進山轉悠了三天，卻什麼也沒打到。

恰好此時田七郎的妻子病了，田七郎給妻子治病、抓藥、煎藥，還要伺候她，沒時間去打獵。十天後，田七郎的妻子不治身亡，田七郎為了辦理妻子的喪事，動用了武承休買虎皮的錢。武承休聽說田七郎喪妻，親自來田家弔唁，送了很重的奠儀。弔喪送奠儀，這是不能拒絕的。

田七郎欠了武承休的人情，埋葬妻子後，便背著弓箭進山，想打到一隻老虎來報答武承休，卻總也打不到。武承休聽說後，勸田七郎不要著急，還殷切地希望田七郎到他家做客，而田七郎總認為欠了武承休的債沒還清，不肯到武家做客。武承休就向田七郎要他家裡現存的虎皮，以便讓田七郎早一點兒到他家裡來。田七郎看了看家裡的舊虎皮，已被蟲子蛀得很厲害，虎毛一片一片地脫落，十分懊喪。武承休聽說了這件事，立即騎馬跑到田家，極力安慰勸解田七郎，又看看那舊皮子，說：「這個也很好，我想要的是虎皮，原本就並不在乎皮上的毛色如何。」多麼拙劣的謊話！虎皮貴重就在於斑斕的虎毛，沒有虎毛的虎皮和狗皮、羊皮有什麼區別？武承休說著，捲起舊皮子就走，還邀請田七郎跟自己一起回家。田七郎不肯，於是武承休自己走了。

武承休買虎皮的藉口很聰明，卻也很容易露馬腳：一個喜愛虎皮的人，連蟲蛀的、掉毛的虎皮都要，豈不是說明醉翁之意不在酒，分明是借虎皮牽制獵虎的人！武承休糾纏田七郎無孔不入，明眼人一看就知道富公子在千方百計地給窮獵戶下套，但是誠實的田七郎仍然認為他跟武承休的關係，還是賣家和買家的關係，他覺得用那張舊虎皮頂不了武承休給的錢，就帶著乾糧進了山，經過幾天幾夜的蹲守，終於打到一隻老虎，便把整隻老虎交給了武承休。武承休高興極了，擺上酒席，熱情地挽留田七郎在他家住了三天。

田七郎再三告辭要求回家，武承休鎖上大門，不讓田七郎走。武承休的賓客看到田七郎穿得破舊簡陋，為人樸實寡言，都偷偷議論說武承休亂交朋友。而武承休招待田七郎更加熱情細緻，和對待其他賓客大不相同。他給田七郎換新衣服，田七郎不接受，他就趁田七郎睡覺時偷偷地把田七郎的舊衣服全部給換了。田七郎不得已，只好穿著新衣服回了家。接著田七郎的兒子奉祖母之命把新衣服送了回來，向武承休索要田七郎的舊衣服。武承休笑道：「請回去跟老太太說，七郎的舊衣服已經被拆了，用來納鞋底了。」過去沒有塑膠底和橡膠底，做鞋子時，鞋底是用舊衣服拆成布片，剪成鞋底的形狀，一層一層粘到一起，再用麻線密密麻麻納上的。窮人的衣服，被富人用來納鞋底，似乎也是一個暗喻：窮人的生命等同於富人的金錢。

田七郎總覺得自己欠了武承休，從此，田七郎經常把打來的兔肉、鹿肉送給武承休，武承休再請他來喝酒，他卻不再來了。看來他還是聽了母親的話，想遠離這位不祥的貴公子。武承休仍然去糾纏田七郎。

田母瞪大眼睛看著武承休「作秀」，看他怎樣拉攏自己的兒子，當她感到危險正向兒子逼近時，便抓緊時機正告武承休，說：「你離我兒子遠一點兒！」田母拒絕武承休的場面很精彩。有一天，武承休到田七郎家找他，恰好田七郎外出打獵沒回來。「**媼出，踦門語曰：『再勿引致吾兒，大不懷好意！』**」「踦門」就是只開半扇門，一腳在門裡、一腳在門外地和對方說話，這是描繪田母像防賊一樣提防武承休的神來之筆，這個動作表明了田母的態度：我這個家你不能進！而「引致」是淄川土話，就是勾引、將人引上邪路之意。田母深知武承休居心叵測，不可不防。武承休的心思被田母一語道破，只好恭敬地向田母行禮，「**慚而退**」，滿臉愧色地離開。

武承休跟田七郎交往半年多，田母用盡心思保護兒子，讓他儘量遠離富朋友武承休。可是沒想到，田七郎意氣用事，出事了。有一天，武承休的家人報告：「田七郎為了跟人爭一隻豹子，打死了人，被官府捉走了。」武承休大驚，馬上騎馬跑去衙門。田七郎已戴上枷，收進監獄了。他看到武承休來看他，沒別的話，只是說：「今後麻煩公子照顧我的老母親。」

武承休神色慘然地從監獄出來，拿了很多銀子賄賂縣官，又拿一百兩銀子賄賂死者家屬。一個多月後，官司了結，田七郎被釋放回家。田母感慨地對七郎說：「你的性命是武公子留下的，不能由著我愛惜了。但願武公子長命百歲，沒災沒禍，那就是你的福氣了。」田七郎想去感謝武承休，田母說：「要去只管去，見到武公子，千萬不要說感謝的話，得到小恩小惠，可以說聲『謝謝』，受到救命的大恩大德，是不能只口頭上說聲『謝謝』的。」田七郎來到武家，武承休說了許多安慰田七郎的話，田七郎只是一一答應著。武家的人嫌田七郎太不懂禮數，受這麼大的恩惠，連句感謝的話都不說！武承休卻喜歡田七郎的誠懇老實，對他更加優待。從此，田七郎經常連續幾天住在武承休家，武承休送他錢物，他總是痛痛快快地接受，不再推辭，也不說將來要報答的話。田七郎母子已下定決心要用生命報答武承休了。

有的《聊齋》研究者認為武承休和田七郎是患難之間見真情。田七郎因爭獵物毆殺人命入獄，武承休「**馳視之**」。一個「馳」字，顯示出他行動的快疾和心情的焦急，說明武承休跟田七郎的交往不是出於功利主義的考慮，確實是把田七郎當作朋友看待。田七郎對武承休說：「**此後煩恤老母**。」這說明田七郎已把武承休看作最可依賴、可以託付老母的朋友。

田七郎入獄，是田、武關係的重要轉折。如果說此前田七郎母子對武承休還有警惕，還不太信任，那麼武承休救田七郎出獄之後，田七郎母子已不疑猜武承休，而把他當作可依賴的朋友。田母對七郎說：「**子髮膚受之武公子，非老身所得而愛惜者矣。但祝公子終百年無災患，即兒福**。」田母最初從保護兒子的願望出發，認為窮人跟富人交友，往往不

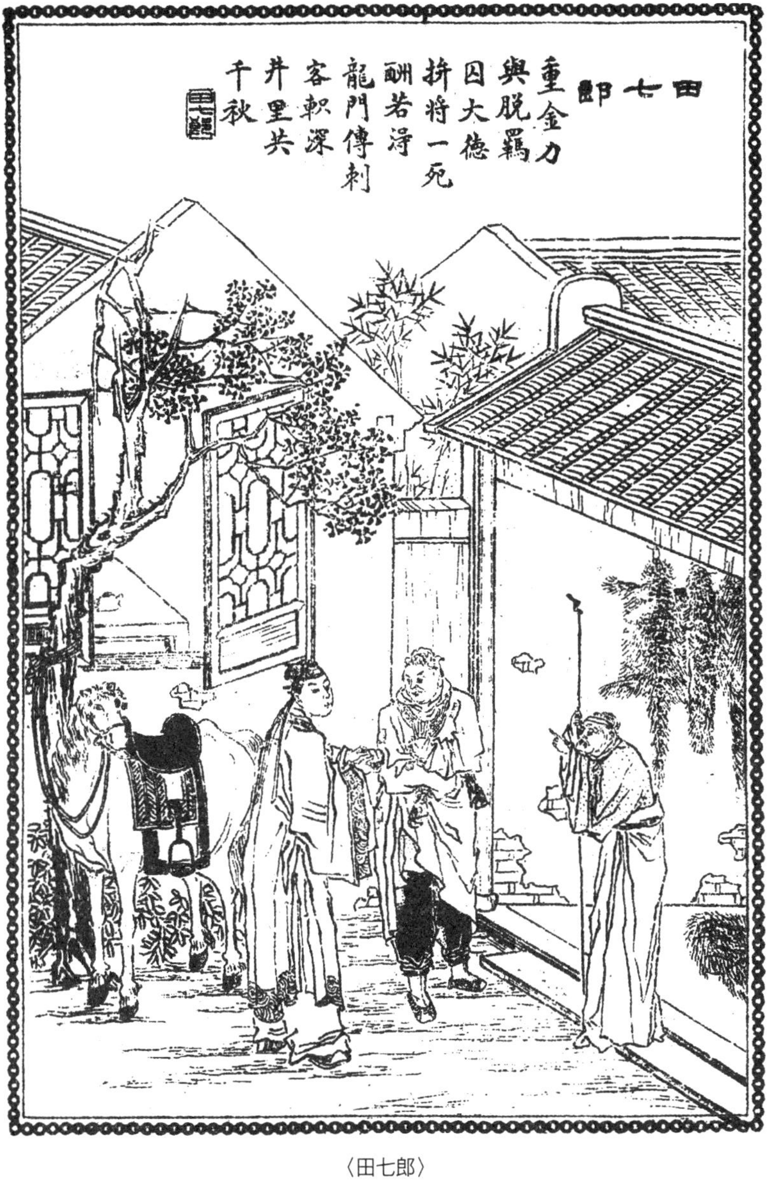
田七郎
重金力
與脫羈
因大德
拚將一死
酬若浮
龍門傳刺
客軹深
井里共
千秋

〈田七郎〉

得不以生命報答，反對兒子與武承休結交。武承休幫田七郎脫罪後，田母認為，武承休已有大恩於田七郎，田七郎義不容辭要替武承休赴湯蹈火。田母已把武承休看作與兒子共生死的朋友，支持兒子為武承休鋌而走險。

照我看來，田七郎入獄，恰好使得武承休如願以償得到操縱田七郎乃至田母的良機。武承休在探視田七郎後，蒲松齡用了三個字寫他，即「**慘然出**」，這三個字寫盡了武承休的悲涼、忐忑、暗暗算計，他興許在想：田七郎啊田七郎，夢中神人說我唯一可依靠的人就是你，可萬一你先死了，我將來如有危難，誰來救我？無論如何，得留下這道生命保護屏障！武承休用重金賄賂縣官和苦主，救田七郎出獄，對貧窮的田七郎而言，無異於再造之恩，而對富有的武承休來說，不過是舉手之勞。田七郎「一錢不輕受」，驀然受到如此巨大金錢之惠，能不刻骨銘心嗎？

表面上看，救田七郎是武承休的義舉；骨子裡，仍然是富人靠金錢成功地約制了窮人的性命！生命誠可貴，金錢如糞土，這是不平等的交換，就像武承休自作主張把田七郎的舊衣服拆來做鞋底，武承休又把田七郎的生命跟自己的錢畫上了等號！田母清醒地認識到，從此兒子要義無反顧地為武承休賣命，所以她囑咐田七郎：見面時不要感謝武承休。因為一旦武承休遇到生死關頭，田七郎一定得用性命回報。按照田七郎母子的做人準則，受人恩必急人難，而且「**大恩不可謝**」。《聊齋》點評家但明倫分析說：「可謝者，言語之謝也，謝而不謝也；不可謝者，身命之謝也，不謝而謝也。」

武承休慶壽，祝賀的客人和隨從很多，各個房間都住滿了。武承休和田七郎住在一個小房間裡。三個僕人在床邊用草墊子打地鋪。將近三更時，僕人都睡著了，武承休和田七郎還在說話。田七郎的佩刀掛在牆上，忽然躍出刀鞘幾寸，錚錚作響，寒光閃閃，亮如閃電。武承休驚奇地爬起來，田七郎也起來了，問：「床下睡的是什麼人？」武承休說：「都是僕人。」田七郎說：「這幾個人裡肯定有惡人。」武承休問是什麼緣故，田七郎說：「這把刀是從外國買的，殺人見血就死，至今已傳了三代，殺人上千，還像是剛剛開刃一樣鋒利。它見到惡人就會『錚』的一聲自己跳起來。這把刀一有動靜，就離殺人不遠了。公子要親君子、遠小人，或許可以僥倖不受災禍。」武承休點頭答應。田七郎終究高興不起來，在床上翻來覆去睡不安穩。武承休說：「災禍是命中注定的，為什麼這麼憂慮？」田七郎說：「我別的什麼也不怕，只是因為有老母親在。」武承休說：「哪至於這麼快就出事！」田七郎說：「但願不出事吧。」

田七郎，一個貧窮的獵人，怎麼能有一把神奇的外國進口的寶刀？是田七郎前輩做過武官嗎？小說裡沒寫。小說家把寶刀作為神奇的伏筆來用。

打地鋪的三個人，一個叫林兒，是久受武承休寵愛的孌童；一個是十二、三歲的小僕人，武承休經常使喚；一個叫李應，脾氣執拗，處事笨拙，常因一點兒小事就跟主人瞪著眼爭個沒完。武承休當夜暗想：七郎說的「惡人」肯定就是李應了。第二天一早，他把李應叫來，好言好語地打發回家了。

這時出現了一個比較冷僻的名詞「老彌子」，說林兒是「老彌子」。什麼叫「老彌子」？就是受寵多年的孌童。彌子是彌子瑕的簡稱，據《韓非子．說難》記載，彌子瑕是春秋時衛靈公的男寵。按照衛國法律，私自駕駛衛國公的車子，要判處刖刑，砍去雙腳。彌子瑕的母親病了，他私自駕著衛靈公的車子回家，衛靈公非但不處罰他，還說他是孝子。彌子瑕和衛靈公一起逛桃園，彌子瑕吃桃子覺得好吃，就把吃了一半的桃子給衛靈公。衛靈公說：「彌子瑕愛我，自己覺得好吃的桃子，還會想到分享給我。」從此，「分桃」就和「斷袖」一樣，成了中國古代著名的同性戀典故。林兒是武承休的老彌子，武承休不懷疑這個孌童，而災禍恰好就出在他身上。

武承休的長子武紳，娶妻王氏。有一天，武承休外出，留林兒在家裡看家。書房所在的院子裡，菊花開得正盛，王氏知道公公不在家，想著那個院子裡沒人，就來院子裡摘菊花。林兒突然跳出來調戲王氏。王氏想逃，林兒把王氏強拉進書房，想要非禮她。王氏邊哭邊喊，喊得嗓子都啞了。武紳聽到動靜趕來，林兒這才撒手跑了。

武承休回來後，聽說了這事，憤怒地派人去尋找林兒，林兒已不知跑到哪兒去了。過了兩三天，他聽說林兒投靠了某御史家。某御史在京城做官，家事都托給弟弟照料，武承休憑著御史之弟跟自己是同年參加科考的情誼，即所謂「同袍之義」，寫信向他索要林兒。但御史之弟根本不予理睬。武承休更加氣憤，跑到官府告狀，縣官發了拘捕林兒的文書，可是沒人敢到御史家抓人。武承休氣得要死，恰好此時田七郎來了，武承休說：「你說的話應驗了。」說完前因後果告訴了田七郎。田七郎神情悲戚，始終沒有一句話，轉身就走了。

在武承休跟林兒的糾葛上，沒有什麼正義和非正義。武承休玩弄林兒，林兒調戲武承休的兒媳，兩個人都不是什麼好人。但武承休只許州官放火，不許百姓點燈，認為林兒損害了自己家的尊嚴，一定要治他。武承休跟御史之弟的爭鬥，人們都同情武承休一方，那是因為，金錢和權勢的天平發生傾斜，有錢的鬥不過有權的，貪財枉法的官府牽涉進來了。

武承休囑咐幹練的僕人時刻偵察著林兒的動靜。有一天，林兒晚上回家，被負責巡查的僕人發現了，僕人們將他抓住後帶他去見武承休。武承休狠狠地打了他一頓。林兒對武承休出言不遜。武承休的叔父武恒是個忠厚的長者，他怕侄兒暴怒之下闖下禍，勸侄子不如將林兒送交官府。武承休聽從了叔父的意見，把林兒捆起來後押送公堂。可是，御史家送來一封信後，縣官立刻釋放了林兒，把林兒交給御史的管家，由他領了回去。林兒越加放肆，在大庭廣眾之下，揚言武承休的兒媳和自己私通。武承休對林兒一點兒辦法也沒有，滿腔憤恨，氣悶得要死。他跑到御史家門口，指手畫腳，好一通臭罵。街坊鄰里紛紛出來安慰勸解，他才回去。

過了一夜，有家人來報告：「林兒被人殺死了，割成了碎塊，丟在荒野裡。」武承休又驚又喜，總算出了口惡氣。接著，又聽說御史家狀告武家叔侄。縣令要武承休跟他叔父一起去縣衙對質。縣令一見武家的人，不容分說，就下令對武恒用刑。武承休大聲抗議道：「說我們殺人，那是誣陷！至於辱罵御史家人，那是我做的，和我叔父無關！」縣官對武承休的話不理不睬。武承休氣憤地瞪大眼睛，想阻攔衙役對叔父用刑，然而一群衙役揪住他不放。行刑的衙役都是御史家的走狗，武恒年老體弱，眾多刑具才用到一半，他就已經死了。縣官看見把人打死了，也不再追究。武承休高聲大罵，縣官裝聾作啞。武承休只好把叔父的屍體抬回家。他又悲傷又氣憤，無計可施，想找田七郎商量怎麼辦，誰知，武家發生這麼大的事兒，田七郎根本不來弔唁慰問。武承休想：我待七郎不薄，七郎怎麼會突然變得像毫不相干的路人一樣？他懷疑殺林兒的是田七郎，但又想：如果真是這樣，他為什麼不跟我商量？於是武承休派人到田家去探查，結果發現田家大門緊鎖，鄰居也不知道田家的人到哪裡去了。

田七郎的行蹤留下了懸念。田七郎是個沉默寡言的人，也是個行動果決的人。

有一天，御史的弟弟正在縣衙內和縣官商議著什麼。此時恰好是早上縣衙進柴送水的時間。忽然，一個砍柴人走到了他們跟前，丟下柴擔，從柴擔裡抽出一把鋒利的鋼刀，朝著兩個人衝了過來。御史的弟弟惶急之中，用手去阻擋鋼刀，先是被砍掉一隻手，然後他的頭也被砍了下來。縣官嚇得抱頭鼠竄。樵夫四下張望，尋找著縣官。官衙的衙役們急忙關上縣衙大門，抓起棍杖大叫大嚷。樵夫自知不敵，抽刀自盡。人們聚集過來驗看，有認識的人說：「這是田七郎。」縣官驚魂初定，出來查驗，只見田七郎直挺挺地躺在血泊之中，手裡還握著那把鋼刀。縣官正在仔細察看時，田七郎的屍體忽然跳起，把縣官的腦袋砍了下來！然後他才重新倒在地上。

縣衙的官吏去捉拿田七郎的母親和兒子，發現他們已逃走好幾天了。武承休聽說田七郎死了，跑去痛哭致哀。縣衙裡的人說田七郎殺人是武承休指使的，武承休傾盡家產向當權者行賄，得以免罪。

《聊齋》中敘事寫人的筆法多變，田七郎為武承休報仇，殺了三個人：殺林兒全用虛寫，由武承休的家人報告說林兒被殺；殺御史的弟弟全用實寫；殺縣令則用了奇筆、幻筆來寫。一筆多用，靈活巧妙。貧窮獵人田七郎的剛毅、深沉、果敢，像荊軻一樣的視死如歸，被蒲松齡寫活了。田七郎的屍體被衙役丟在荒郊野外三十幾天，一群群鳥兒飛來，一群群野狗跑來，牠們把屍體團團圍住，日夜守護。這些描寫更是帶有浪漫主義和理想主義的色彩。

結局是武承休把田七郎的屍體收殮起來，隆重安葬。田七郎的兒子流浪到登州，改姓佟，長大後當兵，立了戰功，升為同知將軍。他回到遼陽時，武承休已經八十多歲了，武承休帶著田七郎的兒子來到他父親的墳墓前祭拜。

蒲松齡自己是怎麼看待這個故事的呢？異史氏曰：「一文錢也不輕易接受的人，正是那種吃人一頓飯也永遠不會忘記的人。田七郎的母親多麼賢慧！至於田七郎，仇恨沒有泄完，死了還要繼續雪恨，這是何等神奇！假如荊軻當年能像他一樣，就不至於千年後還有遺恨了。如果真有田七郎這樣的人，可以補天網的疏漏。世道茫茫，只恨田七郎這樣的人太少了。悲哀啊！」原文：

> 一錢不輕受，正其一飯不忘者也。賢哉母乎！七郎者，憤未盡雪，死猶伸之，抑何其神！使荊卿能爾，則千載無遺恨矣。苟有其人，可以補天網之漏，世道茫茫，恨七郎少也。悲夫！

蒲松齡用了兩個典故，一個是韓信報答漂母的一飯之恩，一個是荊軻刺秦王。他認為田七郎超過了荊軻。蒲松齡既肯定了田母見識高，又肯定了田七郎為朋友報仇，親自殺貪官土豪的行為。他認為黑暗社會缺少的正是田七郎這樣的人。

有研究者認為，田七郎以死報答知己，體現了義舉高風。田七郎殺的是豪強和狗官，雖是報恩喪生，仍有疾惡如仇、為民除害的性質，因而能大快人心，有較強的悲壯感。而我同意著名歷史學家趙儷生先生的剖析。趙先生認為〈田七郎〉是「一個封建地主千方百計企圖用金錢和殷勤收買一個獵戶（勞動人民）替他做爪牙，替他在緊要關頭服務的故事」，他還旗幟鮮明地說：「有些文學評論家在他們的文學史稿裡竟說這篇文章顯示並歌頌了『義氣』，實在是膚淺與錯謬的見解。」《聊齋》點評家馮鎮巒說〈田七郎〉是「一篇刺客傳，取《史記》對讀之」。戰國時，諸侯經常收買、豢養刺客為自己賣命。《史記》把這種收買和被收買、利用和被利用的關係寫得很清楚。田七郎就是替居心叵測的朋友賣命。武承休像戰國時候的諸侯一樣，犧牲窮朋友的命，自己活了下來。我認為，蒲松齡對小說人物的命名早已寄寓深意：武承休，「承」即繼承，「休」有美、善的意思，「承休」即繼承美和善，偏偏姓「武」，諧音「無」，沒有繼承一點兒美和善，一點兒好心腸都沒有！我認為，田七郎的悲劇對現代人的啟示，就是交友不可不慎，要警惕鮮花裡隱藏著的毒蛇。

23 佟客
牛皮大王當場出醜

一個自詡忠臣孝子，實際卻卑怯懦弱的人物，在仙人的考驗下露出原形。這種人物在現實生活中很常見，他們自以為是，誇誇其談，覺得自己是救世主，然而到了危難時刻，逃得比兔子還快，真正遇到嚴峻的考驗，就成了只顧個人安危，連老爹都不管的膿包。仙人略施小技，就讓吹牛皮者露出了本相。

徐州董生愛好劍術，自認為是慷慨豪俠。他偶然在路上遇到一位客人，談吐豪邁，問其姓名，對方回答說：「我是遼陽人，姓佟。」問他到什麼地方去，他說：「我出門二十多年，剛從海外回來。」董生問：「你四海漫遊，認識的人多，見過異人嗎？」佟客問：「異人是什麼樣的人？」董生說：「異人就是那些天賦異稟、神通廣大的人，只恨沒法得到異人的真傳。」佟客說：「異人哪裡沒有？但是得是忠臣孝子，異人才肯傳授本領。」董生毅然以忠臣孝子自居。讀過古代歷史書的都知道，忠臣孝子是從至性熱血中出來的，不是口頭可以標榜的。董生「**奮然自詡**」，將忠臣孝子理解得太簡單，實則胸中全無血性，如何擔當得起「**忠臣孝子**」這四個字？

接著，小說用簡練的幾句話描繪了以忠臣孝子自詡的董生：「**即出佩劍，彈之而歌，又斬路側小樹，以矜其利**。」畫面生動又好玩。彈之而歌，是單純彈劍唱歌嗎？不是，是模仿前人彈劍作歌，表示自己有治國理政的志向，但目前還壯志未酬。董生的這一行為用了《戰國策．齊策．孟嘗君傳》的典故。馮諼家貧，到孟嘗君門下做食客，孟嘗君一開始沒把馮諼當作傑出的人物對待。馮諼三次彈鋏而歌，要求吃飯有魚，出門有車，還要求奉養他的老母親。孟嘗君一一滿足了他的要求，馮諼也以過人的膽識幫助孟嘗君排憂解難。董生彈劍而歌，是以馮諼自詡。他用劍斬斷路邊的小樹，表示他的劍很鋒利。董生這麼表演，佟客笑得連鬍子都翹起來了，表示想看看董生的劍。董生把劍給他。他抽出劍觀察了一陣子，說：「你這把劍不過是熟鐵做的，被汗熏臭了，是最下等的東西。我雖然沒有聽說過什麼劍術，但我也有把劍，很好用。」說著從衣服底下拿出一把短劍，一尺多長，用來削董生的劍，董生的劍脆得像瓠瓜，應聲而斷。董生十分吃驚，請佟客把劍給他看看。他把玩了好一陣子，再三拂拭後，才把劍交還給佟客。

董生邀請佟客到自己家做客，還留他住宿。董生向他請教劍法，佟客推說自己不會。於是董生便手按膝頭，就劍術高談闊論，佟客只是洗耳恭聽。吹牛皮的一個勁兒地吹；真正有本事的，先是表示自己不懂劍法，再是對吹牛皮說大謊的洗耳恭聽，給他充分的表演機會。

然後才是真正的異人略施幻術，讓自吹自擂的「**忠臣孝子**」當場出醜。

夜深了，董生忽然聽到隔壁院子裡吵吵嚷嚷的。隔壁院子是董生父親住的地方。董生心裡驚疑不定，走近牆壁細聽，有個憤怒的聲音說：「趕快讓你兒子出來挨刀，我就放了你！」過了一會兒，似乎有鞭打的聲音，還有他父親不斷呻吟的聲音。董生拿起兵器想到隔壁去救父親。董生要救父親，這是一時的父子情深，一時的血性，一時的衝動，他能不能禁得起更大的考驗？董生正準備開門，佟客攔住了他，讓他不要馬上出去，又把嚴酷的事實跟他講清楚，叫他做選擇。佟客說：「你這一去，肯定沒活路，你該想個萬全的辦法。」董生惶恐地向佟客請教。佟客說：「強盜點名要你出去，肯定殺了你才甘心。你沒有別的骨肉兄弟，應該先向妻子託付後事才對。我給你打開門，替你防備他們。」這是再次考驗董生：到底是他自己的性命重要，還是保護父親重要？是為父親獻出生命好，還是守著老婆不管父親好？

董生同意了佟客的建議，進去告訴妻子。妻子拉著他的衣服哭泣，董生為父親赴死的雄心壯志一下子就煙消雲散了。他跟妻子一起爬到樓上，找出弓箭，防備強盜攻樓。現在的董生，忠臣孝子不當了，只顧自己和老婆的安危，露出原形了。正在他急迫之極時，就聽到佟客在樓簷上笑著說：「幸虧強盜走了！」董生掌上燈來一照，發現佟客已不見了。董生猶猶豫豫地走出樓門，小說原文在這裡用詞非常考究：董生是「**逡巡出**」。「逡巡」兩個字，透露出董生驚弓之鳥的內心，他仍然擔心真的有強盜，不敢馬上出來看看父親到底有沒有危險。等到他忐忑不安地走出來，就看到父親提著燈籠回來了。原來，他父親是到鄰居老頭兒家喝酒去了。而院子前邊有些茅草燒成的灰，這就是所謂威脅父親性命的「強盜」了。董生這才知道，佟客是真正的異人。他這個自詡忠臣孝子，立志要向異人學習的人，之所以跟異人失之交臂，就是因為他不是什麼忠臣孝子，而是個「銀樣鑞槍頭」。

「異史氏曰」部分這樣寫道：「忠孝是人的血性，自古以來，臣子不能為國君死難的，起初難道就沒有提著兵器慷慨赴死的時刻嗎？結果都是因為一念之差做了錯事。過去，明代解縉和方孝孺相約為君王而死，而解縉最後自食其言，怎麼能知道他們共同發誓之後，解縉回到家，沒有聽到妻子的哭泣聲呢？」

蒲松齡在這裡又用了一個真實歷史人物的典故，即能夠為君父而死的方孝孺和不能為君父而死的解縉。他們本來都是明朝建文帝朱允炆的重臣，方孝孺是翰林院侍講學士，解縉是翰林院侍詔，都受到朱允炆的重視。朱允炆的叔父燕王朱棣起兵奪取朱允炆的江山時，解縉和王艮等人發誓「食人之祿，死人之事」，相約慷慨赴死。朱棣入京後，王艮服毒而死，解縉卻沒有踐行誓言，他飛馬前往拜見朱棣，稱朱棣為陛下，被封為翰林院侍講。這段史實蒲松齡沒有弄得很明確，解縉並沒有和方孝孺發誓，他是和王艮等人一起發誓的。方孝孺是怎麼一回事呢？原來，朱棣入京後，讓方孝孺給他起草即位詔書，方孝孺投筆於地，且哭且罵：「死即死耳，詔不可草！」於是朱棣下令將他千刀萬剮，滅十族。古代最重的刑罰是滅九族，朱棣太恨方孝孺了，在九族之外再加了「學生」一族。

趙甌北有詩曰：「平時每作千秋想，臨事方知一死難。」無事時妄談忠孝，臨危時喪盡廉恥。任何歷史時期都會有像董生這種誇其談的泥足巨人。佟客是異人，小施法術，就讓吹噓者當場出醜，把牛皮大王的牛皮戳穿。想學異術的董生，遇到危急時連生身父親都不管，蒲松齡認為董生是受到妻子的牽累，其實是董生性格深處的自私、軟弱所致。《聊齋》故事中常有佟客這樣的異人給庸人以當頭棒喝。

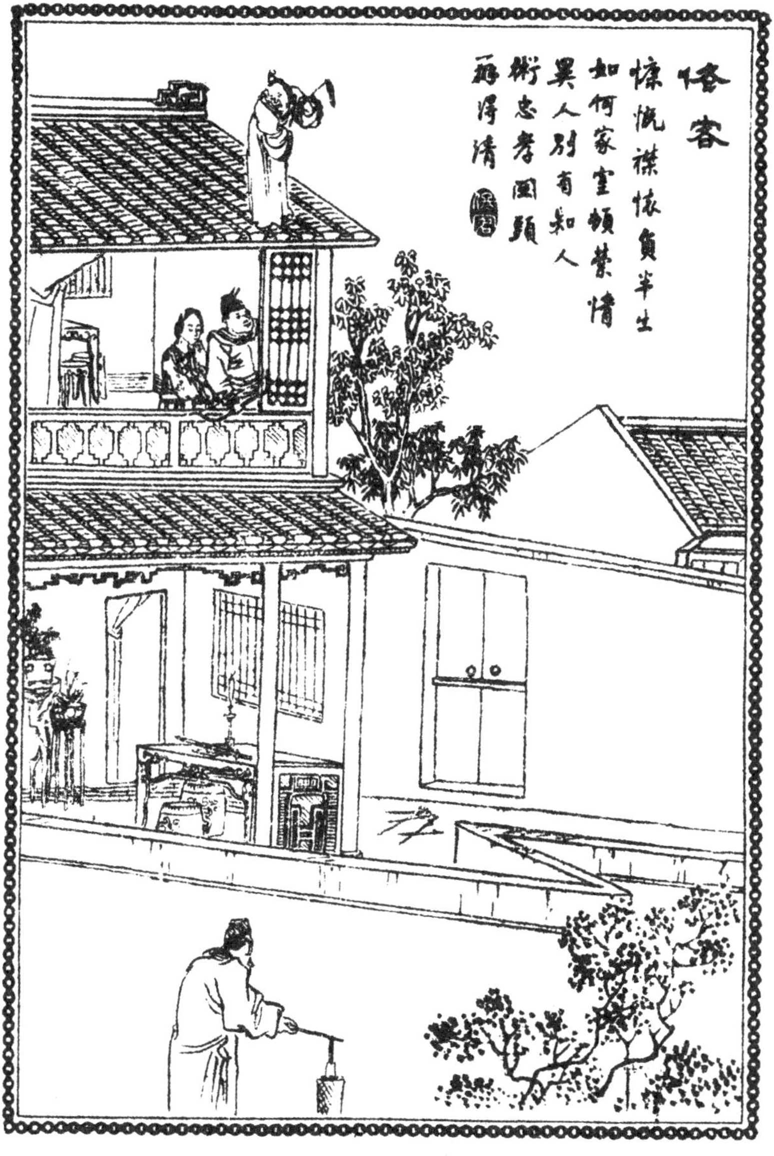
佟客
慷慨襟懷負半生
如何家室頓縈情
異人別有知人
術忠孝圖題
得清

〈佟客〉

24 真生

假作真來真亦假

「假作真時真亦假，無為有處有還無」是《紅樓夢》綱領性的語言。紅學家認為，在真假上做文章，是偉大的小說家曹雪芹對中國小說史的重要貢獻，研究《紅樓夢》真真假假命題的文章連篇累牘。其實，在曹雪芹之前，蒲松齡已在《聊齋》裡用真真假假做了妙文章。可以說，真真假假，假假真真，是世界短篇小說之王蒲松齡影響偉大的長篇小說巨匠曹雪芹的一個方面。

中國古代一直有點金術的故事，最著名的是八仙之一呂洞賓的點金術故事。蒲松齡借助點金術，創作了一個用「真」和「假（賈）」為人物命名的故事，風趣地寫到真和假互相交替、互相消融、互相取代的辯證關係。

長安的賈子龍，偶然經過一小巷，看到一位風度不凡的書生，詢問後，得知他是家在咸陽而在此借居的真生。賈子龍第二天上門投遞名帖拜訪真生，門童告知真生外出了。賈子龍連去三次都沒有見上面。於是他派人偷偷觀察，趁真生在家時前去拜訪，真生還是不見他。賈子龍便闖了進去，真生這才出來相見。兩人促膝交談，引為知己。賈子龍派小書僮買來酒。真生善飲，會開雅致的玩笑，賈子龍更高興了。酒快喝完時，真生從箱子裡拿出一個無底玉杯，把酒倒進去，一會兒就滿了，又用小酒杯把酒舀到酒壺裡，無底杯裡的酒一點兒也沒見減少。賈子龍很奇怪，硬要學這法術。真生說：「我之所以不願意見你，就是因為你貪心未淨。這是仙家的秘密法術，怎能教給你？」賈子龍說：「冤枉啊！我哪兒貪心啦？我偶然有這樣的想法，只不過是因為貧窮而已。」兩人哈哈一笑分手。

真生是得道的狐仙，因為他是從狐狸修煉成仙的，在仙界算出身低微，所以他為人低調，這是真的，但他的真有時又難免摻假，那就是他向賈生炫耀酒杯，引起賈生貪心。真生說，賈生貪心，他不樂意跟他交往。賈生的貪心還會進一步表現出來，構成小說的有趣情節。

從此真生和賈生往來親密，不拘形跡。每到沒錢時，真生就拿出一塊黑石頭，念上一段咒語，然後吹一口氣在石頭上邊，用黑石頭磨瓦礫，立刻能將瓦礫化為白銀，送給賈子龍用。每次給的銀子，都恰好合乎賈子龍當時的需要，一點兒剩餘也沒有。賈子龍要求多給點兒，真生說：「我說你貪婪吧，你看怎麼樣！」賈子龍想：公開找真生要點金石，他不會給，不如趁真生醉了睡著時，把點金石偷來要脅他。有一天，真生喝醉後躺下了，賈子龍悄悄搜查他的衣服找點金石，誰知被真生發現了。真生說：「你真是喪心病狂，不可交朋友！」說完告辭而去，搬到別的地方去了。

真生發現賈生待友不真，便跟他分手。這是第一次真假較量。

一年後，賈子龍在河邊看到一塊石頭，很像真生的那塊點金石，就撿回家珍藏起來。過了幾天，真生來了，一副失意的神情。賈子龍問他怎麼了，真生說：「你前些日子在我那裡看到的是仙家的點金石。我曾跟隨仙人抱真子遊玩，他喜歡我正直，就把點金石送給了我。我上次喝醉酒後，將它弄丟了。占卜的結果說是在你這裡，請還給我，我一定報答你。」仙人抱真子，不見於《神仙傳》等書，也許是蒲松齡編的。賈子龍笑著說：「我生平不敢欺騙朋友，確實如你占卜所示，石頭在我這裡。不過，瞭解管仲貧窮的，莫過於鮑叔牙。我就像當初的管仲那樣貧窮，你這個鮑叔牙看看怎麼辦吧。」賈子龍在談話中用了《史記・管仲列傳》的典故：管仲和鮑叔牙都是春秋時齊國人，兩人關係很好。他們一起做生意，鮑叔牙知道管仲家裡窮，管仲把利息多分給自己，鮑叔牙也理解他，並不見怪。管仲把鮑叔牙看作知己，說：「生我者父母，知我者鮑子也。」後世就用管仲和鮑叔牙的關係形容最好的朋友關係。賈子龍用這個典故說明自己像管仲一樣貧窮，希望真生能像鮑叔牙一樣體諒資助自己。

真生提出送一百兩銀子報答他。賈子龍說：「一百兩銀子不能算少，但你教給我口訣，我親自試一下如何點金，就沒遺憾了。」真生怕他言而無信。賈子龍說：「你是仙人，難道不知道賈某不是失信於朋友的人?!」賈生信誓旦旦地說了句假話，騙得誠實的真生相信了他，把口訣教給了賈子龍。賈子龍看了看台階下的一塊大石頭，想用它試驗。真生拉住他的胳膊不讓他那麼做。賈子龍拿了半塊磚頭放在大石頭上說：「這半塊磚頭不算多吧？」真生同意了。賈子龍卻不磨磚頭，而是去磨那大石頭！賈子龍再次做假。真生變了臉色，想去和他爭奪，那大石頭已化為白銀。真生和賈生再次交鋒，真生真誠地對待賈生，賈生卻欺騙真生，而且不是單純地欺騙，是影響真生命運甚至給他造成毀滅性災難的欺騙。

賈子龍把點金石還給真生。真生歎道：「已經這樣了，我還有什麼話說？隨便把福祿

〈真生〉

給人，必遭天譴。如果你肯幫我躲過上天的懲罰，請你施捨一百口棺材、一百件棉衣，你願意嗎？」真和假的辯證關係突然扭轉，假模假式的賈子龍突然不再搞虛情假意了，他表現出真誠的態度，而且他確實真要這樣做。賈子龍說：「我之所以想得到錢，原本就不是打算把它們藏在地窖裡。你難道認為我是一個守財奴嗎？」真生高興地離去了。賈子龍得到重金，一邊做買賣一邊施捨。不到三年，真生要求的施捨數目完成了。真生忽然來了，握住賈子龍的手說：「你真是講信義的人！分手後，我被福神奏明天帝，削去仙籍。蒙你廣泛施捨，我得以功過相抵。希望你自勉，不要停止行善。」賈子龍問真生：「你是天上的什麼神仙？」真生說：「我是得道的狐仙。因為出身低，禁不起罪孽牽累，所以生平自愛，一絲一毫不敢胡作非為。」賈子龍擺酒，兩人像過去一樣歡飲。賈子龍活到了九十多歲，真生還常到他家來做客。

〈真生〉寫人與狐仙交往，暗含「真假」哲理的意味。真生，真誠的書生，深知自己出身微賤，以狐的身分入仙，事事謹慎；賈生，虛假的書生，一次次想從朋友手中騙取發財的法術。但是，真的未必全然是真，假的未必全然是假。真的可以因隨意賜福於人受到仙界懲罰，假的又因為講信用得到好報。真中有假，假中有真。

妥善處理現實生活中的真實遭遇和自己創作的小說這兩者間的關係問題，也就是正確處理「真」與「假」的問題，而且用諧音把自己的思考在小說中表達出來，是曹雪芹喜歡採用的藝術手段。《紅樓夢》中，「真」與「假」的關鍵筆墨是甄士隱和賈寶玉都見過的一副對聯。《紅樓夢》第一回說，當年姑蘇城十里街仁清巷住著位甄士隱，過著與世無爭的自在生活。有一天，他午睡時在夢中隨著一僧一道到了太虛幻境，見到石牌坊上有一副對聯：「假作真時真亦假，無為有處有還無。」意思是：把虛假當成真實，真實也就成了虛假；把虛無當作實有，實有也就成了虛無。《紅樓夢》還虛構出甄府和賈府。《紅樓夢》裡的賈府是虛構的王府，是假的王府，甄府才是真實的王府，或者說帶有更多曹雪芹身世影子的王府。在曹雪芹筆下，「假」是對「真」的超越，「假」是對「真」的再創造，是從「真」的糞土上長出的靈芝。正因為曹雪芹真真假假的寫法，他才能用兒女之情寫出一部「怨時罵世」，批判整個封建社會，預告其必然滅亡的蓋世名著。而拿真假做文章，是《聊齋》早就做過了的。相信即使〈真生〉這樣絕非名作的篇章，也得到了曹雪芹細心的研究，且給了他啟迪。

25 胭脂

蒲松齡恩師斷奇案

〈胭脂〉多次被搬上舞台和銀幕。梅蘭芳大師演出過由〈胭脂〉改編的京劇《牢獄鴛鴦》。〈胭脂〉中出場的角色人各一面，精彩生動，情節一環扣一環，曲折有趣。胭脂對鄂秀才一見鍾情，兩人本有希望成為愛侶，卻因為輕佻的王氏、風流的宿介、兇殘的毛大等人的介入，愛的線索變成殺人的因由。案發後，縣令不仔細調查研究案情，一味用刑，錯判了案。知府吳南岱聰明過人，一眼看出鄂秀才李代桃僵，胭脂的父親不可能是他殺的，卻沒想到桃也屈。最後把案情查明的是一位真實的歷史人物，他就是清初大詩人施閏章。他還是蒲松齡的恩師。學政施閏章是天才的心理學大師，略施小技，就使得真凶落網。

這個故事奇特就奇特在：愛情是最美麗的感情，卻招致兇殺；殺人是最重的罪名，卻一再錯判。真是奇而又奇，奇中有奇，冤而又冤，冤中有冤。小說一波一波向前推進，令讀者目不暇接。這個故事通常被學者們理解成斷案故事，實際上是真人假事，是蒲松齡根據前人的作品虛構出的恩師斷案故事，小說的主旨是頌揚其恩師施閏章，前邊兩個斷案的官員都是給他的恩師做鋪墊的。

下面，我們來看這個故事。

山東東昌府卞某是獸醫，女兒胭脂姿容嬌豔，父親珍愛她，想找個讀書人結親，但世家子弟和讀書人家瞧不起卞家的貧賤，胭脂到了結婚年齡都還沒訂婚。住卞家對面的商人龔某的妻子王氏為人輕佻，喜歡開玩笑，是胭脂的閨中密友。有一天，兩人聊完，王氏送胭脂回家，走到門口，恰好有個青年經過，白衣白帽，人才出眾，風度翩翩。胭脂一見似乎有些心動，眼睛不由自主地盯著那個青年。那個青年發現後，低下頭急忙離開了。青年走遠了，胭脂還一動不動地看著他離去的方向。王氏窺察到胭脂的心思，開玩笑地對她說：「以小娘子的才貌，如果跟這個人結親，這輩子就沒什麼遺憾了。」胭脂羞得滿臉緋紅，含情脈脈，卻沉默無言。王氏告訴胭脂：

「這是南巷秀才鄂秋隼，是鄂舉人的兒子，我跟他做過鄰居，所以認識他。世間男人沒人比他更溫柔和婉的，現在他穿一身素服，是因為他剛死了老婆，喪期還沒服滿。小娘子如果對他有意，我就替你捎話給他，讓他來提親。」胭脂一句話也說不出口。王氏笑嘻嘻地走了。王氏這是幹什麼？她在拿胭脂尋開心呢。

過了幾天，王氏那邊一點兒消息也沒有，胭脂懷疑王氏沒空去向鄂秋隼說媒，又懷疑鄂家是官宦人家的後裔，不肯低就自己這樣的人家，心情鬱悶，病倒在床。恰好王氏來看她，問起她生病的原因。胭脂說：「不知道怎麼回事，那天跟嫂子分手後就心裡不痛快，活一天算一天，死是早晚的事了。」王氏趴在胭脂的耳朵邊說：「我家男人做買賣還沒回來，還沒能去跟鄂郎說合你的事，你身體不好，該不是為了這件事吧？」胭脂臉紅了很久，不說話。王氏開玩笑說：「都病成這樣了，還有什麼顧忌的？我先讓他今天晚上來跟你聚一聚，他難道會不同意嗎？」胭脂說：「事情到了這個地步，我也不能怕羞了。他只要不嫌我們家貧賤，馬上派媒人來，我的病肯定就好了。想無媒私約，絕對不行。」高爾基曾說過：「文學是人學。」寫小說一定要貼著人物寫，人物是小說描寫的中心，其他的故事、環境等，都是附著在人物身上的。

〈胭脂〉開頭出場的三個人物，每個人都個性鮮明。胭脂是美麗的小家碧玉，看到出眾的鄂秀才先是「**意似動**」，接著「**秋波縈轉之**」，傾慕之情畢露。鄂秀才都走遠了，她還在「**凝眺**」，眼巴巴地看著。這些動作把市民家庭的少女盼望嫁個讀書郎君的心情寫活了。當王氏要給他們牽線時，她面紅耳赤不作一語，表示默認。鄂秀才發現胭脂盯著自己看，趕緊低頭快步走過。鄂秀才的自珍自重，一個動作就描繪出來了。王氏輕佻，發現姑娘對小伙子鍾情，就拿她尋開心，她不是真想給胭脂牽線，不過說說而已，害得胭脂病倒，更說明純潔的少女陷入情網不能自拔，而油滑的王氏再次戲弄她，要讓鄂秀才來與她私會。胭脂明確表示：明媒正娶可以，私會不行。一個品德端正的少女，一個輕薄無行的少婦，有著鮮明的對比。

這是第一個情節波瀾。接著輕佻的王氏引出了放蕩的宿介，即冒名頂替的情郎，引來了第二個情節波瀾。王氏做姑娘時就跟鄰居書生宿介私通，她出嫁後，只要她丈夫外出，宿介就來重溫鴛夢。這天夜裡，宿介又來了，王氏把胭脂迷上鄂秋隼的事說給宿介聽，開玩笑讓宿介把胭脂的意思轉達給鄂秋隼。宿介早就知道胭脂漂亮，聽了王氏的話覺得有機可乘，想跟王氏商量，又怕她妒忌，於是假裝閒聊，問她胭脂家是什麼布局，胭脂住在哪一間等。

第二天晚上，宿介爬牆來到胭脂住的房間，用手指敲窗子。裡邊的人問：「誰啊？」宿介說：「我是鄂秋隼。」胭脂說：「我想念公子，是為了夫妻百年之好，不是為一夜歡情。公子如果真愛我，請儘快派媒人來，若想無媒私合，我不敢從命。」胭脂表現出高潔的品行。宿介假裝答應，苦苦哀求握一握胭脂美麗的小手。胭脂不忍拒絕，支撐病體起來開門。宿介立即鑽進門，抱住胭脂要跟她上床。胭脂病體懨懨，用上全身力氣推開宿介，自己倒在了地上，氣喘吁吁，宿介仍然把她往床上拖。胭脂說：「哪兒來的惡少？必定不是鄂郎，鄂郎溫和馴良，知道我為他病了，會對我十分憐惜，怎會狂暴成這樣？再不住手，我就要喊了，敗壞了你我的名聲，對誰都沒好處！」宿介怕假冒鄂秋隼的事暴露，於是不敢再強迫胭脂，只是要求胭脂同意以後跟他相會。胭脂說：「你來迎娶我的那天就是相會的日子。」宿介糾纏不休，胭脂只好說等病好了再說。宿介要求胭脂給一件信物，胭脂不同意，宿介便抓住胭脂的腳，脫下一隻繡鞋拿走了。胭脂喊他回來，說：「我的身子已經許給你，別的還有什麼可吝惜的？但只怕你這樣做，畫虎不成反類犬，給我招來人們的誣衊和誹謗，現在我貼身的東西已經到了你手裡，料想你也不肯再還我，你如果負了心，我只有一死！」

宿介從胭脂那兒出來，又到王氏家住宿。他躺下後還想著從胭脂那兒搶來的繡鞋，悄悄一摸衣服，發現繡鞋不見了。他起來點上燈，抖動著衣服仔細找，仍然找不見，於是問王氏有沒有看到。王氏不吭聲，宿介懷疑王氏故意藏起來了。王氏只是神秘地笑著，就是不說藏了還是沒藏。宿介隱瞞不住，只好一五一十地把到胭脂那裡冒名頂替的事告訴了王氏。說完後，又提著燈到門外到處找，可就是找不到。他又懊惱又怨恨，只好回王氏的房裡睡了。第二天早上起來，再沿著來路尋找，仍然沒找到。

小說重要的道具出現了——一隻繡鞋。風流放蕩的書生宿介從胭脂手裡搶來繡鞋卻弄丟了，撿到這隻繡鞋的人引發了又一個重要的情節波瀾——胭脂的父親被殺。是誰撿到了那隻鞋？無賴毛大。

巷裡有個無賴叫毛大，遊手好閒，調戲了王氏好幾次也沒能得手，他知道王氏跟宿介相好，想透過捉姦要脅王氏。這天夜裡，他經過王氏家門口，見門沒閂，就摸進了王氏的院子。剛走到窗外，腳上踏著一個軟軟的東西，拾起來一看，是一塊巾帕包著一隻繡鞋。他趴在王氏窗下，把宿介說的話聽了個清清楚楚。毛大高興極了，也不去訛詐王氏，覺得有更好的豔遇來了。他悄悄地抽身出來。

過了幾個晚上，毛大爬過牆頭，來到了胭脂家。宿介能準確找到胭脂的房間，是因為他狡詐地從王氏那兒弄清了胭脂家的布局。毛大是個粗疏莽漢，誤跑到胭脂父親的房前來了。卞老頭兒從窗上看到一個男人的影子，觀察這人像是在找胭脂，非常生氣，於是拿了把刀，從房間衝了出來。毛大嚇壞了，回頭就跑。正想爬上牆頭，卞老頭兒已追到跟前，毛大回身奪下卞老頭兒手裡的刀。卞老太太也起來大聲呼叫，毛大情急之下把卞老頭兒殺了。胭脂的病剛好一點兒，聽到院子裡吵鬧，從床上起來，點燈一照，發現父親的腦袋被砍破了。牆下邊還遺有那隻繡鞋。她母親認出繡鞋是胭脂的，逼問她怎麼回事。胭脂邊哭邊把事情的前前後後告訴了母親。她不忍心連累王氏，只說鄂秀才是自己主動來的。天亮後，卞家到縣衙告發鄂秀才殺人。知縣把鄂秀才抓了起來。

鄂秀才為人謹慎，不善於說話，見到客人還羞怯得像個孩子，被抓時幾乎嚇死。到了公堂上，他也不知道該說什麼，只是渾身發抖。知縣越發相信人就是他殺的，便對他濫施酷刑。鄂秀才痛得受不了，只好承認了殺人的罪名。等到鄂秀才被押解到府裡提審時，問案時遭到的拷打跟縣裡一個樣兒。鄂秀才冤氣堵塞胸口，每次想跟胭脂對質，胭脂總對他百般謾罵指責，他張口結舌，不能為自己辯解，被定成死罪。經過好幾個官員審案，都沒有第二種說法。這個沒有名字的縣官，不調查，不詢問，只知用刑，是典型的酷吏。

冤案首先是由幼稚的胭脂造成的，她已經發現來到她房間的人不像溫文爾雅的鄂秀才，卻又天真地認定拿走她繡鞋的就是鄂秀才，殺父兇手也必然是鄂秀才。一隻繡鞋發揮了巨大的情節推動作用，引出一個又一個的誤會和巧合，造成一浪高過一浪的矛盾衝突。由於胭脂太單純太善良，不忍心牽涉閨中密友王氏，向審案官員隱瞞了重要案情及重要人證王氏，也就沒有牽出王氏背後的宿介。

這個案子交由濟南府複審。濟南知府吳南岱年輕有為，他一看到鄂秀才，就斷定他不會殺人，暗地派人私下向鄂秀才瞭解情況，把所有內情都瞭解了。吳知府越發認為鄂秀才是冤枉的。吳知府翻來覆去地想了幾天，才升堂問案。堂上，他先問胭脂：「你跟鄂秀才訂約後，有知道的人嗎？」胭脂說：「沒有。」「你遇到鄂秀才時，旁邊有其他人嗎？」「沒有。」吳知府叫來鄂秀才，用溫和的語言安慰他，讓他說實話。鄂秀才說：「我曾經路過這女子家門口，看到我過去的鄰居王氏跟她從裡邊出來，我馬上就迴避了。除了這一次相遇，我並沒有跟她說過一句話。」吳知府訓斥胭脂：「你剛才說你跟他相遇時旁邊沒有人，怎麼會有個鄰居婦人？」說著要給胭脂用刑。胭脂害怕了，說：「雖然有王氏，但是和她實在沒有什麼關係。」吳知府命令把王氏抓來。王氏是解開冤情死結的重要一環。吳知府一下子抓住了關鍵。

王氏被帶到。吳知府不讓她跟胭脂見面，防止兩人串供。他升堂審問王氏，說：「殺人的是誰？」王氏回答：「我不知道。」吳知府騙王氏說：「胭脂說，殺卞某的是誰，你都知道，你為什麼隱瞞？」王氏叫了起來，說：「冤枉啊！那淫蕩的丫頭自己想男人了，我雖然說過要給她做媒，只不過是跟她開開玩笑，她自己把姦夫引到自家院子，我怎麼能知道？」吳知府細細一問，王氏說出她前後兩次跟胭脂開玩笑時說的話。吳知府把胭脂叫上公堂，生氣地問：「你說王氏並不知情，現在她怎麼自己供出她要替你和鄂秀才撮合的事？」胭脂哭著說：「我自己不肖，害得老父親慘死，這官司不知道打到哪一年才能結案，再連累他人，我實在不忍心。」吳知府問王氏：「你們開玩笑的事，你可曾告訴其他人？」王氏說：「沒有。」吳知府生氣地說：「兩口子睡在床上，什麼話都說，怎麼你說沒有？」王氏供認：「我丈夫外出做生意，很長時間沒回來了。」吳知府說：「雖然是這樣，凡拿人開玩笑的人，總笑話他人的愚蠢，炫耀自己的聰明，你倒一句話也不跟別人說，你是想欺騙誰？」吳

〈胭脂〉

知府審王氏，問得好，推理得亦好。王氏仍然不說。吳知府下令把王氏的十指夾起來。王氏不得已，供述道：「我跟宿介說過。」吳知府下令：「釋放鄂秀才，逮捕宿介。」

宿介被抓到後，自述對胭脂家發生的慘案一無所知。吳知府說：「嫖妓的人必定不是什麼好人！」這就有點兒武斷了，有風流韻事的人不一定會殺人，何況王氏並非妓女。吳知府下令對宿介嚴刑逼供。宿介供述說：「我想去欺騙胭脂是真事，自從我弄丟從她手裡騙來的繡鞋之後，就沒敢再去。殺人的事，實在不知情。」吳知府生氣地說：「爬牆頭的人什麼事做不出來！」這越發武斷了，宿介這樣的讀書人會為了美色爬牆頭，但爬牆頭跟殺人沒有必然聯繫。吳知府又對宿介用刑。宿介受不了嚴刑拷打，承認下老頭兒是他殺的。宿介的供狀報到上邊，人人都稱讚吳知府的案斷得如神仙一般。宿介只能伸著脖子等待秋天殺頭了。

俊美的鄂秀才明明無辜，卻沒有辦法甚至沒有想法申冤。風流放蕩的宿介卻有社會經驗，知道絕處求生。宿介聽說山東學政施閏章先生賢能，有惜才憐才、愛護讀書人的好品德。於是宿介寫信向學政大人鳴冤，言辭悲傷感人。施閏章把胭脂案的供狀要來，反覆閱讀、思考，拍案說：「這個學生是冤枉的！」施閏章請巡撫和按察院把案件轉到他這裡重審。

施閏章問王氏：「你在宿介之外，還有幾個姦夫？」王氏供述：「我跟宿介私通，是因為從小就有私情，所以我結婚以後也沒有拒絕跟他來往。後來並非沒有調戲我的，我實在沒敢相從。」施閏章讓王氏交代都是哪些人曾調戲她。王氏說：「毛大多次調戲我，都被我拒絕了。」施閏章說：「你怎麼忽然就變成貞節女子了？」他又下令拷打王氏。王氏連忙磕頭，頭都磕出血來了，極力辯解她跟毛大是清白的。施閏章不再打她，又問：「你丈夫遠出經商，就沒有找理由到你家來的其他男人？」王氏說：「某甲、某乙曾找藉口到我家來。」甲、乙等都是無賴。施閏章弄清名字，把這幾個人一起抓來，將他們帶到城隍廟，讓他們都跪在案子前邊，說：「我夜裡夢到神人告訴我，殺人的人，就在你們這幾個人之中。現在對著神明，你們不許說謊，如果肯自首，還可以減輕罪名，再不說實話，休想得到寬恕！」

幾個被抓的人異口同聲，都說沒殺人。施閏章命手下人把刑具擺到堂上，要給這幾個人用刑，將他們的頭髮束起來，上衣脫掉，幾個人齊聲喊冤。施閏章命令把這幾個人放下來，先不用刑。然後說：「既然你們不肯自己主動招認，我讓神明來指出兇手是哪個。」他下令讓衙役用毛毯把窗戶全部遮擋起來，一點兒縫隙都不留，不讓一絲光線照進來。然後讓幾個被抓的人，都把背露出來，把他們攆進黑暗的大殿，給他們一盆水洗手，又把他們都拉到大殿的牆壁前，命令他們必須面對牆壁站好。施閏章說：「殺人的人，神明會在他背上寫字。」等了一會兒，把幾個人叫出來查驗，施閏章指著毛大說：「這就是真正的殺人犯！」

原來，施閏章先讓人用石灰塗抹了牆壁，再讓幾個被抓的人用煤灰水洗手。殺人者害怕神明到自己背上寫字，就用背死死地靠在牆壁上，所以，他的背上有石灰；臨出來時，還怕神明往背上寫字，就用手捂著背，所以背上有煤灰。施閏章本來就懷疑是毛大，這樣一查，越發相信是他，對毛大用刑，毛大如實招供。

施閏章寫了很長的判決詞，大意是：宿介無君子之德，得登徒子好色之名，爬牆鑽洞，李代桃僵，將他從秀才功名降級，給他留一條悔過自新之路；毛大刁滑無賴，自己逃脫，害他人被拘，是風流道上的惡魔孽障，溫柔鄉裡的鬼蜮，立即砍頭；胭脂因《關雎》傾慕佳偶，做了一場春夢，幸虧還能貞潔自守，保住白玉無瑕，成全她對鄂秀才的癡情，指定知縣做媒人。胭脂一案結案後，施閏章的判詞被廣為傳誦。

自從吳公審案後，胭脂知道了鄂秀才是冤屈的。在公堂下邊相遇，胭脂只是紅著臉，低著頭，含著淚，像對鄂秀才有痛惜之情，只是沒說出來。鄂秀才感念胭脂的眷戀之情，也對胭脂產生愛慕之情，卻又想到她出身寒微，天天到公堂拋頭露面，為千人所指所笑，鄂秀才琢磨來琢磨去，想不出辦法實現跟胭脂的婚姻。等施閏章的判詞發下來，鄂秀才的心思才安寧下來。知縣親自為胭脂和鄂秀才舉行了婚禮。

〈胭脂〉雖是斷案小說，人物刻畫卻非常生動，尤其是施閏章清官的形象特別生動。施閏章是清初著名詩人，寫過不少好詩。如《浮萍兔絲篇》，寫戰亂中，有個山東士兵與妻子失散，就搶了個民婦，帶著她南征。路遇一人，站在路旁死盯著他的後妻看，淒慘地說：「這婦人是我原來的老婆啊！我們夫婦緣分已斷，我已另買了一個妻子，咱們兩家見見面，從此分手吧！」一見之下，山東士兵發現，對方買的婦女竟是自己原來的妻子。四人抱頭痛哭，最後兩個男人換回了原來的妻子，四人分別。這首敘事詩寫戰亂中平民夫妻不能自保的悲慘遭遇，委婉動人，在清初描寫人民疾苦的詩歌中占有重要位置。

蒲松齡受到施閏章的欣賞，考取山東秀才第一名，他在〈胭脂〉一篇的最後深情地寫到施閏章是如何愛護學生的，還舉出一個例子。有個名士參加考試，試題是《寶藏興焉》，意指寶藏在山間，名士卻誤為水下，洋洋灑灑地寫下去，要交卷時，才發現審錯題，自知肯定落榜，就在卷末寫了首詞自嘲：「寶藏在山間，誤認卻在水邊。山頭蓋起水晶殿，瑚長峰尖，珠結樹顛。這一回崖中跌死撐船漢。告蒼天，留點蒂兒，好與友朋看。」不料，施閏章看了這文不對題的答卷和自嘲詞，分外喜歡，不僅大筆一揮取中這考生，還提筆和了一首詞：「寶藏將山誇，忽然見在水涯。樵夫漫說漁翁話，題目雖差，文字卻佳。怎肯放在他人下？嘗見他，登高怕險，那曾見，會水淹殺？」考生自嘲張冠李戴，自認為肯定沒希望考取，只能留話柄讓朋友開心。施閏章卻認為，該考生雖題目審錯，文字卻花團錦簇，既然水寫得好，何以見得不會寫山？豈忍心讓才子落榜？根據蒲松齡的描寫，愛才的學官對考生簡直是救星！施閏章作為學政確實拯救了要被砍頭的宿介。

那麼，學政有沒有審案的權力？為了弄清此事，我專門打電話向清史專家閻崇年教授請教。閻老師說，縣官可以審案，縣丞也可以審案，學政不能審刑事案件，特別是殺人案件。如果真需要學政審案，需要特別授權。〈胭脂〉中施閏章審案，蒲松齡把謊編得比較圓，他寫的是「**公討其招供，反覆凝思之，拍案曰：『此生冤也！』遂請於院、司，移案再鞫。**」用白話來說，就是施閏章向知府討來宿介的供狀，反覆推敲思考，向巡撫和按察使請求，由他複審這個案子。學政大人向巡撫和按察使司請求複審這個案件，當然就批准了。因此，學政給秀才解脫殺人的罪名，還算說得過去。

那麼，〈胭脂〉是真實的案件嗎？歷史上真的有過縣官、知府斷錯了案，由蒲松齡的恩師施閏章斷明的案件嗎？沒有，這是蒲松齡出於崇拜崇敬思念恩師而構思的案件。如此判斷的主要原因是：

第一，施閏章是清初著名文人，他著有《學餘堂集》，在他的集子裡找不到〈胭脂〉一案的判詞，還有所謂他和審錯題考生唱和的詞。這段文采飛揚的判詞，是蒲松齡為了小說的構思需要，給自己的恩師捉刀代筆的。

第二，〈胭脂〉後邊所附施閏章獎進士子，把寫錯題目的考生也錄取的事，並非施閏章所為，一九四六年《重修博興縣誌》記載，寫錯題目的考生叫魏基，破格錄取他的學政不是施閏章。

幾位《聊齋》研究專家考證〈胭脂〉是蒲松齡虛構的故事。朱一玄先生指出〈胭脂〉的原型是《醒世恒言．陸五漢硬留合色鞋》，情節是：風流公子張藎偶然看到一家樓上的美女潘壽兒，潘壽兒也對他產生了興趣，兩人樓上樓下交換愛情信物，潘壽兒送給張藎一隻繡花鞋。張藎用銀子買通賣花的陸婆，幫自己到潘家跟潘壽兒約好，放下幾匹長布，好爬上樓相會。這些事被陸婆的兒子屠夫陸五漢得知，陸五漢冒名頂替，跟潘壽兒來往。潘家父母懷疑女兒出了問題，夫妻二人住到女兒房間打算捉姦，陸五漢爬上樓發現一男一女躺在潘壽兒的床上，誤認為潘壽兒又約了另外的情人，便把潘家父母都殺了。潘壽兒向官府供認跟她來往的是張藎。張藎到監獄裡找到潘壽兒，讓她判斷自己是不是跟她私會的人，潘壽兒從聲音和體貌特徵上察覺，原來跟自己約會的是個冒牌貨，官府審案證明張藎是冤枉的，捉住了陸五漢，潘壽兒羞愧得撞死了。〈胭脂〉把《醒世恒言》這個李代桃僵的故事重新構思成李代桃僵，桃亦屈。胭脂雖然受盡磨難，卻始終是清白的。胭脂最後跟鄂秀才終成眷屬，皆大歡喜。

施閏章最後斷案的辦法，也是從前人的作品移花接木的。宋代鄭克有本《折獄高抬貴手》，記錄了一故事：陳述古審失盜案，捉住幾個犯罪嫌疑人，陳述古說：某個廟有個鐘很靈，能分辨哪個是盜賊。把幾個嫌疑人弄到廟裡，陳述古對著古鐘祈禱之後，暗地用墨塗到鐘的表面，告訴嫌疑人：你們用手摸鐘，哪個是小偷，他摸鐘時，鐘就會響。等這些人出來，鐘都沒響，只有一個人手上沒有墨蹟，他就是小偷，他怕摸了鐘響，所以沒摸。《夢溪筆談》也記載了這個故事，而且說「此亦古之法，出於小說」。蒲松齡把摸鐘斷案巧做修改，成了施閏章的斷案妙法。

借真人寫假事是中國古代小說家早就用過的方法。例如，大書法家、楷書宗師歐陽詢相貌醜陋猥瑣，是唐代人津津樂道的話題，見於筆記小說和唐傳奇。《大唐新語》記載唐太宗李世民讓大臣互相作詩嘲笑，長孫無忌拿歐陽詢尋開心：「聳髆成山字，埋肩不出頭。誰家麟閣上，畫此一獼猴？」長孫無忌嘲諷歐陽詢活像一隻大猴子。歐陽詢回敬諷刺長孫無忌：「索頭連背暖，漫襠畏肚寒。只因心渾渾，所以面團團。」諷刺長孫無忌脖子粗短，頭髮（一說是帽子）直接蓋住後背；啤酒肚太大，因擔心褲襠被撐開而縫得更緊，假裝是怕肚子冷；因為內心臟得像豬圈，所以面目團團。長孫無忌身居凌煙閣功臣之首，既是宰相又是皇后的哥哥，歐陽詢這麼肆無忌憚地諷刺，李世民不得不出來制止歐陽詢：「汝豈不畏皇后問耶？」唐傳奇著名作品《補江總白猿傳》乾脆把歐陽詢寫成是猴子的後代。《補江總白猿傳》寫歐陽詢的父親歐陽紇率軍南征，妻被白猿精劫走，歐陽紇率兵入山，殺白猿奪回妻子，而妻已孕，後生一子，就是歐陽詢，狀貌如猿猴。《補江總白猿傳》是最典型的真人假事小說。這種寫法，在中國小說史上屢見不鮮。蒲松齡也喜歡採用這種寫法，他的一些神鬼狐妖的作品常常在篇末聲明是什麼朋友告訴自己的，像〈胭脂〉這樣的斷案故事，他連是聽別人說的都不聲明，似乎這就是事實。

作為短篇小說，〈胭脂〉非常成功。它雖是斷案小說，卻著力於人物塑造，人各一面，個個生動。胭脂既美麗多情又纖弱自重；鄂秀才文弱雅致又幼稚單純；宿介風流放蕩；王氏輕佻油滑；毛大兇殘又愚蠢；三個斷案的官員中，縣令魯莽審案，草菅人命；吳南岱少年氣盛，鋒頭十足，聰明機智又剛愎自用；施閏章仁愛穩重，精細睿智，巧用心理戰，料事如神明。他設下魚鉤釣真凶，玩凶頑於股掌之中，他斷定宿介非殺人犯，最後僅僅將其降級處理，體現了學政明察善斷。判詞文采斐然，繁富的用典、疊床架屋的排比，與《聊齋》其他故事如〈席方平〉中二郎神的判詞，如出一轍，充分表現了《聊齋》的文言藝術成就。

後記
永遠的經典

《聊齋》將近五百篇，這套《馬瑞芳品讀〈聊齋志異〉》解讀的篇目約占四分之一，有沒有遺珠之憾？不僅有，而且有很多。

《聊齋》最重要的成就之一不是刺貪刺虐嗎？有些篇幅太短的名篇沒有收錄在本套書中，例如：

〈潞令〉裡的宋國英貪暴不仁，催稅打死良民，還得意揚揚，自稱到任一個月殺了五十八人，結果被陰司討命而死。

〈放蝶〉裡的縣令以嚴肅政事為兒戲，聽訟時按犯罪輕重，罰納蝶自贖，公堂上如風飄碎錦，他哈哈大笑，結果受到蝴蝶仙子懲罰，幾乎丟官。

〈韓方〉寫在連年天災的情況下，貪官非但不救荒拯溺、解民倒懸，反而對受災百姓落井下石，千方百計搜刮民脂民膏，逼迫老百姓交額外的賦稅，還稱其為「樂輸」，即自願交納額外稅，竟然荒唐到用板子打著老百姓交。

〈郭安〉寫昏聵縣官斷案。某人被殺，遺孀告到縣衙，縣官升堂，把殺人犯抓來，拍桌子大罵：「人家好好的夫妻，你讓人守寡，現在就把你配給這寡婦，讓你老婆守寡！」讓殺人犯娶走被殺者的妻子，昏官之昏，千古絕版。

還有一些《聊齋》裡的散文名篇，例如收入中學語文課本[12]的〈狼〉、〈山市〉，還有〈地震〉等，本書都沒有收入。《聊齋》中還頗有些機智小品，如〈罵鴨〉，講一個人偷了鄰居的鴨子吃掉，第二天身上長滿鴨毛，神人在夢裡告訴他，必須被丟鴨子的人罵一頓，鴨毛才能脫掉。偷鴨者耍小聰明，騙丟鴨的鄰翁，說：「你的鴨子是某某偷了，他最怕罵，你快罵他。」沒想到鄰翁修養很高，淡然說：「誰有閒空去罵惡人？」小偷只好如實招供，求鄰翁罵他，鴨毛才消失。還有自然界動物的動人故事，如〈鴻〉，寫捕鳥人捕得一隻雌鴻，雄鴻悲慘地鳴叫著，跟著捕鳥人回家，第二天雄鴻叼來半錠黃金贖出雌鴻，兩隻鳥兒雙飛而去。《聊齋》這類故事本書也沒有收入，它們很適合做成動畫片，肯定好看。

〈聊齋〉是愛情百花園，有些小說藝術成就較高，但思想意蘊相對較差，就沒有做解讀。例如：

〈章阿端〉寫狂放書生和女鬼的戀情，小說中出現了鬼的新形態：鬼中之鬼。

12 此處指中國的中學課本。

〈嫦娥〉寫書生以仙女為妻，狐女為妾，仙女還能百變成歷代美女，環肥燕瘦，隨便變，書生有一妻一妾，卻享受歷代美女，真是《聊齋》書生的情愛烏托邦。

〈巧娘〉寫一個書生和一鬼一狐的情愛，因為書生天生是個「寺人」，沒有男性性功能，這篇小說成了《聊齋》中特別異類的性愛小說。

〈陳雲棲〉寫一個書生最終娶了兩個女道士，小說技巧相當成功，擅長在姓名上設置誤會，在身分上大搞懸念，小說寫得巧而又巧，令人眼花撩亂。

《聊齋》開卷有益，百讀不厭，是永遠的經典。

【有意思的聊齋】

當代大師馬瑞芳品讀聊齋志異__人卷

作　　者　馬瑞芳
美術設計　莊謹銘
校　　對　魏秋綢
內頁排版　高巧怡
行銷企劃　蕭浩仰、羅聿軒
行銷統籌　駱漢琦
業務發行　邱紹溢
營運顧問　郭其彬
責任編輯　林芳吟
總 編 輯　李亞南
出　　版　漫遊者文化事業股份有限公司
地　　址　台北市103大同區重慶北路二段88號2樓之6
電　　話　(02) 2715-2022
傳　　真　(02) 2715-2021
服務信箱　service@azothbooks.com
網路書店　www.azothbooks.com
臉　　書　www.facebook.com/azothbooks.read

發　　行　大雁出版基地
地　　址　新北市231新店區北新路三段207-3號5樓
電　　話　(02) 8913-1005
訂單傳真　(02) 8913-1056

初版一刷　2025年8月
定　　價　台幣400元

ISBN　978-626-409-129-9

國家圖書館出版品預行編目 (CIP) 資料

當代大師馬瑞芳品讀聊齋志異 . 人卷 / 馬瑞芳著 . -- 初版 . -- 臺北市 : 漫遊者文化事業股份有限公司出版 ; 新北市 : 大雁出版基地發行 , 2025.08
面；　公分 . -- (有意思的聊齋)
原簡體版題名 : 马瑞芳品读聊斋志异 . 人卷
ISBN 978-626-409-129-9(平裝)
1.CST: 聊齋誌異 2.CST: 研究考訂
857.27　　114008854

清工筆彩繪插圖《聊齋圖說》之〈仇大娘〉(一)

清工筆彩繪插圖《聊齋圖說》之〈仇大娘〉（二）

清工筆彩繪插圖《聊齋圖說》之〈仇大娘〉（三）

清工筆彩繪插圖《聊齋圖說》之〈促織〉(一)

清工筆彩繪插圖《聊齋圖說》之〈促織〉（二）

清工筆彩繪插圖《聊齋圖說》之〈促織〉（三）